기업의 신 1

기업의 신 ❶ 리스타랜드

초판1쇄 인쇄 | 2019년 12월 13일
초판1쇄 발행 | 2019년 12월 20일

지은이 | 이원호
펴낸이 | 박연
펴낸곳 | 한결미디어

등록 | 2006년 7월 24일(제313-2006-000152호)
주소 | 서울시 마포구 모래내로 83 한올빌딩 6층
전화 | 02-704-3331
팩스 | 02-704-3360
이메일 | okpk@hanmail.net

ISBN 979-11-5916-126-1 979-11-5916-125-4(set) 04810

기업의 신

1 리스타랜드

이원호 지음

한결미디어
HANGYEOL MEDIA

저자의 말

《기업의 신》은 영웅시대 6부입니다. 흙수저 이광의 성장과 성공 이야기가 6부 16권째 이어지고 있습니다.

이광의 군 생활에서부터 복학, 중소기업에 입사 후 사원, 대리, 과장, 부장에 이어서 사장, 회장에 이르는 성장 과정을 펼쳐 놓았습니다. 그러고 나서 이광이 인도네시아 술라웨시해(海) 소재의 섬 하나를 구입, '리스타랜드'를 세웁니다.

6부는 '리스타랜드'에서 더 발전하여 아프리카의 시에라리온에 '리스타'가 상륙하게 됩니다.

'리스타그룹'은 땅이 있고 그 땅에 거주하는 민족, 또는 무리가 있어야 국가가 성립된다는 고정관념을 깨뜨립니다.

무인도나 다름없는 섬을 구입하여 '리스타랜드'를 세워 기업의 본산(本山)을 만들고 아프리카의 부패한 국가 하나를 '청소'하여 국민들을 '잘'살게 만들어 줍니다. 그리고 그 '국가'를 '리스타랜드'에 포함시키는 것입니다. 국가를 매입하는 것이지요.

정직한 경영, 의욕적인 생산 활동, 성취감에 만족하는 임직원, 그리고 넉넉한 보상에 행복해하는 가족, 이들이 중심이 된 '국가', 바로 '리스타랜드'가 기업의 신(神)의 목표입니다.

영웅시대는 계속됩니다.
희망이 계속되는 것입니다.

2019. 12. 10.

이원호

차례

1장
리스타용병대

"설리반을 잘못 건드렸어."

볼룸이 핀잔하듯 말했다.

"그 늙은 대령 놈은 2년 전에 골드만이 준 1백만 불짜리 수표를 찢어 버린 놈이야."

골드만은 군산연의 에이전트다. 에이전트의 주(主) 업무는 뇌물을 온갖 방법을 동원해서 받게 하는 것이다. 상대방의 기호를 조사해서 자동차, 요트, 집, 또는 현금, 여자는 물론이고 개까지 뇌물로 준다. 물론 엄청 비싸고 귀한 개다. 그런데 설리반은 1백만 불짜리 수표를 찢었다는 것이다. 볼룸이 말을 이었다.

"그래놓고 그것을 신고하지도 않았어. 제 위아래 놈들이 다 먹고 있다는 것을 알고 있는 거지. 그런데도 난 안 먹는다는 표시야."

그런 인간이 가장 위험한 놈인 것이다. 만약의 경우에 터뜨릴 수가 있기 때문이다. 그때는 다 다친다. 그래서 위아래가 협조해서 그놈을 '딴 곳'으로 보내는 것이 유리한데 덜컥 다국적군 사령부의 '군수지원사'로 발령이 났다. 볼룸의 시선을 받은 피셔가 솔직하게 실토했다.

"그놈이 그런 전과가 있었다는 것을 깜박 잊고 있었습니다. 방심했어요."

"저 상태가 되었으니까 반품된 것 다시 납품할 때까지 얼마나 걸릴까?"

"한 달이면 충분합니다."

"쿠웨이트 임시 정부의 핫산이 열을 받지 않을까요?"

"핫산이 리스타랜드에 있어."

혀를 찬 볼룸이 쓴웃음을 지었다.

"이광이 제 손바닥 안에 쥐고 있단 말이야."

피셔가 어깨를 늘어뜨렸다. 이번 사건으로 쿠웨이트 수복 작전은 공식적으로 한 달쯤 늦춰진 셈이다. 볼룸이 다시 고개를 들고 피셔를 보았다.

"오마르한테는 언제 떠나나?"

탈레반에 다시 공급되는 무기를 말한다.

"요즘 바빠요?"

페트리샤가 묻자 아지르는 고개를 들었다. 밤, 창밖은 짙은 어둠에 덮여 있다. 가끔 불빛이 번쩍이는 것은 바닷가에 설치된 서치라이트가 이쪽까지 왔다가 가기 때문이다. 벽시계가 오전 1시 40분을 가리키고 있다. 아지르가 페트리샤의 어깨를 당겨 안았다. 미끈하고 조금 끈적이는 피부가 아지르의 가슴에 닿았고 옅은 향내가 맡아졌다.

"왜 묻는데?"

"시내에 소문이 나서요."

"무슨 소문?"

"이라크군이 사우디로 내려간다는 소문."

"우리가?"

아지르가 손을 뻗어 페트리샤의 젖가슴을 움켜쥐었다. 그러나 얼굴에는 웃음이 떠올라 있다.

"우리가 다국적군을?"

"아니, 사우디 북동쪽 마을 몇 개를 점령해서 다국적군을 넓게 둘러싸려 한다는 소문이 났어요."

"젠장."

아지르가 이제는 페트리샤의 엉덩이를 움켜쥐고 당겨 안았다. 페트리샤의 부드럽고 탄력 있는 몸이 아지르의 몸에 딱 밀착되었다.

"시내에 그런 소문이 퍼져 있어?"

"시민들한테서 들었어요."

아지르의 가슴에 볼을 붙인 페트리샤가 눈을 흘겼다.

"내가 자유롭게 시내와 군부대까지 출입을 하고 있는데 그쯤은 알고 있으리라고 예상 안 했어요?"

"그거야……."

"내가 물어볼 것도 예상했겠죠?"

"이런……."

아지르가 애무를 시작하자 페트리샤는 몸을 흔들어 거부하는 시늉을 했다.

"대령님, 준비된 대답을 해주시죠."

"누가 CIA 이중첩자 아니랄까 봐서 이러냐?"

몸을 뗀 아지르가 침대에 반듯이 눕더니 손을 내밀었다.

"탁자 위의 담배."

오전 10시 반, 리스타랜드의 바닷가 별장에 있던 이광에게 해밀턴과 안학태, 그리고 비서실의 정책보좌관 윤서인까지 셋이 찾아왔다. 이광이 좋아하는 자리인 바다 쪽 베란다의 대나무 의자에 둘러앉았을 때 먼저 해밀턴이 보고했다.

"쿠웨이트의 권철한테서 보고가 왔습니다. 쿠웨이트 시민, 군부대에 곧 사우디를 기습 진격한다는 소문이 퍼져 있다는 것입니다."

커피 잔을 든 이광이 잔잔한 바다만 보았고 해밀턴의 말이 이어졌다. 해밀턴의 표정도 날씨 이야기를 하는 것 같다.

"CIA 주재원 페트리샤가 아지르한테서 확인을 받았다는군요. 한 달쯤 후에 진격할 것 같다고 합니다. 그렇게 작전 계획을 수립 중이라고 했답니다."

"……."

"물론 페트리샤는 CIA에도 그렇게 보고를 했을 겁니다. 권철한테는 다르게 말했을 리가 없지요."

해밀턴의 얼굴에 웃음이 떠올랐고 안학태와 이광까지 웃음을 지었다. 영문을 모르는 윤서인만 눈을 크게 뜨고 있다. 그때 안학태가 해밀턴에게 물었다.

"다국적군도 이라크군 동향을 위성을 통해 보고 있겠지요?"

"당연하지요. 이라크군의 기갑부대가 남쪽 사막지대에서 넓게 분산되고 있으니까 그렇게 보일 겁니다."

"페트리샤의 보고가 신빙성을 더해주게 되겠군요."

"다 믿지는 않습니다. CIA는 항상 변수를 고려하고 있으니까요. 아지르의 역공작인지 체크하겠지요. 하지만 최선의 방어는 선제공격이라는 것을 이라크군이 모를 리 없다고도 생각할 겁니다."

해밀턴의 시선이 이광에게 옮겨졌다.

"카심 대장은 이란과의 8년 전쟁을 치른 명장입니다. 다국적군과 전면전을 치러도 밀리지 않을 겁니다."

그때 이광이 말했다.

"지금까지는 잘 하고 있어. 오마르도, 페트리샤도, 그리고 권철도."

영문을 모르는 윤서인은 숨만 쉬었지만 해밀턴, 안학태가 동시에 고개를 끄덕였다. 이광이 말을 이었다.

"해밀턴 사장 말대로 CIA가 눈치채는 건 시간문제야. 그전에 일을 끝내야 돼."

"설리반 대령의 재검으로 무기대금 지급은 자연스럽게 늦춰졌습니다만."

해밀턴이 정색하고 이광을 보았다.

"군산연도 지금까지 뒷북만 쳤지만 가만있지는 않을 것입니다."

이광의 시선이 윤서인에게로 옮겨졌다.

"보좌관이 내용을 모르는 것 같은데 해밀턴 사장이 쿠웨이트 상황을 이야기해주도록."

"알겠습니다."

자리에서 일어선 해밀턴이 윤서인에게 말했다.

"보좌관, 나하고 잠깐 옆방으로 가지."

옆방은 바다가 보이지 않는 대신 아늑했다. 정신이 분산되지 않는다. 벽에는 서가가 놓였고 소파 하나만 배치된 방이다. 자리에 앉았을 때 해밀턴이 서두르듯 말했다.

"회장님이 보좌관에게 역할을 맡기실 모양이군. 쿠웨이트 상황을 이야기해주라고 하신 걸 보면 말이야."

그러고는 정색하고 윤서인을 보았다.

"쿠웨이트에서 이라크군이 비밀리에, 그것도 신속히 철군하려는 거야."

윤서인은 숨을 죽였고 해밀턴의 말이 이어졌다.

"그것을 아는 사람은 회장님과 후세인 대통령, 그리고 측근 몇 명뿐이야. 그중 하나가 윤 보좌관이 되었어."

"……."

"쿠웨이트 진주군 사령관 카심 대장과 참모장 둘이 알고 있다고 봐야돼. 아지르는 보안대 대장이지만 위장용 미끼로 사용하고 있지. 그놈이 CIA 이중첩자 페트리샤의 정부 노릇을 하고 있으니까 말이야."

"……."

"그리고 쿠웨이트에 주둔한 리스타 용병대장 권철도 모르고 있는 작전이야."

윤서인은 자신이 현장에 던져졌다는 실감을 한다.

에이브람스 대장이 상황판에서 시선을 떼고 참모들을 보았다. 오전 10시 반, 이곳은 사우디 담만의 다국적군 사령부 상황실, 둘러앉은 참모들은 10여 명이다.

"제14 기갑사단에서 국경까지는 10킬로야. 한 시간이면 사우디 영내로 30킬로는 진입할 수 있을 거야."

에이브람스가 말을 이었다.

"그 좌우의 17, 21기갑사단이 동시에 내려오면 큰일이 나는 거지. 사우디 마을 6개를 동시에 장악하면 우린 정말 폭격도 못 해."

참모들의 시선이 모두 상황판으로 옮겨졌다. 쿠웨이트 남쪽 국경 지대에 포진하고 있는 기갑군(軍)의 전력은 막강하다. 6개 기갑사단에 2,700여 대의 탱크, 3,000대의 장갑차, 5,000여 대의 야포, 그리고 10만여 명의 기갑군을 보유하고 있다. 쿠웨이트시 주위에 주둔했던 기갑군 주력이 갑자기 국경으로 남하했을 때 다국적군 사령부는 그것이 다국적군 방어용으로 믿었지만 요즘 분위기가 달라졌다. 국경 지대에 남하한 기갑군이 진지나 참호 작업을 건성으로 하고 있다는 것이 드러난 것이다. 위성사진의 결과다. 그때 참모장 브리튼 중장이 입을 열었다.

"현재 6개 기갑사단이 포진했지만 독립 연대가 18개나 됩니다. 그 18개 기갑연대가 18개 지역으로 뻗어 내려오면 그중 절반은 사우디 도시에 성공적으로 진입할 수 있을 것입니다."

"갓댐."

에이브람스가 의자에 등을 붙이고는 투덜거렸다.

"후세인이 사우디 도시민을 인질로 잡으면 이건 장기전이 돼. 10년은 걸릴 거야."

"10년 더 걸립니다."

작전 회의에 참석한 프랑스군 사령관 몽트벨 소장이 나섰다.

"이건 베트남, 아프간하고도 다른 전쟁이 될 겁니다, 장군."

"갓댐."

에이브람스가 50대 후반의 몽트벨을 보았다. 프랑스군과 미군은 차례로 베트남에서 패퇴한 전력이 있다. 압도적으로 우세한 무기가 있었던 점에서도 비슷하다. 눈썹을 모은 에이브람스가 몽트벨에게 물었다.

"장군, 저 미친 후세인이 남침하리라고 생각하시오?"

"우리 프랑스군 입장에서는 그렇습니다."

몽트벨은 여기 오기 전에 프랑스군 참모 회의를 마치고 온 것이다. 몽트벨이 말을 이었다.

"우리가 알제리에서 고전을 한 것도 몇 놈 안 되는 게릴라들이 지구전을 펼치면서 반전 여론을 조성했기 때문인데 이곳 상황은 더 나쁩니다."

"갓댐."

"후세인이 사우디 북부 지역을 급습한다면 아마 10여 개 도시를 장악하게 될 겁니다. 그때는 이라크군이 군복을 벗고 사우디인들과 섞일 테니까 폭격을 못 합니다."

"지긋지긋한 시가전이 되겠군."

"사우디군(軍)으로 위장한 이라크군이 대낮에 리야드로 진군해 가도 우리가 폭격할 수 있겠습니까?"

그때 다국적군 참모장 브리튼이 헛기침을 했다.

"장군, 과장하지 마시오. 그렇게 되도록 내버려두지 않을 테니까."

"지금 상황은 베트남, 알제리, 아프간 전쟁보다 더 나쁩니다."

몽트벨이 지지 않고 목소리를 높였다.

"후세인의 대군(大軍)은 정예군인 데다가 우리 다국적군은 사령관이 둘이니까요."

"그게 무슨 말이오?"

에이브람스가 눈썹을 모으고 물었다.

"사령관이 둘이라니?"

"하나는 여기 계신 에이브람스 대장이고."

손으로 에이브람스를 가리킨 몽트벨이 엄지를 세워 천장 쪽을 가리켰다.

"또 하나는 군산연이오."

참모들이 웅성거렸고 브리튼은 몽트벨을 째려보았지만 대응하지는 않았다. 에이브람스가 몽트벨한테서 시선을 떼더니 정보 참모에게 말했다.

"오늘 작전 회의 내용을 그대로 기록하도록. 역사에 남도록 해야겠다."

그러고는 몽트벨에게 한쪽 눈을 감았다가 떴다.

"장군, 내년에 중장 진급 케이스라고 들었는데, 잘 되겠지요?"

그러고는 다시 정보 참모를 보았다.

"내가 지금 한 말은 빼."

후버가 파이프를 내려놓더니 앞에 놓인 커피 잔을 들었다.

"그 자식이 이광이를 만나고 나서 그 지랄을 한 거야."

앞에는 해외작전 국장 겸 부장보 윌슨, 그리고 대통령 부시가 보낸 안보담당관 트로츠키가 앉아 있다. 이곳은 랭글리의 CIA 본부, 부장실 안. 70대의 후버는 지친 표정이지만 눈빛은 강하다. 후버가 말을 이었다.

"이광이가 갑자기 바그다드로 날아간 후에 상황이 이상해지고 있단 말이야."

후버가 윌슨에게 말한 것이다. 윌슨이 고개를 끄덕였다.

"그렇습니다. 하지만……."

"하지만 뭐야?"

"이번에 이광이 후세인을 만난 건 우리가 부탁한 일 때문 아닙니까?"

그렇다. 쿠웨이트산 원유를 중국으로 보내는 일과 쿠웨이트에서 일할 노동자 공급 계획, 생필품 공급 문제에 대한 허가 등 CIA를 대신해서 후세인과 협상을 한 것이다. 리스타의 이광이 없었다면 쿠웨이트 시민들은 벌써 태반이 굶어 죽었을 것이고 기름칠을 안 한 부속처럼 양측은 대책

없이 충돌했을 것이다. 그때 트로츠키가 말했다.

"다국적군 사령부에서는 쿠웨이트 주둔 이라크군이 사우디로 남하한다는 예측이 우세한 것 같습니다. 그래서 대통령께서는 CIA의 확실한 대안을 듣고 싶다고 하셨습니다."

트로츠키의 말이 끝났을 때 후버가 어깨를 늘어뜨렸다.

"박사, 오후 몇 시에 회의요?"

"오벌룸에서 4시 정각에 군 지휘부와 국무장관, 그리고 담만에서 온 에이브람스까지 참석하는 전략 회의가 열립니다."

후버가 트로츠키를 째려보았다. 트로츠키는 하버드 교수였다가 이번에 부시의 안보담당관이 되었다. 책을 여러 권 출판했는데 그중 한 권이 부시에게 감동을 주었기 때문에 담당관이 된 것이다. 후버가 고개를 끄덕였다.

"박사, 정치도 마찬가지고 외교에도 정답이 없어. 끝없이 속임수가 이어지는 것이 외교야."

후버가 가르치듯이 목소리를 높였다.

"대통령한테 그렇다, 아니다, 둘 중 하나로 대답하면 안 된단 말이오. 학생한테 가르치듯이 말해주면 나라가 엉망이 돼. 대통령이 결정하기 전에 숙고하게 만들어야 된단 말이오."

윌슨이 소리 죽여 한숨을 쉬었다. 트로츠키가 알아들었을까? 아니다.

오늘 바닷가 별장 회의의 참석자는 5명, 베란다의 대나무 의자 상석에 이광이 앉았고 좌우의 의자에는 각각 해밀턴과 강정규, 안학태와 윤서인이 앉았다. 윤서인과 강정규는 오늘 처음 만난 터라 이곳에서 인사를 했다. 밤 9시다. 저녁을 먹고 만났기 때문에 불을 켠 베란다 주위는 짙은 어둠에 덮여 있다. 이광이 먼저 입을 열었다.

"기간은 한 달인가?"

"한 달 반 정도로 예상됩니다."

해밀턴이 바로 대답했다.

"군산연의 무기 공급이 끝날 때까지 전쟁은 일어나지 않을 것입니다."

"한 달 반 후에 무기 공급이 끝난단 말이군."

"그렇습니다. 이번에는 무기 성능 검사를 철저히 할 테니까요."

이광의 얼굴에 쓴웃음이 번졌다. 군산연 덕분에 '전쟁'이 늦춰진다는 말이었다. 군산연이 무기를 공급할 때까지 전쟁은 일어나지 않는다. 일어날 분위기면 군산연이 수단 방법을 가리지 않고 막을 것이다, 왜냐하면 무기 공급이 안 된 상태에서 '전쟁'이 일어나면 '장사'를 못 하게 되니까. 무기를 공급하고 '대금'을 받고 나서 '전쟁'이 시작되어야 하는 것이다. 이광의 시선이 강정규에게 옮겨졌다.

"강 이사, 무슨 말인지 알겠나?"

"예, 회장님."

이제는 강정규도 알 만큼 안다. 이광과 해밀턴의 대화를 이해하고 있는 것이다. 이광이 이제는 윤서인을 보았다.

"윤 부장은 무슨 말인지 아나?"

"저는 아직……."

윤서인의 얼굴이 조금 붉어졌다. 탁자 앞쪽에는 강정규가 마주보고 앉아 있다. 아까부터 강정규는 윤서인을 똑바로 보고 있는 중이다. 이광이 고개를 끄덕이더니 옆쪽의 안학태에게 물었다.

"돈은 보냈지?"

"예, 하사드 사장이 투자 회사 자금에서 3백억 불을 후세인의 계좌 5

곳에 분산 입금시켰습니다. 후세인 측에서 입금 확인을 했다는 연락이 왔습니다."

안학태가 말을 이었다.

"제가 오후에 핫산 왕세자한테 보고를 했습니다. 왕세자는 쿠웨이트 해외 자금에서 3백억 불을 언제든지 인출해 가라고 하시더군요."

이광이 고개만 끄덕였다. '리스타 금융'의 하사드가 알아서 할 것이다. 그때 해밀턴이 입을 열었다.

"회장님, 군산연에서 이번 2차 군수품 입금 연기에다 반품 소동이 우리의 공작인 것으로 의심하고 있습니다."

"당연하지."

이광이 말을 이었다.

"쿠에타에서의 무기 폭발도 우리 소행인 줄 알고 있어. 증거가 없을 뿐이지."

강정규가 숨을 들이켰다. 쿠에타 작전은 강정규가 주도한 것이다. 그때 해밀턴이 말했다.

"군산연은 이번에는 오마르에게 비행기로 무기를 공급할 예정입니다."

이광의 시선을 받은 해밀턴이 쓴웃음을 지었다.

"아프간 남쪽의 정부군 공군 기지입니다. 공군 기지의 정부군이 반군과 결탁한 것입니다."

고개를 끄덕인 이광이 물었다.

"CIA의 반응은?"

해밀턴이 입맛부터 다셨다.

"아직 정보를 받지 못했지만 기가 막힐 겁니다. 더구나 쿠웨이트 일까지 겹쳐 있어서요."

윤서인이 소리 죽여 숨을 뱉다가 힐끗 강정규를 보았다. 지금도 강정규는 똑바로 이쪽을 응시하고 있다. '리스타 연합' 이사라면 고위직이다. 지금까지 '리스타 연합'은 그룹의 핵심으로만 알고 있던 윤서인이다. 그런데 오가는 말을 들었더니 '리스타 연합'은 행동도 하는 모양이다.

"어떻게 생각하시오?"

부시가 후버에게 물었다. 지금까지 다국적군 사령관 에이브람스 대장으로부터 브리핑을 들은 것이다. 오벌룸에는 7명이 둘러앉았는데 미국의 최고위층들이다. 대통령 부시, 국방장관 헌팅턴, 국무장관 매카나기, 합참의장 존슨, 그리고 안보담당관 트로츠키와 에이브람스, 거기에다 후버까지다. 후버가 얼른 대답하지 않았더니 부시가 말을 이었다.

"브리핑을 들으셨겠지만 군부(軍部)는 이라크군(軍)이 사우디를 조만간에 침공할 것으로 확신하고 있는 것 같아요. 국무부 쪽 의견도 그렇고."

부시가 의자에 등을 붙이더니 지그시 후버를 보았다.

"트로츠키한테는 아무것도 속단하지 말라고 하셨다던데, CIA 의견을 들읍시다."

"후세인은 걷잡을 수 없는 인간입니다. 미친놈이죠."

후버가 억양 없는 목소리로 말을 이었다.

"남들이 오른쪽으로 갈 것을 모두 예상하고 있다면 이 작자는 먼 쪽으로 갑니다. 이건 일부러 그러는 게 아니라 천성(天性)입니다. 무의식중에 나오는 버릇이란 말입니다."

"그 천성이 뭔지 들읍시다."

부시의 눈썹이 모아졌다. 부시는 후버를 별로 좋아하지 않는다. CIA 정기 보고도 한 달에 두 번을 한 번으로 줄였고 대통령 방문은 아예 없애버렸다. 후버가 대통령 사생활까지 조사한다고 믿는 것이다. 후버가 입을 열었다.

"후세인은 사우디를 침공할 겁니다."

"그놈이 아예 이라크를 망하게 할 작정이란 말이오?"

부시가 되묻자 후버는 고개를 끄덕였다.

"이라크가 망하지 않는다고 믿거든요."

"어째서 그렇소?"

"사우디, 쿠웨이트를 인질로 잡으면 전쟁은 10년 이상 갈 것입니다."

"그럼 다국적군은 바그다드를 점령할 것 아니오?"

"사우디, 쿠웨이트하고 바그다드를 바꾸잔 말씀입니까?"

"말도 안 돼."

부시가 고개를 돌려 에이브람스를 보았다.

"장군, 말 좀 해봐요."

"예, 각하."

심호흡을 하고 난 에이브람스가 부시를 보았다.

"후버 부장의 말대로 전쟁이 길어질 가능성이 있습니다, 각하."

"우리가 바그다드를 점령해도 말이오?"

부시의 목소리가 높아졌다. 그때 후버가 헛기침을 했다.

"군산연은 전쟁이 일찍 끝나지 않도록 사사건건 방해를 할 테니까요."

"무엇이?"

"베트남전에서 오래 끌다가 우리가 후퇴한 것도 군산연의 농간 때문이었습니다, 각하."

"말도 안 돼."

"군산연의 장단에 맞춘 군 고위층, 정치가, 그것을 안 대통령까지 제가 명단을 갖고 있지요."

그 순간 부시가 어깨를 늘어뜨렸고 헌팅턴은 외면했으며 매카나기는 커피 잔을 들다가 내려놓았고 에이브람스는 침을 삼켰다. 트로츠키만 두리번거리고 있다.

"응, 왔나?"

방으로 들어선 사담 후세인이 웃음 띤 얼굴로 손을 내밀었다.

"예, 각하."

부동자세로 서 있던 카심 대장이 후세인의 손을 쥐더니 곧 양쪽 뺨에 세 번 볼을 붙이고 나서 손바닥을 제 가슴에 대고 고개를 숙였다. 최대의 경의다. 후세인은 모하메드 경호실장, 아메드 비서실장을 대동하고 있었는데 카심은 그들과는 눈인사만 했다. 이곳은 바그다드 북동 쪽, 교외에 위치한 '지하 궁전'이다. 지하 벙커를 그렇게 부르는 것이다. 이란과의 '8년 전쟁' 때 후세인은 이곳에서 지냈기 때문에 지하 50미터에 위치한 이곳은 '도시'가 되어 있다. 넷이 자리 잡고 앉았을 때 후세인의 시종이 들어와 그들 앞에 핏물이 담긴 것 같은 찻잔을 내려놓고 물러갔다. 오후 3시 반, 카심은 변장을 하고 어젯밤 쿠웨이트를 떠나 육로로 이곳에 온 것이다. 극비 회동이다. 카심이 쿠웨이트를 떠난 것은 참모장 쟈마렉 중장밖에 모른다. 찻잔을 든 후세인이 뜨거운 차를 한 모금 마시고는 카심을 보았다. 먼 곳을 보는 것 같은 시선이다.

"카심, 이광한테서 300억 불을 받았다. 쿠웨이트에서 한 달 후에 철군하는 조건으로 말이야."

카심은 숨만 쉬면서 후세인을 응시하고 있다. 카심의 표정에도 변화가 없다. 다시 후세인의 말이 이어졌다.

"물론 핫산의 쿠웨이트 해외자금에서 나갈 돈이지. 지금 우리가 철군 사실을 은폐하려고 오히려 사우디 국경 쪽에 기갑군을 남하시킨 것도 잘 먹혀 들어가는 것 같다. 어떠냐?"

그때 카심이 입을 열었다.

"제 부하들도 모두 사우디 진입을 믿고 있습니다, 각하. 그러니 미국이 믿는 것도 당연하지요."

"어제 에이브람스가 백악관으로 날아가서 부시를 만났어. 아마 사우디 침공에 대한 회의를 했을 거다."

"예, 그랬겠지요."

"다국적군이 미리 선수를 쳐서 우리를 공격해 올 가능성은?"

"현재는 그럴 가능성이 희박합니다, 각하."

카심이 말을 이었다.

"다국적군 편성이 아직 끝나지 않았습니다. 미군이 주도를 하고 있지만 프랑스, 영국군의 배치 문제가 미확정된 데다가……."

"군산연의 무기가 아직 공급되지 않았기도 하지."

후세인의 얼굴에 쓴웃음이 떠올랐다.

"그놈들이 2차로 공급한 3백억 불이 넘는 무기가 반품되었어. 재검을 받으려면 한 달 반이 걸린다고 했다."

말을 그친 후세인이 눈동자의 초점을 잡고 카심을 보았다.

"카심, 이 전쟁에서 누가 주도권을 쥐고 있다고 생각하나?"

"당연히 우리 이라크군(軍)입니다, 각하."

"아니다."

후세인이 고개를 저었다. 세 쌍의 시선을 받은 후세인이 말을 이었다.

"군산연이다."

그때 카심이 길게 숨을 뱉고 나서 말했다.

"각하, 쿠웨이트 주둔 기갑부대의 위장 공격 전술이 파악되는 것은 시간문제라고 생각합니다."

"물론이지."

후세인이 선선히 긍정하자 카심은 서둘러 말을 잇는다.

"군산연의 2차 무기 공급이 끝나기 전에 신속히 철군해야 될 것 같습니다."

후세인이 고개를 끄덕였다. 그 대가로 3백억 불도 받은 것이다. 쿠웨이트라는 꿀단지를 안고는 있지만 당장에 다 먹을 수는 없다. 먹을 만큼만 먹어야 한다. 그래서 카심을 비밀리에 부른 것이 아닌가? 그때 후세인이 비서실장 아메드에게 지시했다.

"그자를 데려와."

"예, 각하."

자리에서 일어선 아메드가 서둘러 방을 나가더니 바로 사내 하나를 데리고 들어섰다. 50대쯤의 사내는 잔뜩 긴장하고 있다. 사내가 두 손을 모으고 절을 했을 때 후세인이 턱으로 옆쪽 자리를 가리켰다.

"거기 앉아, 형제여."

"예, 모하메드의 축복을 받으시기를……."

"됐다, 형제여."

말을 자른 후세인이 아메드에게 말했다.

"아메드, 네가 소개를 해라."

"예, 각하."

어깨를 편 아메드가 카심을 보았다.

"이분은 사우디 리야드에서 알무사비 에이전시를 운영하는 알무사비라고 합니다. 사우디 왕족의 일원으로 군산연의 대리인 역할을 맡고 있지요."

긴장한 카심이 사내를 보았다. 그때 후세인이 말을 받는다.

"무사비는 내 형제나 다름없다. 지금까지 사우디에서 은밀히 나를 많이 도와주었다. 그런데 이번에 무사비가 군산연의 피셔로부터 전갈을 받았다는 거야."

고개를 돌린 후세인이 무사비에게 말했다.

"형제여, 네가 다시 여기 있는 카심한테 설명을 해라."

"예, 각하."

자리를 고쳐 앉은 무사비가 카심을 보았다. 콧수염, 턱수염을 기르고 있었는데 비대한 체격이었고 붉은 얼굴은 땀으로 번질거렸다.

"곧 이라크군이 사우디에 진입할 예정이니 사우디군을 신무기로 무장시켜야 할 것이라고 했습니다. 국방장관의 승인을 받았다는 것입니다."

"......"

"아시다시피 국방장관 하타리는 왕세자로 왕위 계승 1순위입니다. 하타리가 승인했다면 무기 도입은 결정이 된 것이지요."

무사비가 번들거리는 눈으로 후세인과 카심을 번갈아 보았다.

"군산연은 이라크군(軍)이 사우디 북부를 점령해주기를 바라고 있습니다. 그러면 장기전이 될 것이고 그동안 무기를 사우디에 판매할 수 있기 때문이지요."

"얼마 정도가 걸릴 것 같나?"

후세인이 물었다. 카심이 들으라고 다시 묻는 것 같다. 그러자 무사비가 말을 잇는다.

"1년입니다. 군산연은 6개월간 1천억 불의 무기를 사우디에 넘길 예정입니다. 그동안 이라크군이 사우디 북부를 점령한 채 버텨주기를 바라는 것이지요.”

그러고는 무사비의 얼굴에 야릇한 웃음이 떠올랐다.

“군산연 연락책의 전언입니다. 물론 간접적인 말이었습니다만 그동안 다국적군이 공격을 하지 않도록 군산연 측에서 로비를 하겠다는 것입니다.”

“…….”

“다국적군이 단시간에 이라크군을 격퇴하면 계속해서 무기 판매를 할 수 없기 때문이지요.”

그때 후세인이 카심에게 물었다.

“카심, 어떻게 생각하나?”

“작전에 참가해보겠나?”

불쑥 안학태가 물었기 때문에 윤서인이 긴장했다. 오전 10시, ‘리스타랜드’ 중심부에 위치한 사무실 안이다.

“무슨 작전인데요?”

“‘리스타 연합’의 작전인데 윤 보좌관이 현장 감각을 익히는 데 도움이 될 것 같아서.”

“하겠습니다.”

그렇지 않아도 현장감이 부족한 느낌을 절실하게 받던 중이라 윤서인이 대번에 수락했다. 비서실 소속으로 회장의 정책 보좌관을 맡았지만 ‘현장’을 모르는 상황에서 정책이 만들어질 수가 없다. 어제 회장과의 회의에서도 얼굴이 붉어지지 않았던가? 안학태가 말을 이었다.

“회장님도 그러는 게 낫겠다고 하셨어.”

"알겠습니다."

"어제 강 이사 만났지?"

"예?"

강정규의 얼굴을 떠올린 윤서인이 고개를 끄덕였다. 얼굴만 보았을 뿐이다. 이쪽을 빤히 쳐다보는 강정규의 얼굴이 기억난다. 그때 안학태가 말했다.

"강 이사한테 가봐."

"예? 제가요? 왜요?"

"강 이사하고 같이 작전을 하는 거야."

"제가요?"

"아니, 그럼 여기 누가 또 있나?"

안학태가 방을 둘러보는 시늉을 하더니 말을 이었다.

"여기서 필리핀은 금방이야. 같이 필리핀으로 가라고."

"필, 필리핀에요?"

"강정규가 팀장이니까 물어보도록."

엄격한 얼굴이 된 안학태가 말을 이었다.

"강정규가 이번에 또 작전을 맡았는데 윤 보좌관을 참관자로 데려가는 거야. 도움이 될 테니까 다녀와."

윤서인은 입을 벌렸다가 다물었다. 할 말이 없다.

방으로 들어선 윤서인이 주춤거리다가 안쪽에 앉은 강정규를 향해 고개를 약간 숙였다.

"저, 실장님이 가 보라고 하셔서요."

"여기 앉아요."

강정규가 앞쪽 소파의 빈자리를 가리켰다. 소파에는 사내 셋이 앉아 있었는데 모두 30대 초반쯤으로 건장한 체격에 눈빛이 강했다. 윤서인이 자리에 앉았을 때 강정규가 세 사내에게 말했다.

"비서실 회장님 보좌관이시다. 이번 작전에 참관하시게 되었으니까 뭐 물어보거나 하시면 잘 대답해 드리도록."

"예."

셋이 똑같이 대답을 했기 때문에 윤서인은 어색해져서 시선을 내린 채 말했다.

"잘 부탁합니다."

그때 강정규가 윤서인에게 말했다.

"이 친구들은 '리스타 연합'의 과장급입니다. 작전에 참가할 때는 '리스타 용병대' 계급으로 소령이지요. 참고로 알아 두시도록."

강정규가 이번에는 사내들에게 말했다.

"너희들은 보좌관님을 부장님이라고 부르면 되겠다."

"예."

다시 셋이 똑같이 대답했고 윤서인은 소리 죽여 한숨을 쉬었다. 강정규가 이번에는 윤서인을 보았다.

"우리가 필리핀 간다는 거 들으셨지요?"

"예, 실장님한테서……."

"군산연에서 공급되는 무기가 필리핀 마닐라 북방의 제238공군기지에서 떠납니다."

"아아, 네."

영문을 모르는 윤서인이 그렇게만 대답했더니 강정규가 말을 이었다.

"그렇군. 우리 작전은 군산연이 탈레반의 오마르에게 공급할 무기를 두 번째로 없애버리는 겁니다."

"아아."

"지난번에는 여기 모인 셋과 부하들이 파키스탄의 쿠에타에서 미사일로 무기들을 재로 만들었지요."

"……."

"이번에는 필리핀 공군 기지에서 작전을 할 겁니다."

강정규가 똑바로 윤서인을 보았다.

"그런데 문제가 있어요."

후버가 커피 잔을 내려놓고 윌슨에게 물었다.

"'리스타 용병대'가 필리핀에서 해치울까?"

"모르겠습니다."

고개를 기울인 윌슨이 말을 이었다.

"이번에는 필리핀 공군 기지에서 처리해야 될 테니까요."

"필리핀 반군 소행으로 몰면 돼."

"반군이 마닐라 근처까지 온 적이 없어서 문제입니다."

그때 후버가 주위를 둘러보았다. 브루클린의 작은 레스토랑 안, 프랑스 전문 음식점이지만 후버는 이곳에 오면 커피에다 오믈렛만 먹는다. 프랑스 요리는 아는 것도 없지만 메뉴판을 쳐다보지도 않는다. 식당 이름이 '부르봉'인데 분위기가 좋은 것도 아니다. 오직 하나, 후버의 안가에서 걸어서 5분 거리인 데다 산책로가 직선으로 이곳까지 뻗쳐 있기 때문이다. 한 번도 신호등이나 찻길이 가로막지 않는 것이다. 손님은 그들 둘뿐이었고 문밖에 경호원 둘이 지나는 행인처럼 두리번거리고 서 있다. 그때 후버가 말했다.

"군산연이 이번에는 대비하고 있을 거야. 마닐라가 최적의 장소라는 것을 알고 있거든."

"그리고 정보가 우리 측에서 나간다는 것도 알고 있습니다, 부장님."

윌슨이 외면한 채 말을 이었다.

"군산연 정보원들이 CIA의 3급 정보까지는 스캔해 갑니다, 부장님."

"마닐라에서 결판이 나겠군."

후버가 다시 커피 잔을 들고 식은 커피를 한 모금 삼켰다.

"이번 2차는 놔두려고 했지만 어쩔 수가 없었어."

윌슨은 대답하지 않았고 후버가 말을 이었다.

"놔둔다면 군산연이 우리를 무시하게 될 테니까 말이야. 저지하는 시늉이라도 해야지."

"'리스타 용병대'가 당할 가능성이 큽니다."

"해밀턴한테서는 아직 연락이 안 왔나?"

"곧 오겠지요. 용병대가 떠나기 전에 조건을 내걸 테니까요."

"어떻게든 보내."

"해밀턴이 분위기를 모를 리가 없습니다, 부장님."

그때 후버가 고개를 들고 똑바로 윌슨을 보았다.

"윌슨, 우리가 이런 일을 한두 번 하냐?"

"그래도 너무 뻔해서요."

"입 닥치고 가만있어. 이번에 리스타가 당하면 군산연도 느긋해질 거야."

후버의 목소리가 강해졌다.

"균형을 맞추는 거지. 군산연도, 리스타도 우리가 조종을 하려면 어느 한쪽에 치우치면 안 된단 말이다."

커피 잔을 내려놓은 후버가 자리에서 일어섰다.

"가자, 해밀턴이 전화할 때가 되었다."

해밀턴의 전화가 왔을 때는 오후 6시가 되어 갈 무렵이다. 그때는 후버가 랭글리의 본부 사무실에서 회의를 마치고 퇴근하려던 참이었다. 보좌관이 건네준 전화를 받으면서 후버가 윌슨을 불러오라고 지시했다. 마침 방에 있던 윌슨이 달려왔을 때 후버가 전화기에 대고 말했다.

"어, 그렇지 않아도 기다리고 있던 참이야."

"보스, 기다리고 계실 줄 알았습니다."

스피커폰 버튼을 누른 후버가 의자에 등을 붙이고는 말을 이었다.

"아직 작전을 시작하지 않았다는 말이냐?"

"예, 보스."

"네 조건을 말해."

"군산연을 이대로 두실 겁니까?"

"이대로 두다니? 내가 가만두고 있는 거냐?"

"아니, 이런 식으로 땜질만 하려는 것이냐고요? 그것도 직접 하지 않고 말입니다."

"그래서?"

후버의 목소리가 높아졌다.

"그럼 미국의 군수산업체를 모두 문 닫게 할까? 미국 경제가 추락하면 러시아 꼴이 될 것 같으냐? 그보다 더 난장판이 돼, 이 멍청아."

"그래서 계속 정권마다 끌려다니겠단 말씀이군요."

"네가 뭔데 나서? 코리안의 월급쟁이가 된 주제에."

"내가 보스보다는 낫습니다."

"뭐가 나아, 이 병신아?"

그때 앞에 앉은 윌슨이 진정하라는 듯이 손을 저었기 때문에 후버가 어깨를 늘어뜨렸다. 해밀턴이 헛기침을 하고 나서 말했다.

"보스, 마닐라 북방의 238공군기지는 필리핀군 1개 대대 병력이 경비하고 있습니다. 우리가 기지 안으로 진입하려면 1개 연대 병력이 필요하지 않겠습니까?"

"과장하지 마, 해밀턴. 지난번처럼 잠복, 기습하면 10명도 가능해."

"공군 기지는 감시가 철저해서 진입이 힘듭니다, 그래서……."

"뭐야?"

"다른 방법을 쓰려는데."

"어떤 방법?"

"그건 비밀입니다."

"나도 믿지 못하겠다는 말이지?"

"우선 조건부터 합의하지요."

"말해."

"이번에 군산연이 오마르에게 공급할 무기는 C-140 수송기 3대이지요?"

"그건 잘 모르겠는데?"

"알고 계실 겁니다. 아프간 정부군용 무기가 5대이고, 그래서 8대가 238공군기지로 떠나지요."

"잘 알면서 왜 물어?"

"군산연이 이번에는 당하지 않으려고 할 겁니다. 이번 2차 공급 정보도 우리한테 새 나갔다고 예상하고 있을 겁니다."

후버가 눈만 껌벅였고 윌슨이 입 안에 고인 침을 삼켰다.

"마닐라가 최종 기착지기 때문에 안팎에서 철저히 경계하고 있겠지요."

"……."

"이번 작전의 대가로 아프리카의 시에라리온에서 정부군과 연합할 권한을 인정해 주시죠."

"뭐?"

놀란 후버가 숨을 들이켰다. 시에라리온은 지금 내전 중이다. 반군혁명연합전선에 밀린 정부군은 남쪽으로 밀려 정부가 붕괴 직전이다. 정신을 차린 후버가 눈을 가늘게 떴다.

"아프리카에 발을 딛겠다는 것이냐?"

"그곳은 지금 반미(反美) 지역의 중심이 되어가고 있지 않습니까?"

되물은 해밀턴이 말을 이었다.

"러시아는 아직 개입할 명분을 찾지 못했지만 곧 반군과 결탁할 겁니다."

후버는 소리 죽여 한숨을 뱉었다. 그렇다. 미국이 이라크의 쿠웨이트 진입에 다국적군을 편성하고 온 신경을 쏟는 상황이다. 시에라리온의 내전과 반미전선에 대한 대비는 후순위로 밀려나 있다. 그때 후버가 물었다.

"거기서 리스타가 뭘 하려고?"

"민주 정부를 설립하는 것이죠."

"그래서 어쩌려고?"

"제2의 리스타랜드를 만들고 싶습니다."

"이제는 육지에 말이지, 아프리카에?"

"모두를 위해 좋은 일 아닙니까?"

후버가 다시 한숨을 쉬고 나서 말했다.

"생각해보지."

"시간이 없습니다, 보스."

"시끄러, 이 자식아!"

버럭 소리친 후버가 앞쪽에 앉은 윌슨을 보았다. 윌슨이 천천히 고개를 끄덕이고 있다.

"문제는 군산연이 우리 의도를 눈치채고 있다는 거요."

마닐라로 향하는 비행기 안에서 강정규가 윤서인에게 말했다. 싱가포르를 떠난 비행기는 구름 한 점 없는 하늘 위를 동진하고 있다. '리스타랜드'에서 바로 마닐라로 직항할 수 있지만 강정규는 대원들과 함께 싱가포르를 거쳐 가는 코스를 택했다. 그것도 3명, 4명씩 팀으로 움직이도록 했는데 강정규와 윤서인이 한 팀이다. 강정규가 말을 이었다.

"마닐라 근처의 필리핀 공군 기지에 수송기가 도착하는 시간은 이틀 후 오후 3시요. 거기서 6시간쯤 쉬었다가 밤에 아프간으로 출발합니다."

"그럼 우리 일은 미군 기지에서 수송기를 폭파하는 것인가요?"

윤서인이 묻자 강정규가 고개를 저었다.

"그렇게 간단하지 않아요."

"군산연이 경계를 하고 있기 때문에요?"

"군산연뿐만이 아니지. 정보가 CIA에서도 새고 있으니까."

윤서인의 시선을 받은 강정규가 말을 이었다.

"우리는 지금 CIA가 군산연에 내놓은 제물, 희생양이 되어 있을 가능성이 커요."

"그게 무슨 말이에요?"

"우리가 함정에 들어가고 있을지도 모른다는 말이지."

"……"

"CIA가 지난번 사건도 있고 해서 이번에는 군산연에 우리들을 제물로 내놓을 가능성이 있다는 겁니다."

"그럴 수도 있는 건가요?"

"군산연이 미국의 이적 단체는 아니니까요. 국익에 막대한 도움을 주는 단체니까, 영향력도 막강하고."

"그건 알아요."

고개를 끄덕인 윤서인이 강정규를 보았다.

"그래서 이번에는 우리를 군산연에 내준다는 말이죠?"

"그래요."

"그럼 우리가 지금 사지(死地)로 들어가는 건가요?"

"내가 20명의 목숨을 책임진 상황이지."

쓴웃음을 지은 강정규가 말을 이었다.

"윤 부장까지 포함해서 21명을."

"수송기를 폭파시키실 건가요?"

그때 강정규가 정색했다.

"그건 내가 현지에서 결정할 겁니다."

"카심이 권철을 불러 말했다고 합니다."

안학태가 말을 이었다.

"후세인 대통령이 만났으면 좋겠다고요. 오늘 중으로 출발하시면 좋겠다는데요."

권철을 통해 메시지가 온 것이다. 권철은 여러 가지 방법으로 안학태에게 보고를 해오기 때문에 가장 빠르고 기밀 유지가 되는 편이다. 고개를 끄덕인 이광이 안학태에게 지시했다.

"준비해. 지금 출발하지."

그 시간에 권철은 미에와 함께 침대에 누워 있었는데 이곳은 오후 2시다. 한낮인 것이다. 권철은 시도 때도 없이 이런다.

"오무라 씨한테서 연락이 왔어요."

권철의 가슴에 볼을 붙인 미에가 말했다.

"곧 총리실 소속 안보 연구회를 맡게 될 것이라고요."

"그럼 다시 표면에 드러나는 것이군."

권철이 미에의 어깨를 당겨 안으면서 웃었다.

"모두 예상하고 있었어."

"우선 미국 측의 승인을 받았으니까요."

"교활한 놈, 한때는 자살한 것처럼 위장하더니."

"한국과는 일본이 우호국 관계니까 한국 정부도 받아들일 거라고 하더군요."

그렇지만 리스타와 총리 비서실 소속 정보실장이었던 오무라하고는 악연이 겹친 관계였다. 권철이 벗은 미에의 엉덩이를 움켜쥐고 당겨 안았다.

"좋아. 보고할 정보를 줘서 고맙다."

"아마 내가 당신한테 오무라 씨 이야기를 하리라고 예상하고 있을 거예요."

"그렇겠지."

권철의 얼굴에 웃음이 떠올랐다.

"나를 통해서 신고를 하려는 것이지."

"기갑부대가 사우디로 남진할까요?"

불쑥 미에가 물었기 때문에 권철이 움직임을 멈췄다. 그러고는 위에서 미에를 내려다보았다.

"오무라가 알아보라고 했어?"

"네."

"나한테 물어보라고 한 거야?"

"그렇게는 말 안 했지만요."

"네 생각은 어때?"

"위장한 것 같아요."

"왜?"

"너무 공개적이죠. 남침하려면 은밀히 기습해야 되는 거 아녜요?"

미에의 상기된 얼굴을 내려다보던 권철이 빙그레 웃었다.

"그렇지."

"기갑부대가 아직 짐을 풀지도 않고 있다고 해요. 다시 올라와서 철군을 할 것 같다는 소문이 돌아요."

"철군을?"

"다국적군이 곧 전력을 갖추고 무기 체제를 통일하면 곧장 공격해올 텐데 그때는 이라크군이 밀리죠."

"그렇지."

"그러니까 공격하는 시늉을 했다가 철군하려는 것 같다고 해요."

"그렇게 보고를 했어?"

"보고는 했어요."

"내 생각도 그렇다."

미에에게 몸을 붙이면서 권철이 말했다. 그러고는 입술을 붙였기 때문에 더 이상 말이 이어지지 않았다.

마닐라, 밤 10시 반, 연립주택 2채를 임대해서 투숙한 22명, 강정규, 윤서인을 포함한 작전팀이다. 그중 홍만준과 2명은 방금 238공군기지 주변을 둘러보고 돌아왔다. 연립주택 응접실에 둘러앉은 대원들이 회의를 한다. 경계병 4명을 제외하고 모두 모인 것이다. 윤서인도 강정규 옆자리에 앉아 있다. 앉을 자리가 부족했기 때문에 절반 이상은 벽에 붙어 서거나 쪼그리고 앉았다. 정찰을 나갔다 온 홍만준이 먼저 입을 열었다.

"기지 경비 병력이 1개 대대나 되지만 공군 기지가 넓어서 침투는 가능합니다. 수송기를 격파하는 것도 쿠에타보다 어려울 것이 없지만 도주하기가 어렵습니다."

홍만준이 탁자 위에 펼쳐 놓은 지도를 손으로 짚었다. 중심에 238공군기지가 있고 사방은 평야다. 길은 2곳이 뻗어 있지만 나머지는 논이다. 숨을 곳이 없다. 도로는 2차선으로 검문소가 3곳이나 설치되었다. 진입과 파괴는 용이했지만 도주할 때가 문제다. 238기지 아래쪽에는 육군부대도 있는 것이다. 그때 강정규가 말했다.

"CIA에서는 우리가 마닐라에서 작전을 하는 것으로 알고 있어. 그러니 군산연에도 정보가 들어갔을 거다."

"그렇습니다."

고개를 끄덕인 윤석이 말을 이었다.

"활주로 주위에 저격병만 배치시켜 놓으면 벌판에서 토끼 사냥하는 것보다 쉬울 겁니다."

"지대지 미사일은 사정거리가 1,200미터야."

김태규가 나섰다.

“공항 밖에서도 시야가 트였으니까 얼마든지 조준해서 맞힐 수가 있다고.”

“그 미사일 사수는 목숨을 내놓아야겠지, 엄폐물도 없으니까.”

홍만준이 말을 받았을 때 강정규가 고개를 들었다.

“위장을 하는 거야.”

모두의 시선이 모였고 강정규가 말을 이었다.

“지금 우리가 마닐라에 와 있다는 것도 CIA와 군산연에 탐지되었을 가능성이 커.”

강정규의 얼굴에 쓴웃음이 번졌다.

“공항 컴퓨터에 다 기록되어 있을 테니까 말이야.”

이제는 입출국 기록이 다 드러난다. 이름을 바꿔도 얼굴을 바꾸기는 힘든 것이다. 그때 강정규가 말을 이었다.

“오늘 오전 2시 반에 마닐라항에서 그리스 국적의 아테나호가 출항한다. 목적지는 자카르타.”

모두 숨을 죽였고 강정규의 말이 이어졌다.

“지금부터는 ‘리스타 작전’이다. 모두 준비하도록.”

이광이 탄 전용기가 바그다드 공항에 도착했을 때는 밤 11시 반이다. 바그다드에 밤에 도착하는 버릇이 들었던 이광은 오히려 어둠에 익숙해져서 더 아늑한 분위기가 되었다. 이번에도 이광을 태운 리무진은 ‘지하궁전’으로 안내했다. 후세인이 오늘은 비서실장 아메드와 둘이서 이광을 맞았는데 더 다정한 모습이다. 자리를 잡고 앉았을 때 찻잔을 든 하인이 들어오지 않았다. 사소한 변화지만 이광은 눈치채고 있었다. 이윽고 후세인이 입을 열었다.

"형제여, 세상이 급박하게 돌아가고 있다네. 자네도 알고 있지?"

"예, 각하."

"그 중심에 누가 있는지 아는가?"

"군산연이지요."

"그렇지."

고개를 끄덕인 후세인이 웃음을 띠었는데 씁쓸한 표정이다.

"나는 물론이고 쿠웨이트, 미국 정부까지 그놈들이 쥐고 있다네. 사우디아라비아도."

사우디? 이광의 눈썹이 조금 치켜 올라갔다. 그것을 본 후세인이 길게 숨을 뱉었다.

"군산연이 우리가 사우디를 점령하는 것을 도와주겠다는 거야. 적어도 6개월에서 1년은 다국적군이 움직이지 못하도록 손을 써주겠다네."

이광이 숨을 죽였고 후세인이 말을 이었다.

"그러면 그동안에 사우디에 1천억 불가량의 무기를 팔아먹을 수 있다는 것이지. 국방장관 하타리가 군산연과 벌써 합의를 했어."

"……."

"군산연의 사우디 에이전시 알무사비가 한 말이니 사실이네."

"……."

"이건 CIA도 모르고 있는 일이지."

"각하, 그러면……."

그때 후세인이 얼굴을 일그러뜨리며 웃었다.

"내가 사우디 북부 지역을 장악하면 세계지도가 변하겠지?"

"……."

"사우디 도시를 점령하면 다국적군은 폭격을 못 해. 아마 베트남보다 더한 전쟁을 치르게 되겠지. 미국이 말이야."

"……."

"더구나 사우디 국민은 나한테 호감이 많아. 왕정에 염증이 난 국민들이 많단 말이야."

"각하, 그렇게 되면."

"군산연도 좋고 나도 좋은 것이지. 이것을 '윈윈'이라고 하나?"

이광이 시선만 주었고 후세인의 말이 이어졌다.

"어떻게 생각하나? 내가 쿠웨이트에서 300억을 받았지만 말이네."

"각하."

이광이 정색하고 후세인을 보았다.

"군산연의 의도를 미국 정부에서 눈치채고 있지 않겠습니까?"

"알지도 모르지."

"CIA나 대통령이 놔둘까요?"

"부시는 멍청이야."

"알면 가만있지만은 않겠지요?"

"내가 왜 그들에게 협조해야 하나?"

되물은 후세인이 소파에 등을 붙였다.

"리, 형제여."

"예, 각하."

"이제 내가 형제를 부른 의도가 짐작이 가나?"

"각하, 제가 하타리 왕세자를 만나보지요. 그것을 바라신 것 아닙니까?"

"역시 형제는 나하고 가슴이 통해."

후세인이 손바닥으로 제 가슴을 짚고는 펴 보았다. 심장이 통한다는 표시다.

“하타리는 단순하고 멍청한 놈이지만 순수한 면이 있어.”

“예, 각하.”

“내가 10년쯤 전에 만났는데 날 존경한다고 했어. 그땐 아직 30대였지.”

“예, 각하.”

“자네하고 비슷한 연배일 거야. 가서 내가 사우디로 내려가지는 않을 것이라고 전해주게.”

“예, 그리고…….”

숨을 고른 이광이 후세인을 보았다.

“제가 보상을 받아내지요.”

“과연.”

고개를 크게 끄덕인 후세인이 아메드에게 지시했다.

“그것 가져와.”

“모두 22명이야?”

후버가 묻자 윌슨이 고개를 끄덕였다. 그러나 시선은 마주치지 않는다.

“여자가 한 명 끼었습니다.”

“여자?”

“예, 젊은 여자인데 동행하고 있는데요.”

“여자까지 끼었단 말이지?”

“예, 부장님.”

뉴욕의 안가 응접실 안, 오후 3시. 오늘은 후버가 안가에서 집무를 한다. 후버가 창밖의 브루클린 공원을 내려다보면서 물었다.

“이번에는 리스타 쪽이 당하겠지?”

"그럴 가능성이 큽니다."

"해밀턴 그놈도 군산연 측이 알고 있다는 것을 예상하고 있을 텐데."

"예, 하지만 마닐라에 용병대가 도착한 것을 보니까 공군 기지에서 끝낼 것 같습니다."

"무모한 놈이야, 미스터 강 말이야."

"자위대 출신으로 이 회장을 암살하려다가 실패한 전력이 있지요."

"그런 놈을 심복을 만들어서 앞장을 세우다니. 허, 참."

그때 방으로 비서가 들어왔다.

"부장님, 리스타 이 회장이 지금 바그다드에 머물고 있는 것 같습니다."

"뭐? 바그다드? 이광이?"

놀란 후버가 들고 있던 커피 잔을 내려놓았다. 여유로웠던 분위기가 깨지면서 후버의 미간이 좁혀졌다.

"아니, 그놈이 언제……."

CIA는 이광의 전용기가 리스타랜드를 떠나 바그다드에 내린 것을 지금 파악한 것이다. 그때 비서가 말을 이었다.

"정보부 보고에 의하면 어젯밤에 리스타랜드를 출발해서 밤늦게 바그다드에 도착한 것 같다고 합니다. 요즘은 리스타랜드에서 이착륙하는 비행기가 많아서 파악을 못 한 것 같습니다."

"그래도 지금 발견한 건 다행이군."

윌슨이 위로하듯 말하자 비서가 어깨를 늘어뜨렸다.

"예, 바그다드 공항 전용기 격납고에 있는 것이 발견되었습니다."

"그놈이 왜 또 바그다드에 갔을까?"

후버가 윌슨에게 물었다.

"후세인하고 무슨 꿍꿍이야?"

그 시간에 이광은 쿠웨이트 남쪽에 주둔한 제27 기갑사단장 벙커에 들어가 있다. 기갑사단장 야세르 소장은 이광과 안학태를 상석에 앉혀 두고 칙사 대접을 했다. 이광은 바그다드에서 군용 비행기 편으로 쿠웨이트에 도착했고 쑵에 터번을 감은 아랍인 복장으로 위장하고 차편으로 내려온 것이다. 쿠웨이트에서는 카심 대장이 역시 쑵 차림으로 동행해 주었기 때문에 야세르는 좌불안석이었다. 그때 벙커 안으로 아메드가 들어섰다.

"무사비를 통해서 하타리하고 연락이 되었습니다. 오늘 밤에 사우디 영내의 사막에서 만나기로 했습니다."

아메드가 탁자 위에 놓인 지도를 손가락으로 짚었다.

"이곳이오. 사막 한복판입니다."

"150킬로 떨어진 곳이군."

카심이 지도를 보면서 말을 이었다.

"사막용 장갑차로 3시간 거리인데, 장갑차 쿠션이 딱딱해서 엉덩이가 좀 아프겠어."

웃으라고 한 소리지만 이광이 정색하고 고개를 끄덕였다. 사막용 장갑차를 타고 갈 사람은 이광과 안학태, 그리고 후세인의 경호실 장군이며 안내역을 맡은 쟈이단 소장인 것이다. 손목시계를 본 이광에게 카심이 말했다.

"리, 우리가 통과할 사우디 국경 쪽 수비대가 길을 터줄 거네. 거기서 사우디 측 안내역을 만날 거네."

오전 4시 반, 갑판에 선 강정규 옆으로 윤서인이 다가와 섰다. 바람에 옷자락이 날렸다. 컨테이너 화물선 '아테나호'는 지금 자카르타로 향하는 중이다.

“군산연은 우리가 공군 기지를 습격할 줄로 알까요? 마닐라의 238기지 말이에요.”

불쑥 윤서인이 묻자 강정규가 고개를 저었다.

“그들도 CIA 위성을 훔쳐보는 능력자들이니까 곧 알게 되겠죠.”

“우리가 지금 자카르타로 가고 있다는 것도 알까요?”

“탐지되었다면 공격을 받았겠지요.”

“자카르타에선 어떻게 해요?”

그때 강정규가 고개를 돌려 윤서인을 보았다. 어둠 속에서 시선이 마주쳤다. 둘 사이는 20센티도 안 되어서 바람결에 윤서인의 향내가 맡아졌다.

“내일 밤에 ‘아테나호’에 쾌속정이 옵니다. 우리는 그놈에 옮겨 타고 팔라완으로 갑니다.”

윤서인이 숨을 들이켰다. 지도를 봐서 안다. 내일 밤이면 필리핀령 팔라완섬 근처를 지날 것이다. 강정규가 말을 이었다.

“간부들만 루트를 알고 있는데 윤 부장한테도 알려 드리지. 팔라완에서 대기 중인 비행기로 곧장 파키스탄의 페샤와르로 날아갑니다. 거기서 헬기로 국경을 넘어 카불 공항으로 가는 겁니다.”

“그렇군요.”

“이틀 후 오후 6시면 페샤와르에 도착할 겁니다. 거기서 카불까지 8백킬로 거리인데 헬기 3대로 날아가야 돼요.”

“……”

“국경 경비대에 헬기가 발각되면 대공포를 쏘겠지. 그러니 저공비행으로 날아가야 되는 거요.”

"……."

"오후 12시까지 카불 근처의 공군 기지 옆에 도착해야 돼. 무기를 실은 C-140 8대가 다음 날 오후 3시경에 도착할 예정이거든. 그러니까 준비할 시간이 하루도 안 돼요."

"……."

"페샤와르까지는 파키스탄 국적의 화물기로 날아가고 국경을 넘을 때는 우리 리스타에서 구입한 헬기를 탑니다. 모두 우리 리스타 조종사들이 조종합니다."

"놀랐어요."

마침내 어깨를 늘어뜨린 윤서인이 입을 열었다.

"리스타의 위력을 실감하게 되었어요."

"윤 부장의 동행 목적이 그것이라면 팔라완에서 돌아갔으면 좋겠는데……."

"아뇨."

쓴웃음을 지은 윤서인이 고개를 저었다.

"카불까지 따라가겠어요."

"전투 현장은 못 갑니다."

"알아요."

바람결이 세어졌기 때문에 강정규가 난간에서 손을 떼며 말했다.

"들어갑시다."

몸을 돌리던 윤서인이 배가 조금 흔들리는 바람에 비틀거렸다. 강정규가 재빠르게 손을 뻗어 윤서인의 허리를 감아 안았다. 윤서인의 상반신이 강정규 가슴에 안겼다가 금방 떼어졌지만 촉감과 냄새는 남았다. 윤서인이 몸을 돌렸기 때문에 얼굴은 보이지 않았다. 그러나 말은 한마디

했다.

"고마워요."

텐트를 향해 다가가던 이광은 앞쪽에서 기다리는 세 사내를 보았다. 중앙에 선 사내는 키가 컸고 체격도 우람했다. 좌우에 선 사내들은 수행원 같다. 셋 모두 쓥에 터번을 했는데 다가오는 이광 일행을 보며 묵묵히 서 있다. 깊은 밤, 그러나 하늘의 별은 높은 천장의 샹들리에처럼 휘황하게 반짝인다. 너무 밝다. 달이 없는데 별빛만으로도 사막 위에 그림자가 만들어질 정도다. 밤 12시 반, 이곳은 사우디령 네푸드 사막이다. 쿠웨이트에서 서남방 160킬로 지점의 사막 한복판, 이광의 뒤쪽 모래 언덕 밑에는 그들이 타고 온 장갑차 3대가 멈춰 서 있다. 이광은 지금 안학태, 후세인의 경호실 소속 쟈이단 소장, 그리고 안내역인 사우디 대령과 넷이 텐트로 다가가고 있다. 이윽고 거리가 5미터로 좁혀졌을 때 앞장섰던 안내역이 소리치듯 말했다.

"여기 위대하신 왕세자이시며 국방장관인 하타리 대장을 소개해 드립니다."

사담 후세인에 대한 장군들의 자세보다 더 허식이 많았지만 충성심은 떨어지는 느낌이 든다. 그때 중앙에 선 사내가 앞으로 다가왔다. 어둠 속에서 웃음 띤 얼굴이 드러났다. 큰 코, 코밑과 턱에 수염이 무성했고 검은 눈동자가 번들거렸다.

"이분은 리스타의 이광 회장님이십니다."

안내역이 이광을 소개했을 때 하타리가 손을 내밀었다. 악수를 나눈 이광과 하타리는 양쪽 볼을 한 번씩 부딪치고 나서 떼어졌다.

"자, 안으로."

하타리가 이광 뒤쪽 수행원은 무시한 채 이광을 텐트 안으로 안내했다. 이광도 하타리의 수행원하고는 눈인사만 했다. 텐트 안에는 바닥에 양탄자가 깔렸고 방석이 놓여졌다. 양쪽이 양탄자 위에 마주보고 앉았을 때 하타리의 수행원 중 하나는 군산연의 대리인인 알무사비이고 또 하나가 육군 사령관인 이복동생 마카드로 소개되었다. 천막 안에는 천장에 전등을 매달아 놓아서 밝다. 50평쯤 되는 넓은 천막이다. 하인들이 다가와 그들 앞에 핏물 같은 홍차를 내려놓고 돌아갔다. 그때 찻잔을 든 하타리가 이광을 보았다. 검은 눈동자가 유리구슬 같다.

"후세인 각하께선 안녕하십니까?"

"예, 안부 전하셨습니다. 옛날에 만났던 일을 말씀하시더군요."

하타리가 이를 드러내고 소리 없이 웃었다.

"내가 어렸을 때지요. 후세인 대통령을 존경하고 있습니다."

"각하께서도 왕세자 말씀을 하셨습니다. 훌륭하신 분이라고 칭찬하시더군요."

"고맙군요."

칭찬 들어서 싫어하는 사람은 사정이 있는 경우다. 분위기가 부드러워졌고 이광이 말을 이었다.

"제가 군산연과 전쟁을 하고 있는 거, 왕세자 전하께서는 아시지요?"

"들었습니다."

"지금도 전쟁 중이지요."

이광이 똑바로 하타리를 보았다.

"군산연이 아프간 반군에 공급하던 무기 1차분을 지난달에 쿠에타에서 재로 만들었고 곧 2차분 무기를 쓰레기로 만들 것입니다."

하타리가 숨만 쉬었을 때 이광의 말이 이어졌다.

"전하, 군산연은 후세인 대통령께 사우디 북부를 점령하면 1년 동안 다국적군의 공격을 미루도록 하겠다고 약속했습니다. 알고 계십니까?"

"무사비한테서 들었습니다."

무사비가 이제는 하타리한테도 말해준 것이다. 군산연의 의도는 이제 명백해졌다. 이광이 하타리에게 물었다.

"어떤 것을 택하겠습니까?"

"어떤 것을 택하다니요?"

하타리가 물은 순간 텐트 안에서는 숨소리도 나지 않았다. 그때 이광이 대답했다.

"왕세자께서 군산연과 무기 도입을 합의하셨다면 그대로 하시든지요. 하지만 군산연의 의도대로 이라크군(軍)은 움직이지 않을 것입니다."

하타리의 시선이 이광 옆에 앉은 쟈이단을 스치고 지나갔다. 그러나 쟈이단은 눈만 껌벅이고 있다. 하타리가 헛기침을 하고 물었다.

"그럼 어떻게 하시겠다는 겁니까?"

"아직 결정하지 않았다고 하셨습니다."

그렇다면 사우디군(軍)은 무기 구입비 1천억 불만 날리게 된다. 그리고 솔직히 1천억 불의 무기를 구입한다고 해도 승산이 있는 것도 아니다. 미국군이 주력이 된 다국적군을 움직여야 산다. 그때 이광이 똑바로 하타리를 보았다.

"이건 제 생각입니다만 현재 다국적군이 금방 움직일 것 같지가 않습니다. 2차분 무기가 불량으로 반품되었는데 다시 납품되고 대금을 받을 때까지 다국적군은 기다려야 하거든요."

"……."

"그사이에 쿠웨이트 국경으로 내려온 기갑부대가 사우디 북부 지역

뿐만 아니라 서부, 중부까지 내려와도 다국적군은 폭격만으로 막을 수는 없겠지요."

하타리의 얼굴이 굳어졌고 이광이 찻잔을 들어 한 모금을 삼켰다.

"군산연이 모두의 적입니다."

이광이 한마디씩 말을 이었다.

"제가 왕세자께만 비밀을 말씀해 드리지요. 이것은 후세인 대통령 각하께 허락을 받고 온 것입니다. 왕세자께 이 비밀을 말씀드리겠다는 허락이지요."

"……."

"군산연은 가능한 한 이라크군(軍)이 쿠웨이트를 오래 점령하기를 바라고 있지만 제가 이번에 쿠웨이트 해외자금 5백억 불을 후세인 대통령께 드렸습니다. 쿠웨이트가 군산연에 지급할 다국적군용 무기 구입비보다는 적은 금액입니다."

하타리의 눈빛이 잠깐 흐려졌다. 하타리도 다국적군 무기 구입비가 쿠웨이트 해외자금에서 지급된다는 것을 아는 것이다. 그 '해외자금'을 이광이 운영하고 있다는 것도 안다. 이광이 지그시 하타리를 보았다. 3백억 불을 5백억 불로 올린 것은 다 이유가 있다. 그때 하타리가 어깨를 부풀렸다가 내렸다. 하타리도 머리 회전이 제대로 되는 인간이다.

"이 회장님, 이라크군(軍)이 사우디에 진입하지 않는다는 조건으로 내가 얼마를 내면 되겠습니까?"

"후세인 대통령 각하하고는 금액에 대해서 이야기하지 않았지만 5백억 불이면 제가 약속을 받아낼 수 있을 것 같습니다."

고개를 든 이광이 똑바로 하타리를 보았다.

"왕세자께서 결정을 하시면 바로 후세인 대통령께서 사우디를 침입하지 않겠다는 성명부터 발표하실 것입니다."

"성명을 말입니까?"

"왕세자께서 더 잘 아시겠지만 후세인 대통령께서는 명예를 생명보다 더 중요하게 여기시는 분입니다."

그러자 하타리가 천천히 고개를 끄덕였다.

수송기 안, 팔라완 비행장을 출발한 수송기가 구름층에 들어가 쉴 새 없이 흔들리고 있다. 윤서인은 강정규 옆에 딱 붙어 앉아 있었는데 이제 몸이 부딪히는 것에 익숙해져서 창밖만 본다. 그때 강정규가 물었다. 소음이 커서 고함치듯이 말해야 된다.

"정치에 관심이 있어요?"

"아뇨."

한마디로 부정해놓고 윤서인이 피식 웃었다. 수송기 좌석은 기체 옆 부분에 등을 붙이고 양쪽에 나란히 앉는 구조다. 그들 앞쪽에는 장비가 어지럽게 쌓여서 건너편 대원들은 보이지 않는다. 강정규의 시선을 받은 윤서인이 말했다.

"처음에는 관심이 좀 있었지만 지금은 아네요."

"지금은 뭐에 관심이 있습니까?"

"리스타."

"리스타의 어떤 것?"

"리스타는 세계국가예요. 바로 내가 꿈꾸던 이상국가라고요."

강정규가 잠깐 윤서인을 응시하더니 고개를 돌렸다. 어느덧 수송기는 구름층을 빠져나왔는지 멈춰 선 것처럼 날아가고 있다.

"사우디에서 500억 불쯤 선금을 받도록 하십시다."

피셔가 말하자 볼룸이 고개를 끄덕였다. 이곳은 뉴욕 브로드웨이에 위치한 군산연의 사무실 중 하나다. 증권가 중심부에 18층 빌딩을 매입해서 뉴욕 연락사무소로 사용하고 있다.

"하타리가 급한 모양이야."

웃음 띤 얼굴로 볼룸이 말을 이었다.

"하타리한테 로비 자금도 받아낼 수 있겠어."

"가능하지요."

소파에 등을 붙인 피셔가 쓴웃음을 지었다.

"후세인이 사우디 북부 지역의 도시 10개만 점령하면 장기전이 될 테니까요."

"당연하지."

"문제는 후세인이 우리 계획대로 움직일 것인가입니다."

"무사비 말을 들으면 우리한테 보장만 받으면 당장이라도 남진(南進)할 것 같다고 했지 않아?"

"보장을 해주지요, 회장님."

"후세인은 욕심이 많은 놈이야. 무사비를 통해 사우디 북부를 점령하면 최소한 1년간은 다국적군이 움직이지 않도록 우리가 손을 쓰겠다는 약속을 해주지."

"그러지요."

피셔의 얼굴에 다시 웃음이 떠올랐다.

"후세인한테는 손해 볼 것이 없는 장사지요."

"장사 이야기가 나왔으니 말인데."

볼룸이 고개를 들고 피셔를 보았다.

"그놈, 이광이 후세인을 만나고 다니는 의도가 뭐야? CIA 측에서 나온 정보는 없나?"

"쿠웨이트 해외자금 관련일 것 같다고 합니다."

"그 도둑놈."

어깨를 부풀렸다가 내린 볼룸이 말을 이었다.

"날강도 같은 놈이 쿠웨이트 재산을 제멋대로 쓰고 있군."

"이번 2차분 대금 지급을 지연하고 반품되도록 한 것도 그놈 소행입니다."

"그놈을 없애는 방법이 없나? 그놈만 없애면 이 세상에 걸릴 게 없는데."

투덜거리던 볼룸이 눈동자의 초점을 잡고 피셔를 보았다.

"좋아, 급한 일부터 하자고. 무사비를 후세인한테 다시 보내도록 하지. 난 하타리한테 공급할 무기 내역을 각 회원들하고 정리해야겠어. 모두 신바람이 나겠군."

사우디아라비아의 수도 리야드는 오늘도 땡볕에 덮여 있다. 사막 복판에 위치한 리야드지만 정원이 많고 광장이 넓어서 도시는 깨끗한 데다 관리가 잘 되어 있다. 리야드 중심부의 킹덤호텔 스위트룸 안, 방 안으로 들어선 무사비를 볼드윈이 맞는다.

"어서 오십시오, 알무사비."

볼드윈은 바레인 주재 미국 대사다. 그래서 외국 귀빈들이 투숙하는 킹덤호텔의 단골손님이기도 하다. 악수를 나눈 둘은 응접실의 소파에 마주보고 앉았다. 오후 3시 반, 창밖은 햇살이 눈부시지만 방 안은 서늘하다. 볼드윈은 50대 중반으로 비대한 체격의 백인이다. 반 대머리에 붉은 얼굴, 정치인 출신으로 부시의 선거참모를 지내다가 작년에 논공행상을 받아 바레인 대사가 되었다. 이윽고 볼드윈이 입을 열었다.

"무사비 씨, 후세인이 사우디로 내려올 것 같습니까?"

무사비가 지그시 볼드윈을 보았다. 볼드윈이 군산연의 연락책인 것이다. 지난번에도 볼드윈의 전갈을 받고 후세인을 만나러 갔었다.

"그럴 가능성이 큽니다."

"오!"

감동한 볼드윈이 숨부터 들이켰다.

"가능성이 몇 퍼센트나 됩니까?"

"그게 온도계처럼 눈에 보이는 겁니까?"

혀를 찬 무사비도 거구를 소파에 묻고는 지그시 볼드윈을 보았다.

"그런데 확실한 보장을 받고 싶다고 말했습니다."

"드려야죠."

대번에 대답한 볼드윈이 상반신을 일으켰다.

"후세인이 어떤 보장을 원합니까?"

"구두 약속이나 문서 따위가 이제는 웃음거리밖에 되지 않는다는 사실이 우리들 사이에는 일반화되었지요?"

"말 길게 하실 필요 없어요, 무사비 씨."

정색한 볼드윈이 말을 이었다.

"후세인이 사우디 북부 지역을 1년만 점령해 준다면 군산연은 가능한 한 어떤 대가도 지불한다는 생각이오."

"다국적군이 2차 무기를 인수하기 전에 빨리 결정을 해야 됩니다, 볼드윈 씨."

"군산연 무기를 받기 전에는 다국적군이 움직이지 못해요. 아이러니

컬하게도 말입니다."

쓴웃음을 지은 볼드윈이 말을 이었다.

"자, 후세인의 조건을 들읍시다."

"돈이오."

"돈?"

놀란 볼드윈이 다시 숨을 들이켜고 나서 묻는다. 얼굴이 굳어져 있다.

"보상금을 달란 말이오, 우리한테?"

"보증금이지요, 그리고."

무사비도 호흡을 고르고 나서 말을 이었다.

"그 돈이 군산연에서 나가는 것이 아니지요. 사우디에서 지불되는 돈입니다."

"사우디에서 후세인한테?"

"아니, 사우디에서 군산연으로, 그리고 거기에서 후세인한테."

"무슨 영문인지 모르겠는데."

"사우디에서 군산연으로 나가는 무기 대금 중 일부를 담보로 달라는 것이지요."

"담보로 말이오?"

"예, 돈이 지급될 때마다."

무사비가 번들거리는 눈으로 볼드윈을 보았다.

"돈만큼 확실한 담보가 어디 있습니까, 그렇지 않습니까?"

"구체적으로 어떻게 말이오?"

"사우디에서 지급하는 무기 대금의 30퍼센트를 먹겠다는 것입니다."

"이런 도둑놈."

"지금 누구한테 말했소?"

무사비가 눈을 치켜떴더니 당황한 볼드윈이 손까지 저었다.

"후세인한테 한 욕이오."

"후세인은 당연한 요구라고 생각하는 것 같습니다."

무사비가 정색하고 말을 이었다.

"군산연은 사우디 측으로부터 후세인한테 나갈 보증금까지 추가해서 받아낼 것이라고 하더군요."

맞는 말이었기 때문에 한동안 숨만 쉬던 볼드윈이 시계를 보는 시늉을 했다.

"왔다 갔다 할 여유가 없으니까 여기서 연락을 해서 대답을 받도록 하지요."

어둠이 덮인 카불 공항을 나온 긴 차량 대열이 '마즈칸 교차로'를 지나고 있다. 50여 대 트럭에 10여 대의 장갑차가 호위하는 긴 대열이다. 지프도 끼어 있다.

"자, 그럼 우린 여기서."

무전기에 대고 마호크 대령이 말했다.

"수고하시오, 하트바타 대령."

"조심히 가시오."

하트바타 대령의 인사를 받은 마호크가 무전기 전원을 끄고 나서 옆에 앉은 부관에게 말했다.

"바짝 붙으라고 해라. 3시간 후에는 도착해야 된다."

오후 8시 반이다. 마호크가 인솔하는 트럭과 장갑차 22대는 하트바타의 수송대 본대에서 떨어져 남쪽 하타산 기지로 가는 것이다. 부관이 지휘차에 장착된 무전기로 차량 대열에 지시했다. 장갑차 4대, 지프 2대, 수송트럭 16대로 형성된 수송 대열이다. 차가 한적한 교외로 빠져나왔을 때는 오후 9시 10분이다. 마호크가 다시 부관에게 지시했다.

"선두 장갑차에 속력을 내라고 해라."

2장
쿠웨이트 탈환의 내막

"저기."

옆에 엎드린 유근호가 눈으로 앞쪽을 가리켰지만 강정규는 이미 보았다. 강정규 옆쪽에 납작 엎드려 있는 윤서인도 멀리서 반짝이는 전조등 빛을 보았다. 강정규가 무전기를 켰다. 헤드세트를 쓰고 있어서 이어폰에 붙은 버튼만 누르면 된다.

"준비해라."

이곳은 하타산 기지로 향하는 외길이다. 마호크 대령은 22대의 수송 대열을 이끌고 하타산 기지로 가는 것이 아니다. 기지 북방 12킬로 지점의 교차로에서 서쪽 길로 방향을 돌려 파사나크산 기슭에서 기다리는 탈레반군(軍)에게 트럭을 인계하려는 것이다. 마호크는 탈레반군 동조자로 오마르의 심복이다.

"먼저 앞쪽 장갑차를 부숴."

강정규가 차분한 목소리로 말했다.

"그다음 맨 뒤쪽 장갑차, 그러고 나서 몰살한다."

이곳은 인적이 없는 산기슭이어서 매복 장소로 적당했다. 더구나 마호크 일당은 강정규가 이곳에서 기다리고 있으리라고는 꿈에도 생각하지 못하고 있다. 이미 예행연습까지 두 번이나 해놓은 터라 강정규는 무전을 끄고 야간용 적외선 망원경을 눈에 붙였다. 앞쪽 장갑차와의 거리는 1,350미터. 붉은색 바탕에 푸른 장갑차가 선명하게 드러났다. 그 뒤로 따르는 장갑차 1대, 뒤쪽에 트럭이 늘어서 있다. 모두 16대, 시야가 트여서 사이에 끼어 있는 지프 2대와 맨 뒤쪽의 장갑차 2대까지 다 보인다. 그때 옆에서 윤서인이 물었다.

"다 죽어요?"

난데없는 질문이어서 강정규가 망원경을 눈에서 떼었다. 고개를 돌린 강정규가 어둠 속에서 반짝이는 윤서인의 눈동자를 보았다. 그때 윤서인이 떨리는 목소리로 말했다.

"흥분돼요."

바짝 붙어 있었기 때문에 윤서인의 숨결이 턱에 닿았다. 살구 냄새가 맡아졌다. 이곳은 길에서 50여 미터 거리다. 이제는 차량 소음이 밀려오듯이 들려왔다. 차량 통행이 없는 곳이었기 때문에 일렬로 다가오는 수송대열의 불빛이 축제 행사에 나가는 대열처럼 보였다. 그때 강정규가 혼잣소리처럼 말했다.

"죽음의 축제 같군."

그러더니 뒤늦게 대답을 했다.

"다 죽여야지. 저항하는 놈들이 없어질 때까지."

"꽝!"

여섯 번째 차량인 지프에 타고 있던 마호크 대령에게는 그렇게 소리가 들렸다. 마호크가 소음을 파악하기도 전에 눈앞에 불길이 솟아올랐다. 이어서 또 폭음.

"꾸꽝! 꽝!"

"앗!"

옆쪽에 앉은 부관이 외침을 뱉었을 때 지프의 운전병이 브레이크를 밟았다. 몸이 울컥, 앞으로 쏠리면서 차가 멈췄다.

"쿵!"

충격과 함께 지프가 앞쪽 트럭의 후미를 박아버렸다.

"우지직!"

지프의 앞부분이 부서지면서 트럭 후미로 박히는 소음.

"꾸꽝! 꽝꽝!"

다시 폭음. 이번에는 뒤쪽.

"꽈꽝! 꽝! 꽝!"

이번에는 앞쪽. 그때 마호크는 몸을 굴려 땅바닥으로 뛰어내렸다. 그동안 5초쯤밖에 걸리지 않았지만 폭발음이 10여 번이나 났다. 집중 공격을 당하고 있다. 이제 길 위는 폭발음과 화염으로 가득 찼다. 그래서 전투 경험이 많은 마호크는 놀란 외침도 뱉지 않았다. 이 와중에 무전기에 대고 뭐라고 소리치는 지휘관이 있다면 미친놈이다, 아니면 겁에 질린 놈이거나. 이때는 본능적으로 개인이 몸을 피하는 것이 제일이다, 소리쳐도 들을 수 없고 들어도 할 수가 없는 상황이니까.

윤서인은 연거푸 폭발하는 트럭과 장갑차를 보면서 숨도 쉬지 않았다. 화염과 폭발, 진동이 50여 미터나 떨어진 윤서인의 얼굴에 부딪쳐 자꾸 고개를 숙였다가 들어야만 했다. 옆에 엎드린 강정규는 손에 기관총을 쥔 채 아직 입도 열지 않았다. 길가에 매복해 있던 대원들이 지금은 지대지 미사일을 발사하는 중이다. 다시 고개를 든 윤서인은 이제 멈춰 선 트럭 대열들이 연거푸 폭발하는 장면만 보았다. 모두 불덩이가 되어 있다. 처음에 맨 앞과 뒤쪽의 장갑차가 동시에 폭발하는 바람에 길이 막힌 수송대열이 오도 가도 못 하고 폭발하기만 하는 것이다. 그래서 앞쪽으로 불덩이들이 밀렸고 뒤쪽에는 4개가 떨어져 있다. 그것은 급히 뒤로 후진하던 2대의 트럭이 뒤쪽 장갑차들에 막히면서 불덩이가 되었기 때문이다. 그때다.

"투타타타타타탓!"

강정규가 쥔 기관총에서 요란한 발사음이 울렸기 때문에 윤서인은 소스라쳤다. 그것이 신호인지 이제는 사방에서 기관총 발사음이 울렸다.

"투타타타타타타타!"

"꾸꽝!"

미사일 한 발이 또 날아가 불덩이가 된 트럭 한 대에 다시 명중했다. 이미 불덩이가 된 트럭을 또 맞히는 것은 미사일이 남았기 때문인 것 같다. 이제는 윤서인도 그렇게 생각할 정도로 여유가 있다. 요란한 총성을 들으면서 윤서인이 이번에는 불덩이가 몇인가를 세기 시작했다. 하나, 둘, 셋, 넷. 그 와중에도 불길 속에서 뛰어다니던 병사가 총에 맞아 널브러지는 바람에 숫자를 잊어버린 윤서인이 세 번째에 가서야 제대로 세었다. 모두 22개의 불덩이다. 저쪽 길에서 총성이 울리기도 했지만 어느덧 뚝 그쳤고 이쪽의 일방적인 총격이 이어졌다.

마호크는 총성이 뚝 그쳤을 때 길게 숨을 뱉었다. 사방에 화광이 충천해서 불구덩이 안에 누워있는 것이나 같다. 이제는 가슴의 통증도 점점 약해지고 있다. 땅바닥에 반듯이 누운 채 옆에서 뒤집혀 불타오르는 지프의 열기도 느껴지지 않는다. 죽음이 가까워진 것이다. 지금까지 부상을 세 번 당했지만 이번은 치명상이다. 가슴 복판에 지프의 파편인 쇳덩이가 깊숙하게 박혀있는 것이다. 팔뚝만 한 쇳덩이가 등까지 관통해서 밖으로 튀어나왔다. 발밑에서 신음하던 부관의 목소리는 들리지 않는다. 이제는 가끔 트럭에 실린 폭발물이 불길에 터지는 경우 외에는 길 위는 정적에 덮였다. 모두 전사한 것이다. 호송 병력은 85명이었다. 트럭에 3, 4명씩, 장갑차, 지프에 탄 병력까지 그렇다. 모두 전사다. 트럭에 탄 병사들은 집중적으로 미사일에 맞았을 때 트럭과 함께 폭발해버렸다. 장갑차도 미사일 한 방이면 불덩이가 된다. 마호크는 눈앞의 불길도 보이지 않는 것을 깨달았다. 이미 통증은 그전에 사라졌다.

"젠장."

마호크가 투덜거렸다. 그러나 목소리는 들리지 않았기 때문에 마호크는 어서 가자는 듯이 눈부터 감았다.

고개를 든 군산연 회장 볼륨이 앞쪽에 앉은 사무총장 피셔를 보았다. 둘은 군산연의 핵심 주축이다. 군산연의 모든 결정은 둘이 하는 것이나 같다. 집행위원회 의원이 10명이고 각 분과별 운영위원 등이 있지만 군산연 소속의 875개 회원사를 둘이 주무른다.

"이광이가 또 개입되었군."

볼륨이 한숨과 함께 말을 뱉었다.

"그놈이 안 끼는 데가 없어."

"후세인이 가장 신임하는 놈이니까요."

"개아들 놈 같으니."

"어쩔 수 없는 일 아닙니까?"

쓴웃음을 지은 피셔가 입맛을 다셨다.

"난 예상하고 있었습니다."

방금 볼륨과 피셔는 후세인의 요구 조건을 수락한 것이다. 군산연은 앞으로 1년간 사우디에 판매할 1천억 불 상당의 무기대금 중 30퍼센트를 받게 될 것이다. 군산연이 순차적으로 무기를 공급하고 대금을 받게 될 것이니만큼 후세인에게 지급될 금액도 같은 시기가 된다. 그런데 후세인은 그 보증금을 리스타의 이광에게 받도록 한 것이다. 후세인에게는 그것이 안전한 거래 방식일 것이었다.

"자, 어쨌든."

볼륨이 분위기를 전환시키려는 듯이 어깨를 펴고 목소리를 높였다.

"사우디 시장의 매출이 와락 뛰어올랐어. 따지고 보면 후세인의 공이야."

"그건 그렇습니다."

"쿠웨이트 침공으로도 매출이 상승했고."

"리스타의 이광이가 쿠웨이트 자금을 쥐고 있기는 해도 어쨌든 군수품과 무기는 우리 군산연에서 가져가니까요."

"이광이만 없으면 이익금이 2배는 될 텐데, 그 개아들 놈."

제가 화제를 돌려놓고 볼륨이 다시 이광의 욕을 했다.

"그놈을 없애야 하는데."

"CIA가 은근히 그놈 뒤를 받쳐 주고 있어서요."

고개를 저은 피셔가 말을 이었다.

"그놈이 없어지면 우리와 CIA 간의 완충지대가 사라지게 됩니다."

"하지만 그놈 때문에 손해 보는 비율이 너무 높아."

투덜거렸던 볼륨이 어깨를 늘어뜨렸다. 피셔의 말도 맞는 것이다.

"전화 받으십시오."

서둘러 핸드폰을 내미는 윤석의 얼굴이 긴장으로 굳어 있다.

"회장님이십니다."

놀란 강정규가 핸드폰을 받다가 하마터면 떨어뜨릴 뻔했다. 옆에 선 윤서인도 놀란 듯 숨을 죽이고 있다. 이곳은 파키스탄의 칸코도 지역, 국경에서 내륙 쪽으로 깊숙이 들어온 지역이다. 이슬라마바드가 이곳에서 150킬로 거리다. 핸드폰을 귀에 붙인 강정규가 응답했을 때 곧 이광의 목소리가 울렸다.

"모두 무사하다면서?"

"예, 회장님."

"잘했다."

"감사합니다, 회장님."

주위에 둘러선 대원들이 모두 숨을 죽이고 있다. 밤 10시 반, 이곳에 도착한 지 1시간밖에 지나지 않았다. 무려 20시간 가깝게 걷고, 기차를 타고, 트럭과 버스를 바꿔 타면서 강행군을 한 것이다. 윤서인은 발의 물집이 터져서 나중에는 강정규가 업고 걸어야 했다. 그때 이광의 말이 주위의 대원들에게도 들렸다.

"좋아, 마지막 순간까지 긴장 풀지 말고."

"예, 회장님."

"내가 너희들이 안착할 때까지 주시하겠다."

"감사합니다."

통신이 끊겼기 때문에 어깨를 늘어뜨린 강정규가 윤석에게 핸드폰을 건네주었다. 윤석의 핸드폰은 '공용'이다. 본부와의 연락용인 것이다. 손목시계를 내려다본 강정규가 대원들에게 말했다.

"자, 출발."

앞으로 6시간 정도는 더 가야 한다. 2시간은 산길을 걸어서, 3시간 정도는 트럭으로, 그리고 다시 1시간을 산을 넘어야 이슬라마바드 아래쪽 공군 기지에 닿는 것이다. 그곳에서 미군 수송기를 타야만 한다. 강정규가 윤서인에게 다가와 물었다.

"어때요? 걸을 수 있겠어요?"

"네."

우선 대답부터 하고 난 윤서인이 발을 떼었다. 그 순간 발바닥이 끓는 물에 닿은 것 같은 통증이 왔고 윤서인은 주저앉아버렸다. 깊은 밤이다. 옆쪽 마을에서 개 짖는 소리가 들려왔다. 3백 미터쯤 떨어져 있는데도 주위가 조용했기 때문인지 소리가 선명하다. 그때 강정규가 손을 들어 신호를 보내자 들것을 든 대원 네 명이 다가왔다. 들것을 만든 것이다.

"자, 여기 누워요."

강정규가 들것을 턱으로 가리키며 말했다.

"그래야 빨리 이동할 수 있으니까."

입을 벌렸던 윤서인이 곧 다물고는 들것에 눕자 번쩍 들려졌다. 그때 강정규가 다가온 김태규에게 물었다.

"자, 출발. 인원 이상 없나?"

"예, 대장님."

어둠 속에서 김태규의 목소리가 울렸다.

"대원 21명, 환자 1명. 이상 없습니다."

환자는 윤서인이다. 들것에 누운 채 그 말을 들은 윤서인이 어금니를 물었다. 얼굴이 달아올랐을 때 강정규의 목소리가 울렸다.

"출발."

이제는 민간인 복장으로 위장한 22명이 다시 움직이기 시작했다.

볼룸과 피셔는 마호크 대령이 이끄는 수송대가 전멸한 소식을 만 하루가 지나서야 알게 되었다. 그것은 수송대 전원이 전사했기 때문이 아니었다. 본대에서 빠져나간 22대의 수송대는 유령부대나 같았기 때문이다. 아프간 정부군 측에서는 하트바타 대령이 이끄는 수송대가 도착함으로써 수송 임무가 끝난 것으로 보고가 되었던 것이다. 마호크는 하타산 기지로 가는 시늉을 했다가 파사나크산 기슭에서 탈레반군(軍)에게 무기를 인계할 계획이었지만 시간을 정하지 않았다. 그래서 파사나크산에서 기다리던 탈레반군이 만 하루를 소모했던 것이다.

"어젯밤에 전멸했어?"

그렇게 되물은 볼룸은 넋이 반쯤 나간 얼굴이었다. 이곳은 뉴욕의 안가(安家) 안, 볼룸과 피셔가 앞에 선 운영위원회 간사 모리스를 바라보고 있다. 모리스는 방금 아프간의 탈레반으로부터 연락을 받은 것이다.

"무기도 다 파괴되고?"

이번에는 피셔가 묻자 모리스가 고개를 끄덕였다. 모리스는 43세, '모리스 기관포'로 유명한 '모리스 기계'의 대표다. 군산연의 대표는 2세가 많다. 대를 이어서 가업을 운영하기 때문이다.

"마호크도 현장에서 사망했답니다."

"어떻게 당한 건데?"

"매복하고 있던 습격조의 미사일 공격을 받은 겁니다."

"……."

"차량이 철저하게 파괴되어서 주민들이 주워가지도 못했답니다."

"……."

"시체도 형체가 온전한 것이 거의 없어서 마호크도 겨우 찾아냈다는군요."

"이광이야."

마침내 볼룸이 억양 없는 목소리로 말했다.

"이번에도 그놈이 붙었어."

"CIA의 도움이 없이는 불가능한 일입니다."

피셔가 외면한 채 말을 잇는다.

"무기 수송로를 파악하고 습격자 이동을 돕고 수시로 정보를 제공한 겁니다. 첫 번째도 그랬고 이번에도 CIA가 이광이를 도운 겁니다."

"이광이, 리스타가 CIA의 용병대 역할을 한 것이지. 우리는 알면서도 또 당했어."

볼룸이 피셔의 반대편으로 고개를 돌린 채 말을 이었다.

"이번에는 필리핀에서 우리가 함정을 파놓고 기다렸다가 만 우리의 실수야. 놈들이 포기한 줄 알고 방심했어."

그때 피셔가 고개를 들고 볼룸을 보았다.

"회장님, 이렇게 당하기만 하고 있다가는 우리 위상은 둘째로 치고 조직 내부에서 분란이 일어날 가능성이 큽니다."

피셔의 두 눈이 번들거렸다.

"조직 지휘 체제에 대한 불신과 불만이 쌓이게 되면 조직은 내부에서부터 무너지는 겁니다."

피셔의 시선을 받은 볼룸의 눈동자가 마치 먼 곳을 보는 것 같다.

이곳도 땡볕이 내리쪼이고 있었지만 바닷가여서 서늘한 바람이 더위를 식혀주고 있다. 오후 3시 반, 테라스 쪽 창문을 활짝 열어놓았기 때문에 금박을 입힌 황금색 비단 커튼이 출렁거리고 있다. 응접실 안으로 비린 냄새가 섞인 바닷바람이 몰려 들어왔다. 응접실 소파에는 둘이 나란히 바다 쪽을 향해 앉아 있었는데 이광과 리비아의 지도자 무하마드 카다피다. 이광은 사우디에서 바레인을 거쳐 이곳 리비아로 날아온 것이다. 한동안 멀리 보이는 바다를 바라보던 카다피가 입을 열었다.

"이 세상의 가장 단순한 진리를 말해줄까?"

뜬금없는 말이었기 때문에 이광의 얼굴에 웃음이 떠올랐다. 사우디 사막에서 하타리 왕세자를 만난 후에 다시 바그다드로 가서 후세인과 최종 협의를 하고 돌아가는 길이었다. 이광의 전용기가 잠깐 바레인에 착륙했을 때 카다피가 트리폴리에 들러 달라는 연락을 해온 것이다. 카다피는 이광의 지원자이며 동업자이기도 하다. CIA의 후버까지 그것을 인정하는 관계다. 그때 카다피가 제 말에 제가 대답했다.

"강해야 무시당하지 않는 거야."

"그렇습니다."

일단 긍정을 한 이광이 카다피를 보았다.

"각하, 저한테 하실 말씀이 있습니까?"

후세인은 먼저 말을 꺼내는 성품이지만 카다피는 다르다. 둘이 똑같이 반미(反美)주의자이며 독립성이 강하고 각각 중동과 아프리카의 맹주로 군림하지만 카다피는 내향적, 후세인은 외향적이다. 최소한 겉보기에는 그렇다. 그때 카다피가 웃음 띤 얼굴로 고개를 끄덕였다.

"그래, 내가 상의할 일이 있어."

"말씀하시지요."

이광이 자리를 고쳐 앉으면서 말했다. 카다피 또한 의리가 있고 신의를 지키는 인간이다. 장사꾼으로 자처하는 이광 입장에서 보면 거래하고 싫은 고객이다. 후세인도 마찬가지. 거래하기 싫은 유형이 있다, CIA의 후버 같은 인간.

카다피가 말을 이었다.

"나는 어떻게 해서라도 미국의 영향력에서 벗어나려고 했지만."

카다피의 검은 눈동자가 이광을 똑바로 보았다.

"그런데 실패했어."

이광이 소리 죽여 한숨을 쉬었다. 그것은 후세인도, 지금 이란의 지배자가 되어 있는 호메이니도 마찬가지다. 시리아의 아사드는 또 어떤가? 반미(反美) 정책은 곧 미국에 대한 도전이다. 그것은 정권 전복이나 붕괴로 이어지는 결과가 된다. 카다피가 말을 이었다.

"후세인은 결국 미국의 꼭두각시가 되어서 호메이니를 공격했다가 8년 동안 군산연 좋은 일만 시켜주었고 결국 배신감을 이기지 못해 쿠웨이트 점령이라는 악수(惡手)를 두었지 않은가?"

"……."

"호메이니는 또 어떤가? 미국인을 억류, 추방해서 국민들을 단합시킨 효과를 보았지만 8년 전쟁으로 국가가 피폐해졌고 정권이 흔들리는 중이야."

그리고 리비아는 카다피 대신 이광이 말할 수가 있다. 반미 정책을 써서 미국 군사기지를 철수시키고 외국 자산을 추방, 석유를 국유화시켰다. 그러고 나서 미국의 조종을 받는 차드를 공격했다가 철수했다. 카다피가 한 모금 홍차를 삼키고 나서 이광을 보았다.

"이 회장, 그동안 자네가 나하고 미국과의 관계에 도움을 많이 주었어. 고맙게 생각하네."

"미국도 제가 필요했을 것입니다, 각하."

이광이 '리바아의 대령' 카다피를 지그시 보았다. 카다피는 1942년생(生)으로 27살 때인 1969년, 육군 중위일 때 군사 쿠데타를 일으켜 집권했다. 그리고 1990년인 지금, 21년째 리비아를 통치해오지만 아직 계급은 '대령'이다. 장군으로 진급하지 않는 것이다. 그래서 외부에서는 카다피를 '리비아의 대령'이라고 부른다. 그때 카다피가 물었다.

"요즘 군산연과 전쟁 중이지?"

"예, 각하."

이광의 얼굴에 쓴웃음이 떠올랐다. 리비아 정보국도 만만치가 않은 것이다. 카다피는 막대한 자금을 쏟아부어 정보국 기능을 키우고 있다. 고개를 끄덕인 카다피가 말을 이었다.

"이 회장, 내가 곧 군산연과 치열한 전쟁을 치르게 될 거네. 아마 국가의 생존을 건 전쟁이 될 거야."

긴장한 이광이 물었다.

"각하, 무슨 일입니까?"

"미국과의 싸움은 결국 군산연의 조종을 받는 대리전이 아닌가?"

"예, 저도 같은 생각입니다."

"군산연의 무기를 많이 팔아야 미국의 경제도 좋아질 테니까 말이네."

"그렇지요."

"군산연의 무기가 필요 없게 되면 군산연이 망하겠지?"

"위축되겠지요."

"그것이 곧 미국 경제가 침체되는 원인이 되겠지?"

"그럴 가능성이 큽니다."

대답은 하면서도 이광이 점점 긴장했다. 이 '사막의 여우'가 무슨 꿍꿍이인가? '사막의 여우'는 2차 세계대전 때 독일의 전차군단장 롬멜을 부르던 애칭이다. 롬멜은 리비아 사막에서 신출귀몰한 전차 작전으로 영국군을 패퇴시켰다. 그런데 CIA 부장 후버가 카다피를 그렇게 부른 것이다. 그때 카다피가 목소리를 낮췄지만 눈은 치켜떴다.

"리, 내가 핵을 개발할 계획이네."

숨을 들이켠 이광을 향해 카다피가 얼굴을 일그러뜨리며 웃었다.

"내가 그랬지 않나, 강해야 무시당하지 않는다고."

"예, 들었습니다."

"핵을 만들면 아무도 무시하지 못할 거네."

"각하, 위험합니다."

"알고 있네."

카다피가 눈을 가늘게 뜨고 바다를 보았다.

"하지만 핵을 만들고 나면 건드리지 못해."

"미국이 결사적으로 막으려고 할 것입니다. 이집트, 아래쪽의 차드, 이스라엘은 말할 것도 없고 말씀입니다."

"군산연이 맨 앞에서 온갖 공작을 다 하겠지. 내가 핵을 완성하면 군산연의 무기들은 무용지물이 될 테니까 말이야."

"그뿐만이 아닙니다. 각하께서 핵을 완성하시면 이란, 시리아, 이스라엘까지 경쟁적으로 핵 개발을 시작할 것입니다. 이라크 후세인 대통령은 가장 먼저 핵을 만들어 내겠지요."

"바로 그거야."

카다피가 고개를 돌려 이광을 보았다. 두 눈이 번들거리고 있다.

"후세인한테 같이 핵 개발을 하라고 이 회장이 전해주지 않겠나?"

"각하."

이광의 얼굴이 일그러졌다.

"그렇게 못 한다는 것을 알고 계시지 않습니까?"

"북한은 이미 핵 개발을 시작했어."

놀란 이광이 카다피를 보았다.

"어떻게 아십니까?"

"소련이 해체되면서 핵 기술자들이 흩어지고 있어. 실업자가 된 것이지. 북한이 가장 먼저 기술자들에게 선수를 쳤고……."

숨을 들이켠 카다피가 말을 이었다.

"그다음이 나야. 나도 이미 소련 핵 기술자 14명을 데려왔어."

"……."

"리, 자네가 중개 역할을 해주게. 우리 모두를 위해서 말이네."

이광이 어금니를 물었다. 그러나 크게 놀라지는 않았다. 올 것이 왔다는 생각이 들었기 때문이다. 하늘이 잔뜩 흐린 데다 습기까지 끼어 있으면 비가 기다려지는 법이다. 지금이 그 상황이다. 군산연이 너무 세상을 전쟁으로 몰아간다. 그 군산연을 통제할 무기가 핵이 아닐까?

"거기서 또 뭐하는 거야, 그 여우 새끼하고?"

이맛살을 찌푸린 후버가 테이블 위에 놓인 파이프를 집어 들었다. 파이프를 금방 찾아낸 것은 아직 흥분한 상태가 되지 않았다는 표시다. 흥분하면 파이프가 눈앞에 있는데도 한참 동안 더듬거린다. 그러면서 더 열이 오르고. 후버의 손에 쥐인 파이프를 보면서 윌슨이 대답했다.

"이광이 바레인에 도착했는데 카다피가 만나자는 연락을 한 겁니다."

"카다피가 또 차드로 내려갈 작정인가?"

"글쎄요."

"글쎄요라니, 넌 해외작전국장이 그렇게밖에 대답을 못 해?"

"전 부장보이기도 합니다."

"부장보가 너까지 넷이야. 내가 너한테 이 방을 넘겨주지 않을지도 몰라."

"저도 이 방에 너무 자주 왔기 때문에 별로 서운할 것 같지가 않습니다."

"갓댐, 이 자식 말하는 것 좀 봐라."

"도청이 안 됩니다."

윌슨이 능숙하게 화제를 돌렸다.

"카다피하고 이광이 세 시간 반 동안이나 밀담을 나눈 것만 파악했습니다."

"카다피 그놈이 후세인보다 더 음흉한 부류야."

"이광이 카다피의 신임을 받고 있는 유일한 외국인입니다."

"후세인도 마찬가지야."

윌슨이 고개를 들고 후버를 보았다.

"부장님도 마찬가지 아닙니까?"

"내가 그 노란 원숭이를? 천만에."

"이광은 신의가 있는 인물입니다, 부장님."

정색한 윌슨이 말을 이었다.

"믿는 사람을 배신하지 않습니다."

"그게 문제야, 병신아."

파이프에 담배를 쟁이기 시작하면서 후버가 말을 이었다.

"이번에 카다피하고 나눈 밀담을 알아내도록 해. 난 어쩐지 이번에는 아주 수상한 느낌이 든다."

파이프에 가득 쟁인 담배를 노려보면서 후버가 고개를 기울였다.

"이광 그놈은 우리 대리인으로 만족할 놈이 아냐."

이번에도 수송기 안이다. 계속해서 구름층 안을 비행하고 있었기 때문에 C-140 수송기는 쉴 새 없이 흔들렸다. 안에 그물로 덮어놓은 상자들이 요동을 쳤다가 떨어질 정도였다. 여객기라면 안전벨트를 매라는 주의 방송에 승객들이 비명을 지를 만한 진동이었지만 수송기 안 분위기는 달랐다. 22명 중 절반 정도는 잠이 들었다. 진동을 요람이 흔들리는 것 정도로 느끼는 것 같다. 그리고 나머지도 서로 웃으며 이야기를 주고받거나 공군기에서 나눠준 군용식량을 까먹는다. 윤서인도 마찬가지. 이번에도 당연한 듯 강정규 옆자리를 차지하고 앉아 고개를 이리저리 돌려 구경을 한다. 편안한 얼굴, 비행기가 가끔 '뚝' 떨어지면 오히려 웃는다. 수송기 자체의 분위기가 그렇게 만든 것 같다. 서로 마주보고 앉는 데다 내부가 거칠다. 의자도 딱딱하고 안전띠만 매도록 되어 있을 뿐 사방이 그물, 하물, 투박한 녹색장치여서 외부의 요동도 같은 분위기로 흡수하는 모양이다. 윤서인은 발에 붕대를 감고 사이즈가 3센티는 더 큰 남자용 전투화를 신었기 때문에 두 다리를 쭉 뻗고 앉아 있다. 수송기는 이슬라마바드 옆 미군 기지를 떠나 자카르타로 날아가는 중이다. 이륙한 지 두 시간이 되었다. 이륙하자마자 잠이 들었던 강정규가 눈을 떴을 때 윤서인이 기다렸다는 듯이 군용식량 팩을 내밀면서 웃었다.

"잘 주무시네요."

비행기 소음이 커서 강정규의 귀에 입술을 가깝게 붙여야 한다. 강정규가 고개만 끄덕이고 군용식량을 받았다. 윤서인이 다시 묻는다.

"자카르타에서 바로 '아일랜드'로 돌아가요?"

"아니, 착륙해서 대기."

"비행장에서?"

"시내에서."

"좀 쉬겠네요."

"그 발로 뭘 쉬겠다고."

강정규가 눈으로 윤서인의 발을 가리켰다. 윤서인을 들것에 들고 행군하느라고 21명 전체가 고생을 했다. 넷씩 교대로 들었지만 산길을 6시간이나 걸어야 했던 것이다. 트럭을 구하지 못해서 도로를 2시간 더 걸었다. 강정규도 들것을 들었던 것이다.

"제가 대원들에게 고생만 시켰어요."

윤서인이 다시 사과했을 때 강정규가 고개를 저었다.

"이번 작전에 참가한 윤 부장의 용기를 모두 좋게 평가하고 있지."

"솔직히 이렇게 격렬한 전쟁일 줄 몰랐죠. 준비가 덜 된 상태에서 참가했죠."

윤서인이 고백했다.

"건성으로 참가했다가 혼이 났어요."

"이 경험이 리스타 발전에 도움이 되기를 바랍니다."

"이사님, 존댓말 쓰지 마세요."

윤서인이 눈웃음을 쳤다. 지금까지 강정규는 존댓말, 반말을 나눠 썼다. 그때 강정규가 쓴웃음을 지었다.

"알았어. 윤서인 씨가 남자였다면 바로 반말을 했을 텐데 나도 문제가 있어."

"무슨 문제요?"

"윤서인 씨를 여자로 의식하고 있었다는 증거야."

"사적(私的)으로요?"

"당연하지."

"제가 여자로서 매력이 있어요?"

"그걸 왜 물어?"

"알고 싶어서요."

"당연하지."

"뭐가요?"

"매력 있다는 거."

"저도 그래요."

"뭐가?"

"이사님이 매력 있는 거."

"그런 이야기는 그만."

쓴웃음을 지은 강정규가 윤서인을 보았다.

"열기가 식으면 그 감정도 식게 될 테니까."

트리폴리에서 곧장 리스타랜드로 날아온 이광이 랜드의 별장에서 참모회의를 열었다. 참모들이 별장에서 회의 준비를 하고 기다리고 있었던 것이다. 응접실에 둘러앉은 면면을 보면 '리스타 연합'의 해밀턴, '리스타 유통'의 오금봉, '리스타 해외법인연합'의 사장 겸 '리스타랜드' 시장 진남철, 그리고 '리스타 자원'의 사장이 된 조백진, 거기에다 비서실장 안학태까지 다섯이다. 모두 긴장으로 굳어진 얼굴이었는데 이광이 바그다드와 트리폴리에서 후세인, 카다피를 만나고 온 것을 알기 때문이다. 자리에 앉은 이광이 다섯을 둘러보면서 웃었다.

"지금 세계가 이곳을 주시하고 있겠군."

"도청 방지 장치를 완벽하게 했습니다."

해밀턴이 바로 말을 받았다.

"CIA, KGB의 최신 기기들을 역이용했으니까 안전하다고 보셔도 됩니다."

이광은 웃기만 했지만 오금봉이 한숨을 쉬었다.

"요즘은 옷의 섬유에도 도청장치를 넣는다고 해서 여기 오기 전에 팬티까지 갈아입고 왔어요."

오금봉의 말에는 아무도 웃지 않는다. 이광이 앞에 놓인 생수병을 쥐고 입을 열었다.

"우리가 이번 기회에 모두 서둘러야 될 것 같아요."

모두 긴장해서 시선만 주었고 이광의 말이 이어졌다.

"군산연과의 전쟁이오."

"그렇습니다."

해밀턴이 맞장구를 쳤고 이광이 말을 이었다.

"이번에 다시 오마르한테 공급할 무기를 재로 만들었으니까 군산연은 수단 방법을 가리지 않고 우리를 칠 거요."

모두 숨을 죽였고 이광의 목소리가 방을 울렸다.

"더구나 다국적군에 공급할 무기 대금을 내가 쥐고 있으니 어떻게든 나를 제거하려고 하겠지."

"먼저 쳐야 합니다."

조백진이 말했을 때 해밀턴이 고개를 끄덕였다.

"그 방법밖에 없습니다."

이광이 소파에 등을 붙였다.

"내가 사우디 하타리 왕세자하고 합의를 했어. 그리고 후세인 대통령도 약속을 했고."

긴장한 다섯 쌍의 시선이 모였다.

"하타리 왕세자가 후세인 대통령에게 500억 불을 비밀리에 전달할 거요. 그 일을 이번에도 내가 맡았지."

"……."

"이라크군은 사우디를 침공하는 것처럼 보였다가 마지막 순간에 전격적으로 이라크로 철수할 거요. 쿠웨이트도 내놓고 말이지."

방 안에는 숨소리도 나지 않는다. 후세인은 군산연은 물론이고 다국적군의 회유와 예상을 깨고 전격적으로 철수하는 것이다. 길게 숨을 뱉은 이광이 말을 이었다.

"물론 후세인 대통령은 쿠웨이트와 사우디로부터 보상금 명목으로 300억, 500억 불을 챙겼지만 그렇게 만든 건 누군가? 군산연이오. 그리고……."

이광의 눈빛이 강해졌다.

"그 군산연을 그렇게 만든 건 미국을 비롯한 서방의 군수산업체들이지 않나?"

"그렇습니다."

다시 해밀턴이 동의했다. 군산연에는 서방 각국의 군수산업체도 포함되어 있는 것이다. 군산연의 주체는 미국이지만 '전쟁'을 위해서는 서방 각국, 심지어는 러시아의 군수산업체도 연합한다. 그때 이광이 간부들을 둘러보았다.

"한 달 후, 군산연의 제2차 무기가 다국적군에 재공급되기 직전에 이라크군이 쿠웨이트에서 철수할 것이오. 이건 이라크에서도 후세인 대통령과 쿠웨이트 진주군 사령관 카심 대장 둘밖에 모르는 극비사항이고, 이제 나를 포함한 당신들 다섯까지 알게 되었군."

"비밀을 지키겠습니다."

오금봉이 말했을 때 지금까지 잠자코 있던 진남철이 고개를 들었다.

"쿠웨이트가 해방이 되면 재건 계획에 막대한 자금이 들어갈 것입니다. 그것을 리스타에서 맡아야 합니다."

그것이 수천억 불이다. 이광이 웃음 띤 얼굴로 고개를 끄덕였다. 각자의 역할이 있는 것이다.

"현재 고등학교까지는 운영되고 있으니까 이번에 대학교 설립 준비를 끝낼 거야."

강은서가 활기 띤 얼굴로 말했다.

"공사 장비도 있고 자재도 충분하다고 들었어. 위치는 내가 봐둔 곳이 있으니까 곧 설계를 맡기고 건물 공사는 1년 안에 끝내겠어."

"사모님은 실행력이 출중하세요."

심순자가 말했다. 심순자가 누구인가? 지금 쿠웨이트에서 온갖 호사를 누리고 있는 리스타랜드 경비대장 겸 '쿠웨이트 리스타 연락소장' 권철의 부인이다. 본래 프랑스에 입양되고 나서 오무라의 정보원이 되어 '마들렌호'에 타고 리스타랜드에 접근했다가 포로가 되었던 프랑스 명(名) 미셸이 심순자다. 그 심순자가 지금은 이광의 부인 강은서의 최측근이 되어서 한국에까지 따라갔다 같이 귀국하는 중이다. 그들에게는 리스타랜드행(行)이 바로 귀국이다. 회장 전용기는 120인승 신형 보잉 767이다. 비행기 안에는 이광의 두 아들 상철과 한, 그리고 귀국하는 간부들까지 70여 명이 탑승하고 있다. 강은서가 얼굴을 펴고 웃었다.

"조건이 좋기 때문이야. 이런 조건이라면 누구라도 할 수 있어."

"의욕이 넘치시기 때문이죠."

"맞아. 리스타랜드를 새 땅, 새로운 세계로 만들 거야. 난 랜드의 아이들에게 최상의 교육 조건을 만들어주고 싶어."

"제가 돕도록 해주세요."

"이미 돕고 있잖아."

강은서가 부드러운 시선으로 심순자를 보았다. 40대 중반이지만 강은서는 아직도 빼어난 미모에 몸매를 유지하고 있다. 옆을 지나던 상철이 멈춰 서더니 강은서에게 물었다.

"어머니, 아버지가 낚시 가르쳐 주신다고 했어요?"

"그래, 어제 전화로 이야기했어."

강은서가 웃음 띤 얼굴로 고개를 끄덕였다.

"너 오면 같이 배 타고 나간다고 하시더라."

표정이 밝아진 상철이 어깨를 펴고 옆을 떠났다. 강은서가 상철의 뒷모습에서 시선을 떼고 말했다.

"쟤가 아버지를 무척 따라."

"체격도 크고 잘생겼어요."

"쟤 생부(生父)가 10년쯤 전에 죽었다고 해."

강은서가 옆집 개가 죽었다는 분위기로 말했기 때문에 심순자가 잠깐 눈만 깜박였다. 그러다 곧 사실을 깨닫고 고개만 끄덕였다. 심순자도 상철의 내력을 알고 있는 것이다. 그때 강은서가 말을 이었다.

"쟤한테는 말 안 했어. 아니, 앞으로도 영영 말 안 할지도 몰라. 상철이는 이제 회장님을 제 아버지로 의지하고 믿고 있으니까."

강은서의 눈이 흐려졌다.

"참 고마워, 이광 씨한테. 여자 만나고 바람피운다는 소문이 자주 들렸지만 난 전혀 개의치 않았어. 그런 말이 들릴 때마다 그 사람이 객지의 다른 호텔에서 잠을 자는 것 정도로밖에 느껴지지 않더라고."

"……."

"믿었기 때문이지."

"부러워요."

"상철이, 한이, 그리고 내가 그 사람의 기반이야. 그 사람의 고향이라고."

"그렇군요."

"몇 년쯤 전인가 그 사람이 우리 네 식구가 모였을 때 그런 말을 했어. 아이들도 지금도 다 기억하고 있어."

좌석에 등을 붙인 강은서가 만족한 숨을 뱉었다.

"난 랜드의 문화사업을 맡을 거야."

"제가 보좌할게요."

"그래."

강은서가 눈을 감았고 만족한 심순자도 좌석을 뒤로 눕혔다. 침대 같은 좌석이 뒤로 눕혀졌다.

극비사항에 대한 보안은 아는 사람을 최소화하는 것이 원칙이다. 이곳은 숲 속의 별장, 리스타랜드 중심부에 위치한 이 별장은 밀림에 가려서 상공에서도 보이지 않는다. 옆을 물줄기가 센 급류가 흐르고 있었기 때문에 물소리가 요란해서 마치 폭포 속에 들어가 있는 것 같다. 그러나 시선을 들면 절벽과 급류, 밀림이 어우러진 전혀 다른 풍광이 펼쳐져 있다. 응접실에는 이광과 안학태, 해밀턴 셋이 둘러앉았는데 회의를 끝내고 이광이 이곳으로 해밀턴을 부른 것이다. 눈치를 챈 해밀턴도 긴장으로 굳어 있다. 이광이 입을 열었다.

“카다피 대령이 핵 개발을 할 예정이오.”

놀란 해밀턴이 숨만 들이켰고 이광이 말을 이었다.

“나한테 후세인 대통령한테 같이 핵 개발을 하자는 말을 전해 달라더군. 내가 중개자 및 연락책 노릇을 하기를 바라는 거요.”

“CIA나 KGB 등 각국 정보기관의 반응을 알려는 데 회장님만큼 유용한 분이 없거든요.”

해밀턴이 정색했다.

“핵 시설 자재 운반이나 핵 기술자 이동, 자금 운용을 회장님이 도와주신다면 일사천리로 진행할 수 있을 것입니다.”

“카다피 대령은 핵이 약소국의 생존에 절대적으로 필요한 ‘장치’라고 합디다.”

이광이 ‘무기’라고 하지 않고 ‘장치’라고 표현했다. 그것을 의식한 해밀턴의 얼굴에 쓴웃음이 번졌다.

“구체적으로 회장님께 뭘 원하는 것입니까?”

“리비아와 이라크의 핵 개발 조력자.”

“대가는요?”

“군산연에 들어갈 무기 대금이 나한테 들어오겠지. 물론 다른 사업을 통해서 말이오.”

“엄청날 것입니다.”

안학태가 입을 열었다.

“군산연은 타격을 받고 와해될 가능성이 큽니다. 중동의 거대 수입상이 핵 개발로 무기 수입을 안 하게 될 테니까요.”

그때 이광이 해밀턴을 보았다.

“북한은 이미 핵 개발을 시작했다는 거요. 러시아 과학자를 다수 영입했다는군.”

“재래식 무기 구입으로는 벅차니까 할 수 없지요.”

고개를 끄덕인 해밀턴이 이광을 보았다.

“회장님, 핵 문제에까지 끌려 들어가면 위험합니다.”

“그렇지, 군산연이 알면 당장 나부터 치려고 할 테니까.”

“더구나 이번 오마르의 2차 무기 공급까지 우리가 CIA 대신 처리한 상황입니다. 군산연이 가만있지 않을 겁니다.”

“이미 군산연하고는 전쟁이 시작된 거요.”

그때 안학태가 해밀턴에게 물었다.

“카다피 대령이 회장님한테 핵 개발 문제를 꺼낸 것은 어떤 복선이 있는 것 같지 않습니까?”

이것을 상의하려고 해밀턴을 부른 것이다. 안학태는 이광을 수행해서 후세인, 카다피를 만나고 왔다. 지금 이광 대신으로 묻는 것이다. 그때 해밀턴이 대답했다.

“카다피 대령은 자신의 핵 개발과 미국의 경제 봉쇄를 맞바꿀 의도가 있는 것 같습니다. 경제 봉쇄를 풀지 않으면 후세인 대통령과 연합해서 핵 개발을 하겠다는 위협을 한 것 같습니다.”

“나에게 한 말이 미국에 전해지기를 기대한 것이군.”

“후세인 대통령이라면 직접 화법으로 회장님께 전했겠지만 카다피 대령의 스타일이지요.”

“그랬을까?”

“회장님만 한 확실하고 믿을 만한 전달자가 없으니까요.”

그러고는 해밀턴이 쓴웃음을 지었다.

“북한이 핵 개발한다는 정보를 주면서 간접적인 위협도 한 것이지요.”

"그렇다면."

어깨를 부풀렸다가 내린 이광이 해밀턴을 보았다.

"후버 씨한테 이야기해야겠군."

"제가 만나지요."

해밀턴이 말을 이었다.

"회장님께서 그 영감을 직접 만나실 필요는 없으십니다. 아마 그 영감하고의 흥정은 제가 나을 것 같습니다."

그때서야 이광과 안학태가 마주보고 웃었다. 그들도 그것을 바란 것 같다.

이광의 전화가 왔을 때는 착륙 1시간쯤 전이었다. 기장의 안내 방송이 있고 나서 바로 연락이 온 것이다. 조종실에 비치된 무선 전화여서 강은서가 조종실로 안내되어 항법사 자리에 앉았다. 항법사가 회장 사모님께 자리를 비켜 드린 것이다. 앞쪽에 앉은 기장과 부기장이 강은서에게 고개를 숙여 인사를 했다. 전화기를 귀에 붙인 강은서의 표정은 밝다. 창밖으로 구름 한 점 없는 파란 하늘이 끝없이 펼쳐져 있다. 현지 시각으로 오후 2시 반, 그때 이광의 목소리가 울렸다.

"여기에 3시 반쯤 도착한다는군. 아직 한낮이야."

"그래요. 공항에서 바로 별장으로 갈게요. 아이들도 아빠 보고 싶다고 해요."

"내가 공항으로 나갈게. 거기서 상철이, 한이 데리고 바닷가로 가서 배 탈 거야."

"낚시 가려고?"

"응, 바로 가야지. 배도 준비시켰어."

"그럼 나도 가요."

"그러든지. 안 피곤해?"

"침대에서 자기만 하는데, 뭐가."

"배에서 저녁 먹으면 되겠다."

"심순자 씨 데리고 갈게요."

"그래, 이따 봐."

"고마워요, 그리고……."

"그리고 뭐?"

그때 숨을 고른 강은서가 힐끗 조종사의 뒤통수를 보았다. 조종사, 부조종사, 항법사는 모두 외국인이다. 강은서가 말을 이었다.

"사랑해요."

"아이구."

이광의 목소리에 웃음이 띠어졌다.

"그래, 나도 사랑해."

그때 강은서가 전화기를 항법사에게 넘겨주고 자리에서 일어섰다.

"고마워요, 여러분."

필리핀 민다나오섬 남쪽 다바오 해상에 떠 있던 어선의 선장 조리스가 고개를 들고 하늘을 보았다. 여객기 한 대가 남쪽으로 내려가고 있다. 흰 동체가 깨끗했고 푸른 하늘에 떠 있는 것이 한 마리 새 같다. 그런데 그 새를 향해 아래쪽에서 흰 연기가 솟아오르고 있다.

"아앗!"

직감적으로 상황을 알아챈 조리스가 외마디 외침을 뱉었을 때 연기가 여객기와 충돌했다. 그 순간 여객기가 상공에서 대폭발을 일으키면서 산산조각이 났다. 기체 파편이 사방으로 흩어졌고 뒤쪽 동체는 바람개비처럼 돌면서 떨어진다. 앞부분은 이미 형체가 없어졌다.

"으악!"

어선에 타고 있던 어부들이 일제히 외쳤다. 누군가가 소리쳤다.

"미사일에 맞았다!"

그렇다. 미사일이다. 그 순간이다.

"꾸꽈꽝!"

엄청난 폭음이 그때서야 울렸다. 어림잡아서 10초 후에 울렸다. 3킬로쯤의 거리다.

그 시간에 강정규는 자카르타의 바닷가 빌라에서 휴식을 취하는 중이다. 강정규와 일행 21명은 바닷가에 나란히 세워진 빌라 3채를 빌려 투숙했는데 문만 열면 모래사장으로 연결된 구조였다. 윤서인은 강정규와 같은 빌라를 썼는데 방이 4개짜리여서 2층의 방 2개를 하나씩 차지했다. 윤서인은 발의 상처를 치료하느라고 바다에 들어갈 수는 없었지만 이틀째 되는 날부터 목발을 짚고 산책을 했다. 오늘도 산책에서 돌아온 윤서인이 2층 베란다에 앉아 있는 강정규에게 다가가 물었다. 오후 2시 50분이다. 아래층의 대원 3명도 놀러 나갔기 때문에 집 안에는 그들 둘뿐이다.

"집 보세요?"

"응."

강정규가 웃지도 않고 고개를 끄덕였다.

"오후 6시쯤 돌아올 거야."

옆쪽 자리에 앉은 윤서인이 두 다리를 쭉 뻗었다. 깨끗한 붕대를 감은 발이 드러났다. 흰색 반바지에 소매 없는 셔츠를 입은 윤서인의 몸매는 날씬하다. 그때 선글라스를 벗은 윤서인이 강정규의 시선을 받고 밝게 웃었다.

"그럼 세 시간 동안 빌라에 우리 둘만 있는 거 아녜요?"

"그러네."

따라 웃은 강정규가 지그시 윤서인을 보았다.

"그 말이 의미심장하군."

"이젠 말장난에 싫증이 날 나이죠."

"유혹하는 거야?"

"왜 대장님은 항상 저한테 방어적이죠? 수동적이라고 해야 하나?"

"게임 한 번 하듯이 부딪치기에는 윤서인 씨가 아까워서 그래."

"난 아무래도 상관없어요."

윤서인이 정색하고 강정규를 보았다.

"죽고 사는 전쟁을 겪고 와서 그런지 시간이 아까워요."

그때 강정규가 자리에서 일어나 윤서인에게 손을 뻗었다. 윤서인이 강정규의 손을 잡자 불끈 일으켜 세워졌다. 강정규가 윤서인을 통째로 안아 들고 안으로 들어갔다. 침대로 가기까지 열 걸음도 안 되었지만 윤서인은 그사이에 강정규의 목을 감아 안고 입을 맞췄다.

안학태가 응접실로 뛰어들었을 때 이광은 마침 쿠웨이트의 핫산 왕세자와 통화 중이었다. 안학태의 기색을 본 이광이 핫산과의 통화를 대충 끝내고 고개를 들었다. 앞에 선 안학태가 가쁜 숨을 몰아쉬고 있었는데 얼른 입을 열지 않는다. 얼굴이 하얗게 굳어 있는 데다 눈에 눈물까지 고여 있다. 안학태 뒤쪽 벽에 걸린 시계가 오후 3시 4분을 가리키고 있다. 이광은 반바지에 셔츠 차림이다. 지금 바로 비행장으로 나가 강은서와 상철, 한을 맞으려는 것이다. 그들을 데리고 배를 타기로 했다. 배도 대기 중이다. 이광의 표정도 굳어졌다. 그래서 낮게 물었다.

"무슨 일이야?"

"회장님."

안학태가 이광을 똑바로 보았다. 그 순간 눈에서 눈물이 주르르 흘러내렸다. 그때 이광이 천천히 자리에서 일어섰다. 그러더니 안학태에게 손바닥을 펴 보이고는 몸을 돌렸다. 발을 떼어 베란다로 나간 이광이 바다 쪽을 바라보았다. 안학태가 허청거리는 걸음으로 따라와 뒤쪽에 섰다. 한 걸음쯤 뒤다. 그때 이광이 바다를 향한 채 물었다.

"사고야?"

"예, 회장님."

안학태가 이제는 마음 놓고 손등으로 눈물을 닦았다. 그러고는 짧게 흐느꼈다.

"회장님."

"묻는 말에만 대답해."

이광이 이제는 하늘을 바라보며 말했다. 하늘은 오늘도 구름 한 점 없이 파랗다. 바다도 잔잔해서 낚시하기에는 아주 적당하다. 다시 이광이 물었다.

"생존자는 없어?"

이제 이광의 목소리가 떨렸다.

"예, 회장님."

마침내 안학태가 끙끙대며 울었고 이광은 하늘을 바라본 채 움직이지 않았다. 하늘에 떠 있던 강은서, 상철, 한을 찾으려는 것 같다.

“무엇이, 이광의 전용기가?”

놀란 후버가 들고 있던 파이프를 떨어뜨렸다. 후버가 파이프를 떨어뜨린 건 처음 있는 일이었다. 보고를 한 윌슨도 놀라서 보고 내용을 깜박할 정도였다. 그때 후버가 방바닥에 떨어진 파이프를 주울 생각도 않고 윌슨을 보았다.

“이광의 가족이 탔어?”

“예, 부인과 두 아들이…….”

“으으음.”

“필리핀 민다나오섬 남단, 술라웨시해로 진입하기 전에 미사일을 맞았습니다.”

“이런 개 같은…….”

후버가 초점이 멀어진 눈으로 윌슨을 보았다. 뉴욕의 안가(安家), 이곳은 오전 5시, 이른 아침에 달려온 윌슨의 얼굴도 굳어 있다. 어지간하면 후버가 아침을 먹고 난 8시경쯤 찾아왔겠지만 급박한 상황이다. 사건이 일어난 지 3시간밖에 되지 않았다. 리스타랜드는 지금 오후 6시인 것이다. 윌슨이 겨우 말을 이었다.

“미사일을 맞은 것이 확실합니다. 민다나오섬의 카이란 공군 기지에서 다바오 해상에서 올라가는 미사일을 탐지했습니다.”

“군산연이군.”

“그렇습니다.”

“보복을 한 거야.”

“탑승자와 승무원 포함해서 79명이 사망했습니다.”

“이광은?”

“지금 리스타랜드에 있습니다.”

"해밀턴은?"

"모르겠습니다."

"이광 반응을 알 필요는 없겠지?"

"지금 알아낼 필요는 없겠지요."

그때서야 발밑의 파이프를 집은 후버가 잠옷 주머니에 넣었다. 파이프에 불을 붙이지는 않았지만 담배가 들어있는 것도 모르는 것 같다.

"전쟁이군."

"전쟁이지요."

고개를 끄덕인 윌슨이 길게 숨을 뱉었다.

"그나저나 이 회장의 일가족이 몰사했습니다. 전 세계가 주목하겠군요."

같은 시간, 바그다드는 오후 1시다. 오늘은 지상(地上)의 대통령 궁에 있던 후세인이 보고를 받는다. 보고자는 비서실장 아메드, 놀란 후세인이 몸을 굳히고는 앞에 선 아메드를 노려보았다. 아메드는 '이광의 가족이 탄 전용기가 미사일에 맞아 격추되었다'고만 말한 상태다. 그때 후세인이 무겁게 입술을 떼었다.

"언제?"

"3시간 전입니다, 각하."

"어디서?"

"필리핀 민다나오섬 남쪽, 리스타랜드와 30분 거리쯤 됩니다."

"군산연이냐?"

"그렇게 추측하고 있습니다, 각하."

후세인의 시선이 떼어지지 않았기 때문에 아메드는 진땀을 흘렸다.

이런 분위기에서 갑자기 권총을 뽑아 쏠 가능성이 크다. 지난주에 예민해진 후세인이 앞에서 '어물거린다'는 이유로 '대역 후세인'을 쏴 죽였던 것이다. 그래서 '대역 후세인'이 지금 셋 남았다. 5명 중 둘이 죽은 것이다. 하나는 전선 시찰을 나갔다가 포탄에 맞았다. 이윽고 후세인이 다시 입을 열었다.

"이광을 도와줄 방법을 찾아라."

"예, 각하."

"참모들을 동원해서, 극비로."

"예, 각하."

"방안을 만들어 놓도록. 사흘 안에."

"예, 각하. 그리고."

호흡을 가눈 아메드가 조심스럽게 물었다.

"이 회장에게 연락을 할까요? 위로 통화를 하시겠습니까?"

후세인이 입술도 달싹이지 않고 말했다.

"개아들 놈 같으니. 이런 때 전화를 하란 말이냐?"

"제가 부족했습니다. 용서하십시오, 각하."

"이런 때는 가만히 지켜봐 주는 것이 예의다, 이 개아들 놈아."

"예, 각하."

"위로한답시고 주절거리면 그게 귀에 들어올 것 같으냐? 대답을 하려고 입을 떼는 것이 고통이다, 이 개아들 놈아."

"용서해 주십시오."

"군산연 그놈들을 멸망시켜야 한다."

후세인이 잇새로 말했다.

"내가 이광을 도와서 모두 몰사시킬 것이다."

카다피? 카다피의 정보부는 후세인보다 30분쯤 먼저 정보를 받았다. 그러나 이쪽은 보고 계통이 4곳이나 되어서 30분이나 늦게 들었다. 이것이 후세인과 카다피의 차이다. 후세인은 임기응변이 강하고 급해서 참모들이 급한 일은 융통성 있게 처리한다. 그러나 카다피는 절차를 지키고 예외를 인정하지 않는다.

정보부장이 무표정한 얼굴로 기계적인 보고를 마쳤을 때다. 정보부장 하다드는 신임이다. 정보부장이 된 지 2개월밖에 되지 않는다. 전(前)에는 남부 지역 보병사단장이었다가 카다피의 눈에 띄어 영전된 것이다. 카다피가 고개를 들고 하다드를 보았다.

"다 죽었어?"

"예, 각하. 미사일에 맞고 몰사했습니다."

"몰사라……."

"이광의 처, 두 아들, 그리고 간부 사원까지 72명에다 비행기 승무원 7명, 모두 79명입니다."

어깨를 편 하다드가 표정 없는 얼굴로 술술 말을 이었다.

"착륙 30분 전이었다고 합니다. 미사일은 민다나오섬 남부 다바오 앞 해상에서 발사되었는데 한 발에 적중했습니다."

"……."

"지금 필리핀 해군이 해상에서 파편을 찾고 있는데 시체는 산산조각이 나서 모두 수장되었다고 봐야 될 것입니다."

"……."

"현재 이광의 동향은 없습니다, 각하."

고개를 끄덕인 카다피가 나가보라는 시늉으로 손짓을 했다. 하다드가 방을 나갔을 때 카다피가 벨을 눌러 경호실장 함메드를 불렀다. 함메드가 소리 없이 다가섰을 때 카다피가 표정 없는 얼굴로 말했다.

"정보국장 하다드가 수상하다."

함메드는 시선만 주었고 카다피가 말을 이었다.

"데려가서 총살시키도록."

"예, 각하."

"극비 임무로 외국에 간 것으로 해."

"예, 각하."

함메드가 몸을 돌렸을 때 카다피가 등에 대고 말했다.

"그놈이 내 형제 이광을 모욕했다."

함메드가 걸음을 멈췄고 카다피가 등에 대고 말을 이었다.

"이광의 가족이 처참하게 죽었는데도 전혀 애도의 기색을 보이지 않았다. 그놈은 개아들 놈이다."

"예, 각하."

앞에 대고 대답한 함메드가 그 자세로 물었다.

"목을 베어서 가져올까요?"

"사진이나 찍어오도록."

함메드는 카다피의 무표정한 외면과는 반대로 내면에 불같은 정(情)이 꿈틀거리고 있다는 것을 아는 것이다. 하다드가 잘못 처신했다.

"이 회장이 지금 어디 있는 거냐?"

등소평이 묻자 비서 왕균이 우물거렸다.

"예, 리스타랜드에 있는 것 같습니다만……."

"같습니다?"

눈을 치켜뜬 등소평이 왕균을 노려보았다.

"이놈아! 너 나이가 몇이냐!"

"예, 56살입니다, 위원장 동지."

"그런데도 그따위로밖에 대답을 못 해!"

"잘못했습니다, 위원장 동지."

"당장 이광과 전화 연락을 해!"

"예, 위원장 동지."

왕균이 두 손을 앞으로 내밀고 방을 뛰쳐나갔다. 이곳은 베이징 이화원 근처의 안가다. 등소평은 방금 왕균으로부터 이광의 가족이 탄 전용기가 '공중 폭발'되었다는 보고를 받은 것이다. 중국 측은 후세인보다 1시간쯤 늦었다. 곧 왕균이 전화기를 들고 달려 들어왔다. 앞에 선 왕균이 송수화기를 내밀었을 때 등소평이 옷을 단정히 갖춘 다음, 자리에서 일어나 송수화기를 두 손으로 받았다. 그러고는 귀에 붙였다.

"여보세요."

등소평의 목소리가 울렸을 때 이광은 목이 메었다. 사건이 일어나고 전화를 처음 받는다. 아무도 연락해 오지 않았지만 모두 지금 당장 연락을 한다고 해도 '정신만 사납게' 할 뿐이라는 것을 알고 있을 것이다. 서둘러서 연락을 해오는 것도 본인의 마음뿐이다. 상대방을 배려해야 된다. 그러나 등소평은 다르다. 이광이 부모처럼 의지해온 존재다. 이광이 대답했다.

"예, 위원장님."

"기운을 내라."

등소평이 바로 말했다.

"정신없겠지만 죽 한 순갈이라도 먹도록 해라."

"예, 위원장님."

"명심해라. 죽 한 숟갈, 하루 세 번."

"예, 위원장님."

"두 숟갈이라도 좋아. 세 숟갈이면 더 좋고, 알았느냐?"

"예, 위원장님."

"명심해라, 알았느냐?"

"예, 위원장님."

"나도 곧 죽는다, 기억해라."

이광이 미처 대답하기도 전에 통화가 끊겼다. 전화기를 안학태에게 건네준 이광이 물끄러미 앞쪽을 보았다. 안학태가 전화기를 뒤에 선 비서에게 넘겨주었을 때 이광이 헛소리처럼 말했다.

"죽 한 그릇 가져와."

해밀턴이 방 안으로 들어섰을 때 후버가 자리에서 일어섰다. 그것을 본 윌슨도 일어섰는데 처음 있는 일이었다. 사건 발생 8시간이 지났다. 뉴욕의 안가 안, 다가온 해밀턴에게 후버가 손을 내밀었다. '새삼스럽게 이게 무슨?' 하는 표정을 지어야 정상인데 해밀턴도 당연하다는 듯이 후버의 손을 잡았다.

"안됐다, 유감이야."

후버가 낮게 말하자 해밀턴이 어깨를 늘어뜨렸다.

"감사합니다, 부장님."

"내가 이 회장한테 연락도 못 했다, 미안해서."

"이해할 겁니다."

후버가 손을 놓자 이번에는 윌슨이 해밀턴의 손을 잡았다.

"위로의 말을 전해 주시죠."

"고맙네."

다시 자리에 앉았을 때 해밀턴이 길게 숨부터 쉬었다. 눈이 충혈되었고 지친 표정이다.

"군산연과의 전쟁은 피할 수 없을 것 같습니다."

"이미 시작된 거지."

후버가 대뜸 말을 받았다.

"지금까지는 국지전이었지만 이제부터는 노골적인 전면전이 되겠지."

"군산연의 배후는 미국 정부가 되겠지요?"

"이 사람아, 무슨 말을?"

후버가 깜짝 놀라는 표정을 짓더니 어깨를 부풀렸다가 내렸다.

"그런 소리 마라. 우리 CIA는 리스타와 동맹관계나 같다. 썩어빠진 정치인, 관료, 군 고위층 놈들이 군산연 개새끼들의 뇌물을 먹고 뒤를 봐줬을 뿐이지."

"CIA에도 군산연에서 월급 받는 놈들이 있지 않습니까?"

"우리가 잡아내고 있지 않아? 말만 해라. 내가 잡아서 불도저 밑에 깔아 죽일 테니까."

"회장님 전갈입니다."

"응."

'응?' 하고 물으려던 후버의 입에서 비명 같은 외침이 터졌다. 놀란 것 같다.

"전, 전갈을 가져왔어?"

"예, 사건이 일어나기 전입니다."

"아."

"사건이 일어났을 때 저는 출발하기 직전이었습니다. 랜드에 머물러서 회장님을 위로해 드리고 싶었습니다만 지시받은 일을 처리하는 것이 나을 것 같아서……."

"과연."

고개를 끄덕인 후버가 윌슨을 보았다.

"해밀턴이 이 회장의 복심이 되었군."

윌슨이 따라서 고개를 끄덕였을 때 해밀턴의 말이 이어졌다.

"회장님이 지난주에 카다피를 만나셨습니다."

후버와 윌슨이 숨을 죽였고 해밀턴의 목소리가 방을 울렸다.

"카다피가 핵 개발을 하겠다고 했다는군요. 회장님께 도와달라고 했는데 구체적인 내용은 말하지 않았습니다."

"……."

"북한은 이미 소련의 핵 기술진 10여 명을 영입했고 장비까지 일부 도입했다고 했습니다."

후버가 탁자 위에 놓인 파이프를 집어 들었지만 입을 열지는 않았다.

"카다피는 후세인과 함께 핵을 개발하고 싶다는 것입니다. 회장님이 후세인하고도 절친하시니까 양국의 핵 개발에 더 이상 알맞은 조력자가 없을 것입니다."

"그렇지."

후버가 파이프에 담배를 쟁이면서 말했다. 시선은 해밀턴에게 향했고 두 눈에 생기가 띠어져 있다.

"이 회장처럼 알맞은 조력자가 없지. KGB하고도 통하고 있는 데다 자금력, 그리고 세계 각지에 뻗어 있는 리스타의 조직망, 게다가 우리 CIA까지……."

그때 해밀턴이 후버를 보았다.

"정말 그렇게 생각하십니까?"

"뭘 말야?"

후버가 눈을 둥그렇게 떴을 때 해밀턴이 다시 묻는다.

"카다피가 우리 회장님한테 그런 제의를 한 의도가 무엇일까요?"

"핵 개발 한다면서?"

"그렇게 단순하게 보십니까?"

"카다피, 그놈은 고집이 센 놈이다. 한다면 하는 놈이야."

"그럴까요?"

"이 회장이 믿을 만하니까 말했겠지."

"그럴까요?"

그때 후버가 풀썩 웃었다.

"넌 카다피가 이 회장이 나한테 그 사실을 알려주는 것까지 예상하고 있다는 걸 말하는 것이군."

"예, 회장님과 전 그것에 무게를 둡니다."

"카다피가 음흉한 놈이라고 할 것을 잘못 말했군."

"카다피는 경제봉쇄 해제와 핵 개발 포기를 맞바꾸고 싶은 것 같습니다."

"그렇게 말했어?"

"아닙니다."

"저런."

쓴웃음을 지은 후버가 윌슨을 보았다. 윌슨의 얼굴에도 웃음이 떠올라 있다.

"윌슨, 해밀턴이 CIA를 떠나더니 감각이 무디어진 것 같지 않으냐?"

"모르겠습니다, 부장님."

"네 얼굴은 그렇다고 써 있구먼."

다시 해밀턴에게 고개를 돌린 후버가 정색했다.

"카다피 그 음흉한 놈은 이미 핵 개발을 시작했어. 사하라 사막 한복판의 모래 속에 핵 기지까지 만들어 놓았고 소련 핵 기술자 7명을 데려갔다. 가족까지 말야. 이게 흥정용이냐?"

방으로 들어선 강정규가 윤서인을 보았다. 초점이 멀어진 눈이다. 비행기가 격추된 사실을 통보받았을 때는 사건 발생 4시간 후다. 이제 만 이틀이 지났지만 강정규는 안절부절못하고 있다. '말'로 표현하지는 않았지만 엄청난 충격을 받은 것이다. 그것은 윤서인도, 대원들도 마찬가지다. 군산연의 소행이 확실한 상황이라 그 계기를 만든 것이 '강정규 팀'이나 같다고 생각했기 때문일 것이다.

"대기하라는 지시야. 하지만……."

강정규가 그때서야 눈동자의 초점을 윤서인에게 맞췄다.

"윤 부장은 랜드로 귀국하도록. 실장님이 기다리고 계셔."

오후 4시 반, 빌라의 2층 응접실 안이다. 대원들은 사건 발생 후부터 빌라에서 대기 상태인데 강정규가 지시하지 않았어도 그렇다.

"알았어요, 지금 출발인가요?"

윤서인의 시선을 받은 강정규가 고개를 끄덕였다. 서로 끌려드는 것 같은 시선이다. 강정규가 표현을 절제하는 성격이지만 눈빛은 감출 수가 없는 것이다. 몸을 돌린 강정규가 어깨를 늘어뜨리면서 말했다.

"김 팀장이 자카르타 서쪽 미군 보급기지까지 윤 부장을 데려다줄 거야."

"언제요?"

"30분 후에 출발하도록."

계단을 향해 다가가면서 강정규가 말을 이었다.

"김 팀장이 30분 후에 올라올 거야. 떠날 때 나 안 봐도 돼."

계단 밑으로 쑥쑥 내려가는 강정규의 몸을 보면서 윤서인이 한숨을 쉬었다. 이 상황에서 '감정'과 '감동'을 기대한다는 것이 사치일 것이다.

"자네도 랜드로 가봐야 되는 거 아냐?"

권철이 방 안으로 들어서자마자 카심이 바로 물었다. 권철이 대답하지 않았더니 카심 대장이 길게 한숨을 쉬었다.

"결혼한 지 얼마 안 되었다고 했지?"

심순자와의 사이를 묻는 것이다.

"예, 각하."

"삼가 조의를 표하네, 안됐네."

"감사합니다, 각하."

권철의 표정 없는 얼굴을 힐끗 보고 난 카심이 외면하고 말했다.

"랜드에서 연락 온 것이 있나?"

전용기 폭발 사건이 일어나고 이틀 만에 권철은 두 번째 카심 대장의 호출을 받았다. 그런데 랜드로부터 지시를 받은 사항이 없는 터라 권철은 한숨부터 쉬었다.

"잘 모르겠습니다. 특별한 지시사항이 없었습니다."

"내부 분위기는 어때?"

"그것도……, 충격을 받았겠지요."

첫 번째 호출을 당했을 때도 같은 말을 묻고 답했다. 그만큼 카심이 이광의 안부를 걱정하고 있다는 표시여서 권철의 가슴도 더워졌다. 그때 카심이 말했다.

"대통령 각하께서는 복수에 동참하시겠다고 나한테 말씀하셨어. 이 말을 이 회장한테 전하도록 해."

"알겠습니다, 사령관 각하."

"꼭 전달을 하라고."

"예, 각하."

"군산연 놈들을 하나씩 탱크로 뭉개버리고 싶은 심정이야, 나도."

"감사합니다, 각하."

"무슨 일 있으면 수시로 날 찾아와, 부관한테 말해놓을 테니까."

"예, 각하."

"지난번에는 희생자 속에 자네 부인이 있는 걸 몰랐어."

그러자 권철이 경례를 올려붙이고는 몸을 돌렸다. 지금은 쿠웨이트 점령군의 사우디 침공에 대한 우려도 이번 사건 때문에 싹 지워진 것 같은 분위기다.

"반응이 대단하군."

볼룸이 쓴웃음을 짓고 말했다.

"중국 주석이 이광한테 애도문을 읽어 주다니, 그것도 공개적으로 말이야."

고개를 끄덕인 피셔가 TV로 시선을 돌렸다. TV에는 오늘도 전용기가 떨어진 해상 사진을 보여주고 있다. 필리핀 해군 구조대가 헬기 12대, 배 8척을 동원해서 수색했지만 시신도 찾지 못했다. 중국은 애도 전문을 언론에 발표했을 뿐만 아니라 주석 강택민이 TV에 나와 애도문까지 읽어 준 것이다. 최고 등급의 조문을 한 것이다. 중국 TV에서는 이광의 부모가 죽은 사연도 연날아서 방송을 하고 있다. 한국이 짧게 보도를 한 것과는 너무 대조적이다. 그때 피셔가 말했다.

"이제 돌아올 수 없는 다리를 건넜습니다. 이광이 선수를 치기 전에 아예 뭉개버려야 됩니다."

"당연히."

술잔을 든 볼룸의 얼굴이 일그러졌다.

"이제 이광 그놈도 가족을 잃은 심정이 어떤지를 알겠지. 주면 받는 거야."

피셔가 어깨를 늘어뜨리면서 외면했다. 가족을 먼저 잃은 것이 피셔다. 그때는 이렇게 요란하게 보도되지 않았다. 이곳은 뉴욕의 안가 빌딩 안이다. 맨해튼에 위치한 44층짜리 건물 전체가 철통처럼 보안장치가 되어 있어서 군산연 지휘부는 이곳을 작전본부로 사용한다. 볼룸이 말을 이었다.

"이 사건도 일주일쯤 지나면 잊혀져. 그리고 미국 정·관계, 군부는 우리가 다 휘어잡고 있어. 이제 이광만 없애면 돼."

확실한 목표가 세워진 이상 추진만 하면 된다. 지금까지 100년 가까운 세월 동안 세계 각국의 지도층 계급에 기반을 굳혀 온 군산연인 것이다. 리스타 따위에 흔들릴 '군번'이 아니다.

수저를 내려놓은 이광이 죽 그릇을 밀어놓았다. 흰 죽 그릇이 절반쯤 비워졌다. 등소평이 권한 대로 죽을 먹는다. 두 숟갈도 좋고 세 숟갈은 더 좋다고 했지만 이제는 절반쯤 먹었다. 죽을 먹으면서 일상의 업무도 처리하기 시작했다. 랜드에는 유통의 오금봉부터 각 그룹의 사장들이 모두 모여 있었는데 해밀턴만 미국에 가 있다. 그때 뒤쪽에 있던 안학태가 다가와 섰다.

"회장님, 장례식은 어떻게 하는 것이 낫겠습니까?"

이광이 대답하지 않았더니 안학태가 말을 이었다.

"사장단 회의를 했습니다만 간단히 의식을 치른 후에 가족의 제단을 만들어 놓는 것이 낫겠다는 의견입니다."

장례식은 생략하자는 의견이다. 이광이 고개를 끄덕였더니 안학태가 소리 없이 물러갔다. 곧 하인이 들어오더니 역시 소리 없이 식탁을 치우고 사라졌다. 자리에서 일어선 이광이 베란다로 나가 버릇처럼 하늘을 보았다. 오늘도 구름 한 점 없는 푸른 하늘이다. 물끄러미 하늘을 보는 이광의 눈앞에 강은서의 웃음 띤 얼굴이, 그리고 마지막으로 비행기 안에서 말하던 목소리가 들려왔다. 그때 이광이 자신도 '사랑한다'는 말을 해주기를 잘했다는 생각이 들었다. 웃고 끊으려다가 그때는 왠지 해주고 싶었던 것이다.

"이게 뭐야?"

놀란 에이브람스 대장이 위성화면을 노려보면서 소리쳤다. 그러나 주위의 참모들은 숨을 죽인 채 대답하지 않는다. 위성화면은 생생하게 펼쳐져 있다. 1991년 1월 15일, 오후 11시 20분, 쿠웨이트에 주둔하고 있던 이라크군 기갑부대가 일제히 전진하고 있는 것이다. 탱크와 장갑차, 야포를 매단 트럭까지 수천 대의 차량이 전진하는 장면은 장관이다.

"이, 이런."

어깨를 부풀린 에이브람스가 화면에서 시선을 떼고는 옆에 선 참모에게 물었다.

"언제부터야?"

"예, 15분 전부터입니다."

이라크군의 대이동이다. 이라크군 기갑부대가 일제히 북상하고 있는 것이다. 쿠웨이트 남쪽 국경까지 내려와 금방이라도 사우디를 침공할 것 같았던 기갑부대가 일제히 뒤로 물러나고 있다. 그때 프랑스군 사령관 몽트벨 소장이 말했다.

"철수하는 것 같습니다. 보시지요."

그러고는 옆에 선 장교에게 지시했다.

"쿠웨이트 시내를 비춰 봐."

그러자 화면이 북쪽으로 옮겨지더니 쿠웨이트시(市)를 비쳤다. 그때 상황실에 모인 30여 명의 지휘관 중 절반 정도가 낮은 탄성을 뱉었다. 시내의 도로가 이라크군 차량으로 가득 차 있는 것이다. 일반 차량은 통제된 상태에서 군용차량만 가득 차 있다. 그리고 그 수천 대의 장갑차, 탱크, 트럭들이 북쪽 이라크로 움직이고 있다.

"이라크군 전면 철수입니다."

이번에는 영국군 사령관 프롬웰 중장이 말했다. 얼굴에 쓴웃음이 떠올라 있다.

"후세인이 사우디를 침공하지 않겠다는 성명이 사실이었군요."

후세인의 성명은 이틀 전에 있었지만 세계 언론은 두어 줄의 기사로 짧게 보도했을 뿐이다. 미국의 대부분 방송은 그것을 언급조차 하지 않았다. 몇 개의 신문에서만 '믿기지 않는 성명'이라는 분위기로 짧게 보도했을 뿐이다. 그때 참모장 브리튼이 말했다.

"사령관님, 워싱턴에 직접 보고하시지요."

10분 후, 워싱턴, 오후 3시 30분. 합참의장 존슨이 전화기를 들고 백악관 안보보좌관 트로츠키에게 말했다.

"각하께 보고드려야겠어. 지금 이라크군이 쿠웨이트에서 철수하고 있네."

"예, 정말요?"

"이봐, 트로츠키, 지금 당장 각하를 만나야겠어. 안보회의를 소집해야 돼."

"보고드리지요."

순발력이 빠른 트로츠키가 서둘러 말을 이었다.

"오시면서 쿠웨이트 사후수습 대책도 가져오시죠."

같은 시간, 군산연의 대외정책을 맡고 있는 정책관 민스트가 전화를 받는다. 민스트는 탱크 엔진을 전문으로 제작하는 '민스트 엔진'의 사장이다.

"아, 케이스?"

민스트가 상대방의 목소리를 듣고 응답했을 때 케이스가 말했다.

"쿠웨이트 주둔 이라크군이 전면 철수를 시작했어. 철수를 시작한 지 현재 35분이 지났어."

"철수를?"

"전면 철수야. 남쪽 기갑부대에서부터 쿠웨이트 시내의 모든 병력까지."

"알겠어. 철수 완료 시간은?"

"사흘은 걸릴 거야."

"알았어."

먼저 통화를 끝낸 민스트가 서둘러 다른 전화기를 들고 귀에 붙였다. 케이스는 다국적군 사령부 소속의 미군 정보 참모다. 계급은 준장, 군산연의 동조자이기도 하다.

“엇, 철수를 해?”

니카라과 대통령과 통상조약을 맺고 있던 부시 대통령이 놀라 되물었다. 백악관 회의실 안, 트로츠키는 부시의 귀에 대고 말했는데 목소리가 커진 바람에 옆에서 다 들었다. 자리에서 일어선 부시가 창가로 트로츠키를 데려가더니 안심한 듯 말했다.

“후세인 그 새끼가 진짜 사우디로 내려가지 않는군. 성명을 발표한 대로 말이야.”

“예, 그렇습니다, 각하.”

“그럼 쿠웨이트 사건은 다 풀렸군그래, 트로츠키.”

“그래도 안보회의를 소집하시죠. 쿠웨이트 수습 대책도 만들어야 됩니다.”

“그렇지, 소집해.”

“알겠습니다. 한 시간 내로 오벌룸으로 모이도록 하지요. 비서실장한테 전하겠습니다.”

“니카라과 대통령하고 저녁 먹기로 했는데 잘됐다. 취소시켜야지.”

고개를 끄덕인 부시가 몸을 돌렸다.

오후 3시 55분, 백악관으로 달려가던 공화당 하원 원내총무 겸 안보위원장 미켈슨이 차 안에 장착된 안보용 전화기로 전화를 받는다.

“아, 미켈슨이오.”

“납니다.”

군산연의 피셔다. 숨을 들이켠 미켈슨이 앞쪽에 앉은 보좌관의 뒤통수를 노려보면서 소리 죽여 물었다.

"무슨 일이야?"

"지금 안보회의에 가는 중이야?"

"맞아, 잘 아는군."

"그냥 놔두면 안 돼."

"무슨 말이야?"

"철수하도록 놔두면 안 된다고."

"그렇다면……."

"그놈들을 공격해야지. 모든 화력을 총동원해서 말야."

"이봐, 그냥 놔둬도……."

"그럼 지금까지 모아놓은 포탄, 미사일, 장갑차, 그리고 댐만에 모인 80만이 넘는 군인은 뭐가 돼?"

피셔의 목소리가 높아졌다.

"산덩이처럼 쌓아놓은 무기, 연료를 소진시켜야 할 것 아냐? 내 말을 몰라?"

"알아."

"그래야 생산이 돌아가지. 재고가 쌓이면 어떻게 될 것 같아?"

"왜 열 받고 난리야?"

"잘 알아서 해, 친구."

그러고는 통화가 끊겼기 때문에 미켈슨이 혀를 차고 전화기를 내려놓았다.

"개 같은 군수업자 놈들."

투덜거렸지만 앞쪽에 앉은 보좌관은 고개를 돌리지 않는다.

트로츠키가 오벌룸으로 다가갈 때 비서관 요세프가 서둘러 다가왔다. 백악관 안, 오후 4시 18분, 회의는 4시 30분에 시작될 예정이다.

"담당관님, 볼룸 씨 보좌관 로버트슨한테서 저한테 전화가 왔습니다."

걸으면서 트로츠키는 시선만 주었고 요세프가 말을 이었다.

"공격은 해야 된다고 합니다. 그렇게만 말하면 아실 거라는데요."

그러고는 목소리를 낮췄다.

"먼저 발의하시면 된다고 합니다."

백악관 오벌룸(Oval Room), 부시가 오늘은 테이블에 앉았고 소파에 둘러앉은 안보회의 위원들을 둘러보고 있다. 이라크군의 철수가 확인된 지 두 시간 반이 지났다. 둘러앉은 위원은 비서실장 제임스 베이커, 안보보좌관 트로츠키, 하원 원내총무 겸 안보위원장 미켈슨, 합참의장 존슨, 그리고 후버다. 국무장관과 국방장관은 출장 중이어서 빴지만 이 인원이 실세다. 조지 허버트 부시가 지그시 위원들을 둘러보았다. 정적들은 부시가 바보, 순진하다고 하지만 그 말을 들은 부시 측근들은 속으로 웃는다. 부시는 2차 세계대전 때 항공모함의 뇌격기 조종사로 활약했던 영웅이다. 비행기가 격추되어 바다에 떠 있다가 미군 잠수함에 구조된 적도 있다. 후버 이전에 CIA 국장도 역임했고 당 위원장, 부통령까지 지냈으며 마침내 레이건에 이어서 41대 미국 대통령이 된 것이다.

"자, 의견을 듣자고."

부시가 정색하고 말을 이었다.

"후세인이 떠나고 있어. 우리가 손을 흔들어 줄까? 아니면……."

그때 트로츠키가 말했다.

"공격을 해야 합니다. 공군으로 놈들을 폭격한 후에 지상군을 투입하는 것입니다. 이대로 놔두면 후세인의 위상만 높아질 뿐입니다."

트로츠키의 말을 미켈슨이 받았다.

"의회에서 승인을 받을 필요도 없습니다. 공격 개시를 한 후에 사후 승인을 받아도 됩니다."

부시의 얼굴에 쓴웃음이 번졌다. 이것은 전쟁이 아닌 것이다. 전쟁 의사가 없는 후퇴하는 이라크군을 공격하는 것이기 때문이다. 따라서 아군 희생자가 나올 리가 없다.

"젠장, 내가 뇌격기를 타고 나가도 되겠군."

혼잣소리처럼 말한 부시가 합참의장 존슨을 보았다.

"대장, 당신 의견은?"

"공군 전투기 270대가 당장 출동할 수 있습니다."

"이라크 미사일은?"

"피해가 경미할 것입니다."

"공군으로만 후퇴하는 이라크군을 칠까?"

"결국 쿠웨이트를 수복하려면 지상군이 투입되어야 합니다."

"그렇지."

고개를 끄덕인 부시가 말을 이었다.

"그럼 지상군은 그놈들이 다 빠져나갈 때까지 놔두고 공군만 폭격시키면 되지 않을까?"

"아닙니다, 지상군이 밀고 나가야 효율적인 폭격도 가능합니다."

존슨이 말을 이었다.

"공군만으로는 이라크군을 섬멸시킬 수 없습니다."

그때 부시가 고개를 돌려 후버를 보았다.

"부장, 당신은 어떻게 생각해?"

부시는 68세, 후버하고 나이가 같다. 부시의 시선을 받은 후버가 쓴웃음을 지었다.

"대통령께서 결정하시지요."

"베이커, 당신은?"

부시가 비서실장 베이커에게 묻자 베이커의 얼굴에도 쓴웃음이 일어났다.

"대통령께서 결정하시면 되겠습니다. 아군 피해가 적을 테니까요."

그때 부시가 고개를 끄덕이더니 존슨에게 말했다.

"다국적군 사령관에게 지시해요. 공격하라고 말이오."

5명 중 3명은 찬성, 2명은 기권인 셈이다. 결정이 났기 때문에 모두 서둘러 자리에서 일어섰을 때 부시가 생각이 난 얼굴로 후버를 보았다.

"부장은 잠깐 남아요."

둘이 되었을 때 부시가 후버에게 물었다.

"트로츠키가 군산연의 뇌물을 먹고 있지?"

"많이 먹었습니다."

식사를 많이 했다는 것처럼 후버가 표정 없는 얼굴로 말했다.

"제 딴에는 머리를 쓴다고 차명 계좌로 자메이카, 바하마 은행에 넣어 뒀는데 약 750만 불쯤 됩니다."

"도둑놈의 새끼."

"문제는 그것이 죄가 아니라고 생각하는 겁니다."

"미켈슨 그 새끼는 어때?"

"아예 노골적으로 후원금을 받아 챙기는데 받는 재주로는 트로츠키가 못 따라가지요."

"얼마나 되는데?"

"5년간을 체크해 봤더니 4천만 불 정도 받았고 그 대가로 10억 불 정도의 사업을 만들어줬지요."

"그런 놈은 사형시켜야 하는데."

"그러다가 각하가 다치십니다."

"사고사로 죽이는 수가 없겠나?"

"각하, 진정하시지요."

"존슨은 물어보기가 겁나는군."

"말하지 말까요?"

"해."

"트로츠키보다 멍청합니다. 제 와이프 이름으로 1천5백만 불쯤 먹었습니다."

"그놈은 후세인이 죽여야 하는데."

"각하."

그때 길게 숨을 뱉은 부시가 후버를 보았다.

"베이커도 5년쯤 전에 군산연에서 3백만 불을 받았다고 했어."

"그 후에는 없습니다."

후버가 웃음 띤 얼굴로 부시를 보았다.

"각하는 없으시고요."

"당신은 있나?"

"비밀입니다."

"갓댐."

그러더니 부시가 정색했다.

"군산연 뜻대로 놔둘 수는 없어. 당신이 알아서 수습해."

"알겠습니다."

후버가 서두르듯 자리에서 일어섰다. 이것 때문에 부시가 남으라고 한 것이다.

"따라간다고?"

카심이 묻자 권철이 고개를 끄덕였다.

"예, 각하."

"저 사업들은 다 어떻게 하고?"

"쿠웨이트 놈들한테 맡겨 놓았습니다."

권철은 카심을 따라 바그다드로 들어간다는 것이다. 오후 1시 반, 카심과 권철은 쿠웨이트 왕궁 안 사령부 마당에 서 있다. 마당에는 출발 준비를 마친 장갑차 대열이 기다리고 있다. 이윽고 고개를 끄덕인 카심이 눈으로 앞쪽 장갑차를 가리켰다. 사령관용 장갑차다.

"같이 타고 가자."

"저기, 이제 사령관이 떠나는군."

위성으로 쿠웨이트 시내를 보던 정보참모가 소리치듯 말했다. 모두의 시선이 상황 스크린으로 모였다. 과연 스크린에 쿠웨이트 시청 마당에 늘어선 장갑차를 향해 일단의 군인들이 몰려가고 있다. 사령관 일행이다. 그때 정보참모가 소리치듯 말했다.

"폭격 시간을 계산해라!"

상황실 분위기가 활기에 찼다. 폭격 지시가 떨어져 있는 것이다.

"연락이 왔습니다."

권철에게 다가선 강재호가 낮게 말했다.

"급하답니다. 두바이 지사에서……."

그때 앞장서 가던 카심 대장이 고개를 돌려 권철을 보았다. 그들은 장갑차를 향해 다가가던 중이다.

"각하, 연락이 왔습니다. 잠깐 기다려 주시지요."

카심이 고개만 끄덕이며 다시 발을 떼었고 권철이 서둘러 몸을 돌렸다.

"납니다."

'두바이 리스타'는 권철과 본부와의 연락을 맡고 있다. '두바이 리스타'에 파견되어 있는 김복수 부장이 권철의 목소리를 듣더니 소리쳐 물었다.

"권 부장, 지금 어디요?"

"아, 난 지금 사령관하고 같이 바그다드로 가려는 중인데, 왜요?"

"같이? 뭘 타고?"

"장갑차, 비행기는 위험해서."

"지금 당장 사령관한테 연락해요! 2시간 후에 다국적군 전폭기가 폭격을 시작할 거요."

놀란 권철이 물었다.

"아니, 이라크군이 철수를 하는데도 폭격을 한단 말이오?"

"그래요! 그러니까 당장 피해요!"

"알겠습니다!"

무전기를 강재호에게 던져준 권철이 카심에게 달려갔다.

"각하! 장갑차에 타시면 안 됩니다!"

막 장갑차에 타려던 카심이 이맛살을 찌푸리고 권철을 보았다. 다가선 권철이 소리쳐 말했다.

"다국적군 전폭기가 2시간 후에 철수하는 이라크군에 폭격을 한답니다."

"군산연 놈들이 부추겼겠군."

고개를 끄덕인 카심의 두 눈이 번들거렸다.

"그놈들을 만족시켜 줘야지."

그러면서 카심이 장갑차에서 떨어졌다.

응접실로 들어선 강정규는 소파에 앉아 있는 이광을 보았다. 이광의 왼쪽에 옆모습을 보이고 앉은 사내는 비서실장 안학태다.

"강정규입니다."

강정규가 허리를 꺾어 절을 했을 때 이광이 고개만 끄덕였다. 차분한 표정이었지만 눈빛은 부드럽다.

"아, 거기 앉아."

안학태가 앞쪽 소파를 눈으로 가리키며 말했기 때문에 강정규가 조심스럽게 앉았다. 안학태와 강정규는 서로 마주보는 위치였고 이광의 위치는 삼각형 위쪽이다. 그때 먼저 안학태가 강정규에게 말했다.

"강 이사, 고생 많았어. 회장님께서 하실 말씀이 있으셔서 부른 거야."

"네, 실장님."

"강 이사가 '리스타 시에라리온' 법인장으로 임명되었네."

강정규가 고개를 들었을 때 안학태가 물었다.

"시에라리온이 지금 어떤 상황인지 알고 있지?"

"예, 실장님."

"받아들이겠나?"

"예, 실장님."

그때 안학태가 이광을 보았다. 안학태의 시선을 받은 이광이 고개를 끄덕였다.

"강 이사가 가장 적당한 인물이라고 하는군."

"감사합니다."

몸을 굳힌 강정규에게 이광이 말을 이었다.

"시에라리온은 반군(反軍)이 곧 프리타운을 함락시킬 기세야. 정부군은 부패한 데다 무능해서 미국의 지원이 없으면 당장에라도 무너질 거네."

이광이 여전히 표정 없는 얼굴로 말을 이었다.

"미국은 이번 중동 전쟁, 중국, 러시아 관계, 그리고 국내 문제로 시에라리온까지 신경 쓸 여유가 없어."

이광이 똑바로 강정규를 보았다.

"미국은 우리가 대신 반미(反美) 성향의 반군(反軍)을 격멸하고 친미 정권을 유지시켜 주는 조건으로 우리 개입을 용인했는데."

이광의 눈빛이 강해졌다.

"그들 뜻대로 되지는 않을 거야. 시에라리온은 리스타의 아프리카 기지가 될 것이고 어떤 압력에도 흔들리지 않는 강한 국가가 될 거야. 무슨 말인지 알겠나?"

"예, 회장님."

"그 일을 네가 맡는 거다."

이광이 손으로 강정규를 가리키고 나서 다시 자신의 가슴을 가리켰다.

"너하고 내가."

"예, 회장님."

"시에라리온은 리스타랜드야. 알겠나?"

"예, 회장님."

그때 이광의 시선이 비껴갔다. 그러고는 혼잣소리처럼 말한다.

"리스타랜드가 곧 대한민국이다."

280대의 전폭기가 일제히 쿠웨이트 상공으로 진입하는 광경은 장관이다. 오후 3시 반, 출동 예정시간이 1시간쯤 늦은 것은 각국의 TV 방송, 현장 생중계 준비가 덜 되었기 때문이다. 그만큼 다국적국 사령부는 여유가 있었고 실제로 퇴각하는 이라크군을 공습하는 것이어서 서둘 것도 없다. 오히려 공습 장면이 잘 찍히기 위해서 더 기다릴 수도 있었다. 그래서 공습 장면은 전 세계로 생생하게 방영되었다.

"대단하군."

LA 다운타운에서 TV를 보던 마크 톰프슨이 우디 해럴드에게 말했다. 둘은 카페에서 맥주를 마시던 중이다.

"이라크 놈들 돌아가다가 길에서 다 죽겠다."

과연 전폭기의 맹폭으로 도로는 폭파된 이라크군 전차, 장갑차, 트럭으로 가득 차 있다. 계속해서 전폭기가 폭격하는 장면이 비춰고 있었는데 이번에는 사막에 가득 쌓인 이라크군 전차들이 보였다.

"우와."

감동한 우디 해럴드가 탄성을 뱉었다.

"저것 봐라, 수백 대다!"

미군을 중심으로 한 다국적군의 일방적인 폭격이다. 이제는 TV에 출동 준비를 갖춘 다국적군 지상군의 모습이 보였다. 모두 새 장비에 새 군복, 밝은 표정이다.

"저렇게 당할 줄 알았다면 쿠웨이트를 침공하지 않았을 거다."

우디가 말했을 때 마크가 고개를 기울였다. 이맛살도 찌푸려져 있다.

"근데 너무 일방적이야. 아군 전투기가 한 대도 격추되지 않았다는 건 좀 이상해."

"우리 무기가 신무기라 그렇지."

우디가 말했을 때 마크가 눈으로 TV를 가리켰다.

"저것 봐. 날아가는 우리 전폭기만 보이고 이라크군은 하나도 안 보인다. 죽은 시체만 찍혔어."

"그게 어쨌단 말야?"

"전쟁이라면 서로 쏘고 그래야지. 이건 뭐, 한쪽만 쏘고 지랄하잖아."

"다 도망쳤기 때문이지……."

우디의 고개도 기울어졌다.

3장
제2의 리스타랜드

밤, 11시 반이다. 승용차는 국도를 달려가고 있었는데 차 안은 조용했다. 뒷좌석에 깊게 상반신을 기대고 앉은 카심 대장은 한동안 입을 열지 않았다. 길가에 세워진 이정표에 바그다드까지 50킬로가 남았다고 적혀 있다. 운전석 옆자리에는 전속부관이 탔고 뒷좌석에 카심과 권철이 앉아 있는 것이다. 다국적군의 전폭기는 쿠웨이트에서 철수하는 이라크군을 맹폭했지만 이라크 영공 안으로 깊게 들어오지는 않았다. 폭격이 시작된 지 3시간쯤 지나서 밤이 되었기 때문에 야간 폭격은 주간의 10퍼센트 정도로 줄어들었다. 그때 카심이 고개를 돌려 권철을 보았다.

"리스타 정보 덕분으로 우리가 큰 피해 없이 빠져나왔어. 고맙네."

"아닙니다, 각하."

"그래도 2백여 명의 전상자가 생겼어."

쓴웃음을 지은 카심이 말을 이었다.

"만일 그대로 철수했다면 수만 명의 전상자가 발생했겠지."

차는 속력을 내어 달려가고 있었는데 뒤를 30여 대의 참모진, 수뇌부가 탄 차량 대열이 따르고 있다. 반대편 차선으로 민간인 차량들이 지나고 있다. 이곳까지는 다국적군 전폭기가 오지 않기 때문에 평시 분위기다. 카심이 말을 이었다.

"군산연이 무기 재고를 없애려고 며칠간 계속해서 폭격을 할 거야."

권철이 쓴웃음만 지었다. 쿠웨이트에서 출발 직전에 권철로부터 다국적군 폭격 사실을 알게 된 카심이 전군(全軍)의 철수 작전을 변경한 것이다. 그것은 이라크로 향하는 도로에 낡은 전차와 장갑차, 노후된 차량들을 늘어놓고 나머지 차량과 무기는 도로 밖으로 은폐시킨 것이다. 군수품과 중요한 물자도 철수 대열에서 빼내어 은폐시켰다. 시간은 충분했다. 다국적군 전폭기의 폭격이 두 시간 가깝게 연기되었기 때문이다. 이윽고 전폭기 대편대가 날아와 거리에 세워진 낡은 전차, 장갑차, 트럭, 그리고 쓰레기로만 채워진 군수품을 폭격했다. 그것을 TV로 방영한 것이다. 3시간 가깝게 맹폭을 한 다국적군 전폭기는 그야말로 엄청난 전공을 세우고 돌아갔다. 밤이 되어서 TV 촬영을 할 수가 없었기 때문이다. 그때 숨어있던 이라크군 전차, 장갑차, 트럭 대열이 나타나 쿠웨이트를 빠져나간 것이다. 일단 이라크 영내로 들어온 이라크군은 사방으로 흩어졌기 때문에 흔적도 없어졌다. 지금 카심 대장 일행이 탄 차량 대열도 민간인 차량들과 섞여 있는 것이다. 카심이 고개를 돌려 권철을 보았다.

"대통령궁에서 전갈이 왔어. 사우디의 하타리 왕세자가 고맙다는 연락을 해왔다는군."

후세인 대통령이 약속을 지켰기 때문이다.

"잠깐만."

녹화 영상을 보던 다국적군 작전참모 유르겐 소장이 손을 들고 말했다.

"조금 전 영상으로 돌려 봐."

지시를 받은 대위가 화면을 돌려 정지시켰다. 담만의 상황실 안, 오전 4시, 유르겐이 오늘의 폭격 지시를 내리려고 어제의 폭격 상황을 체크하는 중이다. 상황실에 모인 10여 명의 장교들이 화면을 응시했다. 불타오르는 전차, 장갑차들의 장면은 처참했다. 위쪽에서는 산더미처럼 쌓인 군수품이 불타고 있다. 그때 유르겐이 손으로 전차를 가리켰다.

"저걸 확대해 봐."

대위가 불에 타고 있는 전차를 확대했다.

"뭐야, T-54 아냐?"

유르겐이 말하자 둘러선 장교들이 웅성거렸다. T-54는 2차 세계대전 때 소련군이 쓰던 전차다. 50년이나 된 고물인 것이다.

"이라크군이 T-54를 끌고 왔나?"

"T-54를 모방한 T-72형입니다."

소령 하나가 대답했다.

"이라크군이 전차병 연습용으로 가져왔을 것입니다. 훈련에 적당하거든요."

"그런데 저걸 철수시키고 있군."

눈을 가늘게 뜬 유르겐이 이번에는 위쪽 군수품 더미를 가리켰다.

"저걸 확대해 봐."

대위가 불타고 있는 군수품을 확대시켰다.

"저건 군수품이 아닙니다."

유르겐이 불길에 싸여 있는 상자 더미를 가리키며 사령관 에이브람스에게 말했다.

"의류, 술병, 건설자재를 모은 쓰레기가 상자에 담겨 있습니다."

상황실에 모인 장군들은 모두 입을 다물고 있다. 과연 그렇다. 확대된 사진을 보자 내용물이 드러났다. 폐타이어, 가구도 보인다. 오전 5시, 어제 오후 3시간의 폭격으로 이라크군 전차와 장갑차 등 7천여 대를 격파했고 6천여 명의 전상자를 내었으며 군수품 절반 이상을 폭격하여 소각시켰다고 발표한 것이다. 이윽고 사령관 에이브람스가 입을 열었다.

"놔둬."

"예, 각하."

긴장한 유르겐이 대답하자 에이브람스가 둘러선 장군들에게 지시했다.

"입 닥치고 있도록."

"옛."

모두 일제히 대답했을 때 에이브람스가 고개를 돌려 유르겐을 보았다.

"이라크군이 철수하는 것은 맞지 않는가? 연습용 탱크를 부수거나 쓰레기를 태웠다고 정정 발표를 하란 말이냐?"

"아닙니다, 각하."

"그럼 이라크군이 새 전차를 숨겨놓고 우리가 오면 반격을 할 것 같은가?"

"아닙니다, 각하."

어깨를 부풀린 에이브람스가 장군들에게 몸을 돌렸다.

"오늘도 쿠웨이트 영내에 있는 이라크군 진지, 차량에 폭격을 하도록."

"옛."

모두 일제히 대답했다.

"정보가 샌 겁니다."

참모장 브리튼이 에이브람스에게 말했다. 이곳은 사령관실 안, 브리튼과 에이브람스 둘이 앉아있다. 상황실에서 나온 둘이 사령관실로 온 것이다.

"그래서 이라크군이 폭격용으로 낡은 전차, 차량들을 길가에 배치시켜 놓은 것이지요. 아마 어젯밤에 신형 전차와 주력 부대는 다 빠져나갔을 것입니다."

"잘된 거지."

에이브람스가 의자에 등을 붙이면서 말을 이었다.

"철수하는 놈들을 폭격하는 건 도살이나 같아. 그 빌어먹을 군산연 놈들이 대통령 주변 인간들을 선동한 것이라고."

"그래야 군수품을 소모시키고 새 무기를 팔아먹을 수 있으니까요."

맞장구를 친 브리튼이 정색하고 에이브람스를 보았다.

"폭격 정보가 어디서 이라크군으로 들어갔을까요?"

"우리 사령부 안에서 나갔을지도 모르지. 군산연에 반발하는 장교들도 있을 테니까."

그때 브리튼이 고개를 기울였다.

"백악관에서 나갔을 수도 있습니다, 장군."

"아니, 저것……."

피셔가 소리쳤다가 바로 입을 다물었다. 기가 막힌다는 표정이 떠오르더니 곧 쓴웃음으로 바뀌었다. 이곳은 뉴욕의 안가, 방 안에는 군산연 회장 리차드 볼룸 등 간부 10여 명이 둘러앉아 있었는데 TV의 폭격 장면을 보는 중이다. 언론에 보도된 것이 아니라 미군의 위성이 촬영한 장면이다. 화면은 정지된 상태였고 확대되어서 불에 탄 탱크의 모습이 선명하게 찍혀 있다. 그때 탱크 엔진을 생산하는 '크릴 모터'의 회장 유진이 말했다.

"저건 탱크도 아냐. 캐터필러만 씌운 탱크 모형이라고. T-54도 아니군."

과연 그렇다. 이라크군은 밤사이에 길가에 탱크 모형만 갖다놓은 것이다. 가깝게 확대해야 구분이 갈 만큼 교묘한 위장이다. 화면을 돌리자 이번에는 불에 타고 있는 장갑차가 보였다. 30년쯤이 지난 고물이다.

"그만, TV 꺼."

볼룸이 지시하자 TV가 꺼졌고 웅성대는 소음이 응접실에 가득 찼다. 그때 피셔가 소리치듯 말했다.

"폭격 정보가 미리 유출된 겁니다! 그래서 이라크군이 탱크 모형과 폐장갑차를 길가에 내놓고 폐품 처리를 한 겁니다."

그렇다. 폐장갑차를 폭격하느라고 신형 미사일을 수천 발이나 소비했다. 미사일 가격이 폭격한 이라크군 폐품보다 수천 배는 더 나갔을 것이다. 볼룸이 입을 열었다.

"그래도 다국적군 전폭기가 사용한 미사일, 폭탄 가격이 3백억 불은 돼. 우리는 그만큼 무기 소비를 시킨 셈이지."

"후세인 그놈 때문에 1천억 불이 넘는 손해를 입었어요."

이번에는 알렉스 커트가 투덜거렸다. '커트 인터내셔널'은 공격용 헬기를 생산한다. 그때 쓴웃음을 지은 하워드 존슨이 말을 받았다.

"원흉은 리스타의 이광이오. 그놈이 사사건건 방해를 놓지 않았다면 우린 2천억 불이 넘는 장사를 더 했을 거요."

맞는 말이다. 그래서 이광의 전용기를 떨어뜨려 가족을 몰사시켰다. 그것을 모두 알고 있는 터라 맞장구를 치는 사람은 나타나지 않았다. 볼룸이 이번에도 결론을 냈다.

"지상군이 쿠웨이트에 진입하고 있으니까 아직 다 끝난 게 아냐. 기다립시다."

"시에라리온?"

되물은 윤서인이 똑바로 강정규를 보았다. '리스타랜드'의 바닷가 별장 안, 밤 9시가 조금 넘은 시간이다. 강정규가 고개를 끄덕였다.

"거기서 기반을 굳혀야 할 것 같아."

"대마도는 놔두고?"

윤서인에게 대마도 이야기도 해준 것이다. 강정규는 비공식 대마도 지사장이었다. 비공식이란 일본 정부에서 인정을 받지 않았다는 뜻이다. 윤서인의 눈동자가 반짝였다. 지금 둘은 모래사장과 이어지는 베란다의 탁자를 사이에 두고 마주 앉아 있다. 바닷바람이 적당히 불어왔고 하늘은 맑다. 달은 없었지만 별빛이 밝아서 베란다의 불을 켜지 않았어도 윤서인의 눈동자가 또렷하게 보인다.

"거기서 전쟁 치를 거 아냐?"

윤서인의 목소리가 가라앉았다.

"미국의 간접 지원을 받고 정부군이 되어서 반군하고 싸우는 거지?"

"그렇지. 하지만 우리는……."

잠깐 말을 그쳤던 강정규가 털어놓았다.

"정부군 휘하에 드는 것이 아냐. 정부군을 장악해서 시에라리온을 평정할 계획이야."

"아!"

놀란 탄성을 뱉은 윤서인의 두 눈이 더 반짝였다.

"그렇구나. 과연 회장님이셔."

"내가 목숨을 바칠 만한 오야붕이지."

"지금 일본말 하는 거야?"

"한국말로는 적당한 단어가 없어."

"그렇구나."

둘은 이제 부부 같은 사이다. 며칠 밤밖에 자지 않았어도 뜻이 맞고 대화가 통하면 10년 같이 산 부부보다 나은 사이도 있다. 강정규의 눈동자도 뚜렷해졌다.

"회장님의 목표야. '리스타 아일랜드'인 이곳과 시에라리온을 제2의 대한민국으로 만드는 거야. 시에라리온은 한국인이 지배하는 국가가 되겠지."

"내가 그곳에서 할 일이 많을 거야."

"그래."

고개를 끄덕인 강정규가 이를 드러내고 웃었다.

"나도 그 생각을 했어."

"하지만……."

"걱정 마. 난 자기가 올 때까지 살아있을 테니까."

강정규가 손을 뻗어 윤서인의 손을 감싸 잡았다. 그때 바닷바람이 불어와 윤서인의 머리칼을 날렸다.

"자네도 와이프를 잃었다면서?"

후세인이 불쑥 묻는 순간 권철이 상반신을 세웠다. 지하 대통령궁 집무실 안, 후세인 주위에는 비서실장 아메드, 경호실장 모하메드, 그리고 이번에 쿠웨이트에서 철수해온 카심 대장까지 둘러앉아 있다. 권철이 똑바로 후세인을 보았다.

"예, 각하."

"장례식에 갔다 왔나?"

"못 갔습니다, 각하."

후세인이 시선을 준 채 고개를 끄덕였다.

"쿠웨이트에서 빠져나가기 힘들었겠지."

"시체도 없는 장례식이었으니까요, 각하."

"그렇구나."

후세인의 눈빛이 짙어진 느낌이 들었다.

"결혼한 지 얼마 되지 않았다면서?"

"예, 각하."

어깨를 부풀린 권철이 후세인의 시선을 받은 채 말을 이었다.

"쿠웨이트에 있을 때 여러 여자를 데리고 있었습니다. 그래서 와이프를 잊었습니다."

"그런가?"

"서로 깊은 정이 들지 않았던 것이 지금 생각하면 다행이었습니다, 각하."

"허."

의자에 등을 붙인 후세인의 얼굴에 웃음이 떠올랐다. 오늘은 후세인이 쿠웨이트에서 큰 손실 없이 철군한 공로를 치하한다는 명목으로 권철을 부른 것이다. 권철의 전갈이 없었다면 이라크군(軍)은 엄청난 손실을 입었을 것이다. 그러나 다국적군은 언론을 통해 이라크군 손실을 20배쯤 불려서 보도하고 있다. 이라크 정부 측에서도 어느 정도 다국적군의 보도에 맞춰주는 상황이다. 그게 아니라고 증거까지 내보일 수 있지만 그랬다가는 이라크 영내까지 폭격을 해올 테니까. 그때 후세인이 권철을 노려보면서 말했다.

"네가 이 회장의 후계자감이다."

후세인이 불쑥 말했기 때문에 카심 등은 긴장했다. 그러자 후세인이 웃음 띤 얼굴로 말을 이었다.

"권 대령, 내가 널 밀어주마."

"각하, 감사합니다만, 무슨 말씀이신지요?"

권철이 상반신을 세운 채로 묻자 후세인이 눈을 가늘게 떴다.

"리스타는 너 같은 후계자가 필요해. 정(情)에 휩쓸리지 않고 냉철한 성격. 그리고 적당히 부패하고 방종한 놈 말이다."

권철이 숨을 들이켰다. 바로 자신이다.

부시가 지그시 후버를 보았다. 옆에 앉은 비서실장 제임스 베이커에게는 늑대 두 마리가 서로 노려보는 것처럼 느껴졌다.

"부장, 그렇다면 리스타를 이용해서 시에라리온을 평정하자는 말이오?"

"그렇죠."

부시의 시선을 받은 후버가 빙그레 웃으면서 말을 잇는다.

"리스타는 시에라리온에 정부와 합작 투자 사업을 하려고 진출하는 것입니다. 그러다가 반군과 부딪히게 되는 것이죠."

"음, 각본이 그럴듯하군."

"리스타는 글로벌 기업이니까요."

"이 회장이 승낙했소?"

"예, 이번 사건이 일어나기 전에 합의한 일입니다."

“당신 맘대로 합의해?”

“물론 대통령 각하의 최종 승인이 있어야지요. 그래서 이렇게 보고드리는 것 아닙니까?”

“당신이 하는 일은 다 마음에 안 들어.”

“다 국가를 위한 일입니다, 각하.”

“방법도 아주 비열해.”

“가장 빠르고 확실한 방법만 채택해왔습니다, 각하.”

“난 당신한테 잡힌 약점이 없어.”

“존경하고 있습니다, 각하.”

“나는 당신의 이것 하나만 좋아해. 그것이 뭔지 알아?”

“압니다, 각하.”

“말해보시지.”

“애국심이죠.”

“갓댐.”

둘의 주고받는 말이 마치 권투선수들의 치고받는 난타전 같았기 때문에 베이커는 간이 오그라든 상태에서도 흥미진진하게 구경을 했다. 이제 클라이맥스, 눈을 치켜뜬 부시가 쏘아붙였다.

“애국심 같은 소리 하고 있네. 그 애국심은 여기 있는 베이커도 당신보다 뒤지지 않아.”

“그렇죠, 그럼 술 마시고 취한 적이 없다는 것이군요. 이제 알았습니다.”

“미치겠네.”

“욕하실 줄 알았습니다.”

“군산연 놈들한테 놀아나지 않는 인물이라는 거야.”

“알고 있습니다, 각하.”

이제는 후버가 똑바로 부시를 보았다.

"각하도 마찬가지시죠."

"리스타가 시에라리온을 장악하면 우리 뜻대로 움직여줄까?"

마침내 부시가 정곡을 찔렀다. 일국, 그것도 세계 최강의 대국인 미국 대통령이 된 부시다. 후버의 복선을 알고 있는 것이다. 그때 후버가 고개를 끄덕였다.

"군산연에 대해서는 공통의 적이 될 수 있으니까요."

부시가 시선만 주었고 후버가 말을 이었다.

"군산연의 횡포를 막기 위해서 리스타에 시에라리온을 맡겨도 우리한테 손해는 아닙니다, 각하."

"그렇지."

마침내 부시가 동의했다.

"강 이사, 리비아에 용병대가 3백 명 정도 있어."

조백진이 웃음 띤 얼굴로 말을 이었다.

"교관들은 모두 월남전을 겪은 전문가들이고 병사의 70퍼센트가 아랍, 아프리카계야."

조백진은 '리스타 리비아' 지사장 역할을 하고 있지만 실제로는 리스타 용병을 모으고 훈련시킨 것이 주 업무였다. 리비아의 차드 침공 때도 조백진은 월남전에 참전했던 한국군을 용병으로 재편성해서 리비아군을 도왔던 것이다.

"그중에서 2백 명을 추려서 리비아에서 바로 시에라리온으로 보내겠네."

"감사합니다, 사장님."

"5개 소대로 편성해서 1개 소대는 미사일 소대로 만들어 주겠네. 아마 그 위력은 1개 연대쯤은 날려 버릴 수 있을 거야."

최신 장비를 갖춘 부대인 것이다. 거기에다 철저히 훈련된 특수부대다. 지금까지 강정규가 이끌어 왔던 부하 20명과 같은 수준인 것이다.

"병력과 장비는 내가 수시로 공급해줄 테니까."

조백진이 자신 있게 말했다. 이번 시에라리온 작전에서 조백진이 후방 사령관 역할인 것이다.

"이 회장, 신세는 잊지 않겠습니다."

핫산 왕세자가 이광의 손을 두 손으로 감싸 쥐고 말했다. 리스타랜드의 공항 활주로에서 이광과 핫산이 손을 잡고 서 있다. 주위에는 랜드의 간부들, 그리고 핫산과 함께 떠날 쿠웨이트 관리들로 가득 차 있다. 핫산 왕세자가 망명 생활을 끝내고 돌아가려는 것이다.

"쿠웨이트에서 곧 다시 뵙지요."

이광이 말했을 때 핫산이 고개를 끄덕였다.

"그러지요."

핫산이 팔을 벌려 이광을 안았다.

"형제여, 내가 은혜를 잊지 않겠소."

"아닙니다, 왕세자님."

마주 껴안은 이광이 길게 숨을 뱉었다. 핫산은 이제 고향으로 돌아가는 것이다. 핫산의 뒤쪽에는 부인과 자식들이 서 있다. 모두 밝은 표정이다. 그때 핫산이 낮게 말했다.

"형제여, 상심하지 마시오. 내가 그 아픔을 나눠 가질 수만 있다면 내 몸이라도 떼어주고 싶소."

핫산으로서는 최대의 위로다. 이광은 잠자코 핫산의 몸을 고쳐 안았다.

시에라리온의 수도 프리타운은 어수선한 분위기다. 시청사 옆 5층 건물의 화재는 진압되었지만 매캐한 화약 냄새가 도시를 뒤덮었고 아직도 거리는 통제되고 있다.

"교외에서 반군 3명을 사살했습니다."

육군 사령관 몬테로가 대통령 아지스에게 보고했다. 대통령궁 안, 창가에 선 아지스는 거리를 내다본 채 대답하지 않는다. 옆으로 다가선 몬테로가 말을 이었다.

"그놈들이 이번 폭발범이라고 발표하는 것이 낫지 않겠습니까?"

몬테로는 45세, 비대한 체구에 입술이 튀어나왔고 두 눈의 흰자위는 붉다. 육군 소장, 아지스의 심복으로 2인자다. 3년 전 아지스가 육군 사령관이었을 때 쿠데타를 일으켰고 몬테로는 대령으로 기갑연대장이었다. 몬테로의 기갑연대가 쿠데타군의 주력이었던 것이다. 그때 아지스가 몬테로를 보았다.

"반군 놈들이 이제는 내 코앞에서 폭탄 테러를 하는군. 도대체 경비를 어떻게 하는 거야?"

시청사 옆 건물 폭파는 6시간쯤 전에 일어났다. 테러범 3명이 폭탄이 실린 승용차를 타고 건물 현관으로 진입하고는 도망친 것이다. 그것을 몬테로는 교외에서 사살한 반군 3명을 이번 사건의 범인으로 삼자고 한 것이다. 아지스의 시선을 받은 몬테로가 두꺼운 입술을 비틀고 웃었다.

"각하, 염려하지 마십시오. 제가 오타방고는 올해 안에 잡아 죽이겠습니다."

오타방고는 반군 총사령관이다.

그때 아지스가 말했다.

"리스타에서 우리 시에라리온에 지사를 세우기로 했어."

"리스타 말입니까?"

놀란 몬테로의 두꺼운 입술이 하마처럼 벌어졌다. 붉은 눈이 더 번들거리고 있다.

"우리 시에라리온에 뭐 가져갈 것이 있다고. 다이아 광산을 개발하려는 겁니까?"

"그것도 포함되겠지."

고개를 끄덕인 아지스가 말을 이었다.

"엄청난 자금을 투자할 테니까 우리 경제는 대번에 일어날 거야."

"하필 내전 중인 나라에……."

"그러니까 우리가 감지덕지해야지."

"무슨 꿍꿍이속이 있는 것이 아닐까요? 리스타는 미국하고 밀착되어 있지 않습니까?"

"그게 어쨌단 말이야?"

정색한 아지스가 몬테로를 노려보았다. 아지스는 54세, 몬테로하고는 반대로 마른 체격에 키가 크다. 반백의 머리에 커피색 같은 피부, 눈빛이 날카롭다.

"우리도 미국에 업혀 살고 있는 입장 아니냐? 미국의 무기, 군수품 지원이 없었다면 진즉 오타방고 놈들한테 넘어갔을 거다."

"그거야 그렇습니다만."

"다음 주에 지사장 일행이 도착할 거다. 정황이 이래서 자체 경비대를 데리고 온다고 하기에 그러라고 했어."

"자체 경비대를 말입니까?"

"회사에도 경비원이 있지 않나?"

"그렇지요."

"정부에서는 모든 편의를 제공해줄 작정이다. 경제를 살릴 절호의 기회야."

아지스가 못을 박았다.

"왕세자 각하, 고생하셨습니다."

쿠웨이트 공항에서 핫산을 맞는 다국적군 장군, 미국과 우방국 관리 중에 끼어 있던 피셔가 말했다.

"아, 피셔 씨."

핫산이 고개를 끄덕이며 피셔의 손을 쥐었다.

"여기서 뵙다니 놀랐습니다."

"각하께서 오신다고 해서 날아왔습니다."

"그러시군요."

핫산이 주위를 둘러보는 시늉을 했다. 모두 군인과 관리들뿐이고 민간인은 피셔 일행이 유일하다. 그만큼 막강한 힘을 발휘하고 있다는 증거다. 피셔가 말을 이었다.

"오늘 저녁 식사라도 같이하시지요. 각하, 제가 재건 계획을 가져왔습니다."

그때 핫산이 발을 떼면서 말했다.

"내가 바빠서, 재건 계획은 우리 정부에서 곧 발표를 할 겁니다."

그러더니 핫산이 생각난 듯 말했다.

"그리고 당분간 군산연이 필요하지는 않을 것 같습니다."

피셔가 말대답을 하기도 전에 사람들에 의해서 앞이 막혔다.

"저거, 피셔 아냐?"

핫산의 공항 도착 장면을 TV로 보던 후버가 놀란 표정으로 보좌관 에딘스에게 물었다.

"예, 맞습니다."

에딘스가 대답하자 후버가 눈을 가늘게 떴다.

"저놈이 간뎅이가 부었네, 공개 장소에 나타나다니."

"쿠웨이트에는 아직 민간인 출입이 금지되어 있어서요."

"그래도 저 장면을 다 볼 거 아니냐?"

"그렇지요."

"리스타에서 저걸 보고 가만있을 것 같으냐?"

에딘스가 입을 다물었을 때 후버가 지시했다.

"윌슨한테 연락해. 피셔 저놈이 무슨 꿍꿍이가 있는 것 같다."

이것은 CIA 부장의 직감이다.

시에라리온은 아프리카 서쪽의 한반도 절반만 한 면적으로 인구는 약 8백만 명 정도이다. 인구의 90퍼센트가 원주민으로 그중 절반 이상이 멤데족, 40퍼센트가 템네족인데 멤데족은 동부와 남부 지역, 템네족은 북쪽 지역에 자리 잡았다. 아프리카 최빈국 중 하나로 세와강 상류에서 생산되는 다이아 광산의 다이아가 유일한 수입원이었다. 그런데 6개월 전, 남쪽 국경을 맞대고 있는 라이베리아의 찰스 테일러가 지원한 '혁명연합전선'의 반란군이 정권을 위협하고 있다. 명분도 없고 주민들에게 내건 공약도 없다. 무조건 정권을 잡겠다는 심보다. 반군 병력은 약 4천여 명, 정부군은 5개 사단으로 5만 명 정도였지만 대통령궁 주변과 수도인 프리타운에 주둔한 1개 사단 정도만 정예군이지 나머지는 총소리만 울려도 도망가는 오합지졸 수준이다.

"정부군의 최정예 부대는 기갑연대죠. 육군 사령관 몬테로의 부대입니다. 몬테로가 그 기갑연대를 장악하고 있어서 지금 2인자 행세를 하는 겁니다."

세이탄이 열심히 말했다. 이곳은 프리타운 중심부의 7층 건물 안 사무실, 세이탄은 정부군 대위 복장을 하고 있다. 세이탄 앞에 앉은 두 사내는 안창수와 자오딘, 자오딘은 팔레스타인 출신 용병이다. 세이탄이 말을 이었다.

"그리고 대통령궁을 수비하는 대통령 경호대는 1개 대대 병력이지만 장비나 수준이 뛰어납니다. 몬테로의 기갑연대를 능가하지요. 만일 그렇지 않았다면 몬테로가 정권을 잡았을 것입니다."

세이탄의 검은 얼굴에 웃음이 떠올랐다.

"여긴 초원의 사냥터나 똑같습니다. 힘이 없는 자는 사냥감이 됩니다. 이유를 찾는 건 웃음거리가 되지요."

"젠장."

안창수가 혀를 찼다.

"원시 시대로 돌아가야겠군."

"최신 무기를 들고 말이죠."

자오딘이 말을 받았다.

"차라리 잘된 거요, 대위님. 생각할 필요가 없으니까 말입니다."

그때 안창수가 물었다.

"오타방고는 어때?"

반란군의 상황을 묻는 것이다. 세이탄이 헛기침부터 했다. 세이탄은 육군 사령부 작전 참모 보좌관이다. 핵심 요직에 있는 장교다.

"본래 아지스 대통령이 육군 사령관이었을 때 휘하의 제1사단장이었지요. 준장으로 대령이었던 몬테로보다 직급이 높았습니다."

"그렇군."

"아지스가 쿠데타에 성공하자 몬테로가 바로 소장으로 진급하고 육군 사령관을 이어받았지요. 오타방고는 제1사단장으로 남아 있다가 라이베리아로 도망쳤습니다. 남아 있었다면 아마 처형당했을 겁니다."

"그렇겠지."

세이탄은 CIA에 포섭되어 있던 정보원이라 내막을 속속들이 안다. 세이탄이 말을 이었다.

"정부는 썩었습니다. 몬테로는 미국 원조품의 거의 30퍼센트 정도를 착복하고 대통령은 절반을 먹습니다. 나머지도 관리들이 다 나눠 먹어서 주민들한테는 하나도 돌아가지 않지요."

오타방고는 48세, 거구의 흑인이다. 북부의 템네 부족 출신, 멤데 부족인 대통령 아지스와 몬테로에게 밀려났다가 생명의 위협을 느끼고 라이베리아로 도망쳤다. 그러고는 라이베리아의 지도자 찰스 테일러의 지원을 받고 반란군을 이끌게 된 것이다.

"장군, 프리타운에 다시 계엄령이 선포되었습니다."

참모장 실바가 말하자 오타방고는 풀썩 웃었다. 남동부의 밀림지대 안, 숲에 가린 군용 텐트는 잘 위장되어 있다. 한낮이지만 텐트 안에는 전등이 켜져 있다. 그만큼 나무가 무성하기 때문이다. 실바가 붉어진 흰자위로 오타방고를 보았다.

“시청 옆 건물을 폭파한 것입니다. 시청으로 돌진하려다가 장애물 때문에 실패하고 옆쪽 5층 건물을 무너뜨렸습니다.”

“병신들, 차를 놓고 도망쳤겠지.”

잇새로 말한 오타방고가 고개를 돌려 상황판을 보았다. 시에라리온 지도에 붉은색으로 칠해진 부분이 반란군의 영향력이 미치는 지역이다. 시에라리온 국토 면적의 40퍼센트 정도가 붉은색이다. 그때 실바가 말을 이었다.

“장군, 미카엘 대령이 기다리고 있는데요. 만나셔야지요.”

“그놈은 군산연의 심부름꾼이야. 더러운 놈. 그런 놈이 대령이라니.”

어깨를 부풀린 오타방고가 투덜거렸다.

“뻔한 이야기야. 두 배 가격으로 더구나 다이아 값도 반값으로 쳐서 고물 무기를 사느니 정부군한테서 사는 것이 낫다.”

“하지만 장군.”

같은 템네 부족인 데다 실바는 오타방고의 오랜 심복이다. 더구나 실바는 오타방고보다 나이가 두 살이나 많다.

“미카엘은 테일러가 보낸 놈입니다. 테일러 비위를 거스르면 안 되지요.”

“젠장.”

오타방고가 들고 있던 시가를 땅바닥에 내동댕이쳤다. 라이베리아의 국가 원수 찰스 테일러가 처음에 무기를 대주지 않았다면 반군은 구성되지도 않았을 것이다. 찰스 테일러는 보병 1개 중대와 1개 대대가 무장할 수 있는 500정의 소총과 10정의 기관총, 박격포 5정, 대전차포 5정과 탄약을 공급해줬던 것이다. 그것이 이제 10개 대대 4천여 명의 반군으로 늘어났다.

"좋아, 데려와."

마침내 오타방고가 지시했다. 정부군과 반군과의 현재 상황은 교착 상태다. 6개월간의 긴 소모전 끝에 서로 지친 상태인 것이다. 그러나 반군은 전 국토의 40퍼센트에 해당하는 지역을 장악하고 있다. 그리고 다이아 광산 5곳 중 2곳을 점령한 것이다. 그때 텐트 안으로 군복 차림의 흑인이 들어섰다. 선글라스를 끼었고 허리에는 상아 손잡이가 달린 콜트를 찼다. 라이베리아의 대통령 찰스 테일러가 파견한 미카엘 대령이다.

"장군, 오랜만입니다."

미카엘이 경례를 하면서 웃었다. 혼혈로 잘생긴 용모다.

"아, 대령, 오느라고 고생했어."

"아닙니다."

앞쪽 철제 의자에 앉은 미카엘이 선글라스를 벗어 주머니에 넣었다. 번들거리는 두 눈이 드러났다. 뱀 같은 눈이다. 미카엘이 웃음 띤 얼굴로 말을 이었다.

"대통령 각하께서는 장군께서 6개월 안에 프리타운을 함락시킬 수 있다고 하셨습니다."

"고마운 말씀이군."

오타방고가 지그시 미카엘을 보았다. 미카엘은 42세, 아직 젊다. 대령이 된 지는 1년밖에 되지 않는다. 전에는 찰스 테일러의 전속부관이었다가 지금은 대위에서 3년 만에 대령이 되어 보안대장이다. 오타방고의 시선을 맞받은 미카엘이 정색했다.

"장군, 이번에 기회를 잡으시지요."

"어떤 기회 말인가?"

"쿠웨이트 전쟁이 더 확대되지 않고 끝나는 바람에 신형 무기가 많이 남아돌고 있습니다. 미국이 무기 흐름을 감시하고 있지만 빼돌린 여유분이 많습니다."

"그런가?"

"최신형 무기인 휴대용 미사일, 대전차 미사일, 중기관총, 대전차포, 그리고 신형 기관총까지 수천 정을 지급할 수 있습니다."

"허어."

오타방고가 감탄했다.

"그 무기로 라이베리아군(軍)이 무장하면 서부 아프리카는 다 장악할 수 있겠다."

"장군."

미카엘의 얼굴에 쓴웃음이 번졌다.

"산타모 광산 개발권하고 2개 대대를 무장시킬 최신형 무기하고 바꾸시지요."

"……."

"군산연은 계약서에 사인만 해주신다면 즉시 무기를 공급하겠답니다. 이 얼마나 유리한 조건입니까?"

"……."

"이것은 장군이 시에라리온을 장악할 때의 경우에만 해당되는 것이지요. 군산연도 장군한테 배팅하는 모험을 하는 것입니다."

"……."

"장군이 실패하면 군산연은 엄청난 손해를 보는 것이지요."

"성공하면 무기값의 몇백 배를 거둬들이겠군."

오타방고가 미카엘의 시선을 받은 채 말을 잇는다.

"찰스 테일러 각하께서는 어떤 역할이신가?"

"계약의 보증인이 되시는 것입니다."

이제는 미카엘이 정색했다.

"대통령 각하께서는 양측의 신임을 받고 계신다고 봐도 되지 않겠습니까?"

미카엘을 내보내고 텐트에 다시 둘이 남았을 때 오타방고가 입술을 일그러뜨린 얼굴로 물었다.

"실바, 어떻게 생각하나?"

"장군, 시에라리온에는 다이아 광산이 5개 있습니다. 산타모 광산은 5개 중 하나입니다."

"군산연이 테일러를 등에 업고 시에라리온 광산을 먹으려고 해."

"장군, 우리가 시에라리온을 장악하면 상황이 달라질 것입니다."

실바는 오타방고와 대조적으로 마른 체격이다. 머리에는 흰 머리가 많아서 서리가 내린 것 같다. 실바가 말을 이었다.

"우선 무기를 받고 보십시다. 그러고 나서 아지스 정권을 몰아내고 시에라리온을 장악하는 것입니다."

실바의 목소리에 열기가 띠어졌다.

"정권을 쥔 우리 힘이 강해졌을 때 군산연 놈들을 쫓아내는 것이지요. 그놈들이 찰스 테일러를 내세운다고 해도 우리가 모른 척하면 되는 것 아닙니까?"

오타방고가 땅바닥을 두리번거리더니 아까 내던진 시가를 찾아 흙을 털고 입에 물었다. 그러고는 혼잣소리처럼 말했다.

"프리타운의 정보원이 리스타가 시에라리온에 왔다고 했어. 시에라리온에서 리스타가 사업을 한다는 거야. 아지스가 큰 기대를 하고 있다는군."

C-140 수송기가 프리타운 공항에 착륙했을 때는 오후 5시 반이다. 수송기에 탑승한 '리스타군'의 1진은 60명, 모두 완전무장을 했다. 휴대용 지대지 미사일을 5정이나 보유한 데다 중기관포 3정, 개인 화기는 오스트리아제 슈타이어 AUG, 고성능의 최신형으로 이쪽 지역에서는 구경도 못 한 소총이다. 수송기의 뒷문이 열리면서 강정규가 먼저 나왔을 때 기다리고 있던 중령 계급장을 붙인 장교가 다가왔다.

"대령님, 모시러 온 카모 중령입니다."

장교 뒤쪽에는 낡은 승용차 1대와 트럭 5대가 늘어서 있다. 강정규가 웃음 띤 얼굴로 손을 내밀었다. 흑인 장교는 마른 체격에 키도 작았지만 눈빛이 강했다.

"반갑소, 중령."

"제가 대통령궁 경호대 부대장입니다."

부(副)대장이란 말이다. 곧 수송기에서 병력과 장비가 쏟아져 내리자 카모가 눈을 둥그렇게 떴다.

"엄청난 장비군요, 대령님."

"요즘은 돈이 있어야 전쟁에 이기는 겁니다, 중령."

강정규가 웃음 띤 얼굴로 말했을 때 카모는 커다랗게 고개를 끄덕였다.

"그렇습니다, 대령님."

홀린 듯한 시선으로 휴대용 미사일을 메고 가는 병사를 보면서 카모가 말을 이었다.

"하지만 정신이 썩으면 이런 최신 무기도 무용지물이지요."

고개를 든 강정규가 카모를 보았다. 그러나 입을 열지는 않았다.

1시간 후, 대통령궁으로 들어선 강정규는 기다리고 있던 대통령 아지스를 만났다. 아지스는 경호대 대장 움바베 준장과 함께 강정규를 맞았는데 웃음 띤 얼굴이다. 마른 체격에 키가 큰 아지스가 강정규의 손을 잡고 말했다.

"잘 왔어, 대령. 리스타가 나에겐 가장 큰 축복이네."

"감사합니다, 각하."

아지스가 옆에 선 움바베를 소개했다.

"경호대장이네, 내 심복이지."

심복이란 말을 강조했기 때문에 강정규의 눈썹이 눈에 띄지 않게 치켜 올라갔다가 내려갔다. 움바베와 악수를 나눈 강정규가 자리에 앉았다. 대통령실 안에 셋이 둘러앉은 셈이다. 대통령실은 으리으리했다. 바닥에는 사자 가죽이 3장이나 깔렸고 벽에는 2미터 가까운 상아가 기둥처럼 박혀 있다. 대통령 의자 위쪽 벽에 거대한 물소 머리가 벽을 뚫고 나온 것처럼 붙어있다. 그때 아지스가 말을 이었다.

"대령, 리스타 경호대는 명목상 회사 경비를 위해 파견되었지만 실제로는 대통령인 나의 직할 부대나 같네. 알고 있겠지?"

"알고 있습니다, 각하."

"내 명령만 받는 거네, 알고 있지?"

"그건 아닙니다, 각하."

당장 부인한 강정규가 똑바로 아지스를 보았다. 입을 벌렸던 아지스가 다물었고 움바베는 커다란 눈만 껌벅였다. 배가 나온 움바베의 셔츠 아래쪽 단추 2개가 떨어질 것 같다. 아지스가 입을 열더니 물었다.

"그럼 뭔가?"

"최종적으로 제 회사 회장님의 지시를 받아야 됩니다."

"아, 그렇지."

아지스가 잊었다는 표정으로 고개를 끄덕였다.

"아, 그거야 당연한 일 아닌가? 나하고 리스타 회장님하고는 뜻이 같으니까."

"예, 각하."

"회장님이 언제 오실 건가?"

"아직 모릅니다, 각하."

"내가 CIA의 윌슨하고만 통화를 했어. 이 회장님하고는 통화도 못 했네."

"예, 각하."

"부대원이 모두 몇 명이 되나?"

"오늘 60명, 내일 C-140 2대로 150명이 옵니다, 각하."

"모두 210명인가?"

"1차는 그렇습니다."

"대통령궁에 1개 소대만 내 직속으로 보내주겠나?"

불쑥 아지스가 말했을 때 움바베의 붉은 눈이 더 번들거렸다. 움바베가 아지스를 보았지만 입을 열지는 않았다. 그때 강정규가 대답했다.

"알겠습니다. 오늘부터 1개 소대 30명을 파견해 드리지요."

"고맙네."

고개를 끄덕인 아지스가 움바베에게 말했다.

"대장, 그 1개 소대는 내 관저의 경계병으로 배치하도록."

"예, 각하."

움바베가 억양 없는 목소리로 대답했다.

강정규의 숙소는 대통령궁에서 사거리 하나 떨어진 3층 건물이다. 본래 프랑스인 부자 소유로 커피와 광물을 수입해 가던 무역회사가 입주해 있었던 곳이었다. 그러다 시에라리온 정국이 불안해지면서 영업도 안 되자 소유주도 행불이 된 것이다. 그곳을 대통령 경비대가 압류해서 리스타에 넘겨주었다. 커피를 보관했던 커다란 창고까지 딸렸고 마당도 트럭 30대가 주차할 만큼 넓어서 안성맞춤이었다. 3층 숙소로 들어온 강정규의 뒤를 이번에 같이 온 윤석과 먼저 와 있던 안창수와 자오딘까지 따라왔다. 넷이 응접실에 자리 잡고 앉았을 때 먼저 강정규가 말했다.

"대통령 측근 경호로 1개 소대가 가야겠다."

강정규가 아지스를 만났을 때의 분위기를 설명해주고 나서 고개를 기울였다.

"대통령이 최측근인 경호대장도 믿지 않는 것 같다."

영어로 말했기 때문에 자오딘도 알아듣는다. 그때 자오딘이 말했다.

"오늘 밤에 육군본부 작전 참모실 소속 세이탄 대위가 올 것입니다. 그놈한테서 자세한 내막을 들으시지요."

고개를 끄덕인 강정규가 윤석을 보았다.

"윤 소령, 네가 30명을 추려서 오늘 밤에 대통령궁으로 가도록."

"알겠습니다."

윤석의 얼굴에 쓴웃음이 번졌다.

"이제 대통령 경호대 노릇도 하는군요."

"대통령은 우리한테 몸을 맡기겠다는 표시야. 외국 용병이 오히려 믿을 만하다는 뜻이다."

강정규가 정색하고 말을 이었다.

"그 말을 들은 경호대장의 표정도 굳어졌어."

"모두 부패하고 국가나 국민을 위한다는 의식이 없습니다."

자오딘이 뱉듯이 말했다.

"이런 나라는 망해야 됩니다."

오후 10시 반, 대통령궁으로 파견될 리스타 병력을 데리러 온 장교는 경비대 부(副)대장 카모 중령이었다. 강정규에게 인사를 한 카모가 이를 드러내며 웃었다. 밝은 웃음이다.

"대령님, 잘되었습니다."

옆에 윤석이 있었지만 카모가 말을 이었다.

"각하께서 이제야 발을 뻗고 잘 수 있겠다고 하셨습니다."

그때 강정규가 한국어로 말했다.

"이 친구가 대통령의 진짜 심복인 모양이다."

안창수와 자오딘한테서는 카모 이야기를 듣지 못했다.

카모가 목소리를 낮췄다.

"대령님, 각하께선 경비대장 움바베도 믿지 않습니다. 움바베는 자신을 2인자로 생각하고 있지요. 몬테로하고 경쟁을 벌이면서 대통령의 유고 시에는 권한대행이 되려고 합니다."

"젠장."

윤석이 투덜거렸다.

"오타방고보다 내부 정리가 더 급하군."

"그렇습니다."

카모의 얼굴에 쓴웃음이 번졌다.

“오타방고보다 움바베, 몬테로가 더 위험합니다. 내부에서 번진 암 덩어리지요.”

그때 강정규가 카모에게 물었다.

“우리가 할 일은 움바베, 몬테로의 제거인가?”

“아직입니다.”

고개를 저은 카모가 정색했다.

“당장 제거하면 혼란이 올 것이고 오타방고가 그때를 이용해서 공격해 오면 속수무책이 됩니다. 대통령 경비대와 몬테로의 기갑연대에 심복들이 있거든요.”

“우리가 오지 않았다면 대통령은 허수아비가 되었겠군.”

“당분간은 그 상태가 되었다가 움바베, 몬테로 간의 승자가 오타방고하고 싸우게 되겠지요.”

“그전에 오타방고가 두 놈을 무너뜨릴 수도 있겠지.”

“물론이지요.”

그러자 자오딘이 고개를 절레절레 흔들었다.

“이런 내막까지는 모르고 있었습니다.”

참모부의 정보원 세이탄 대위에게서는 이런 말을 듣지 못했던 것이다. 세이탄한테서 나온 정보도 들었던 터라 강정규가 고개를 돌려 윤석을 보았다.

“네 임무가 막중하구나.”

이것은 한국말이다. 윤석이 커다랗게 고개를 끄덕였다.

밤 10시 반, 이광이 응접실로 들어서자 소파에 앉아있던 등소평이 힘들게 일어섰다. 그러나 얼굴에는 웃음이 떠올라 있다.

"내 아들."

등소평이 두 손을 내밀면서 다가왔기 때문에 이광이 서둘러 다가갔다. 응접실에는 둘뿐이다. 등소평도 이광도 아무도 수행원을 참석시키지 않은 것이다. 이곳은 베이징 이화원 근처의 안가, 등소평이 가장 좋아하는 장소다. 이광이 등소평의 허리를 감싸 안았다. 등소평의 키가 작았기 때문에 허리를 굽혀야만 했다. 1991년 현재, 등소평은 한국 나이로 88세다. 1904년생(生)인 것이다. 등소평이 이광의 허리를 함께 끌어안더니 흐린 눈으로 올려다보았다.

"네가 보고 싶었다."

"감사합니다, 아버님."

"아버님 소리가 저절로 나오면서 콧등이 시큰해졌다. 오늘은 등소평이 이광을 부른 것이다. 전용기 추락사건 이후로 리스타랜드에서만 두문불출하고 있었던 이광이다. 등소평이 전용기까지 보내주었기 때문에 이광은 바로 날아왔다. 자리에 앉았을 때 등소평이 습기로 번질거리는 눈을 들고 이광을 보았다.

"죽은 잘 먹냐?"

"예, 아버님."

"내가 요즘 몸이 시원치 않아."

"건강하셔야지요."

"내가 88세다."

"100세까지 사셔야 됩니다."

"90살쯤 되었을 때 모습을 감추고 어디 동굴이라도 들어갈 거다."

"제가 찾아뵙지요."

"죽으면 다 만나게 돼. 나도 어서 어머니, 아버지를 만나고 싶다."

이광의 눈도 흐려졌다. 등소평의 눈을 바라보면서 그동안 안개 속에 묻혀 있었던 것 같은 강은서와 상철, 한의 얼굴이 선명하게 떠올랐기 때문이다. 그런데 셋이 웃고 있다. 이쪽을 향해 활짝 웃고 있는 것이다. 숨을 들이켠 이광이 저도 모르게 손을 뻗었다. 그 순간 눈에서 눈물이 주르르 흘러 떨어졌다.

"왜 그러느냐?"

등소평이 눈을 크게 떴다.

"왜 우느냐?"

"금방 죽은 제 처하고 자식들이 보였습니다."

"오!"

"지금까지 안개에 싸여서 얼굴이 보이지 않았는데 선명하게 셋이 나타났습니다."

"오!"

"셋이 활짝 웃고 있었습니다."

두 손으로 얼굴을 감싼 이광이 짧게 흐느꼈다. 지금까지 이광은 이런 적이 없다. 누구 앞에서 울어보지 않았다. 이렇게 소리 내어 운 적은 처음이다. 이광이 곧 얼굴에서 손을 떼고는 손수건을 꺼내 눈물을 닦았다. 등소평은 우두커니 앉아서 눈도 깜박이지 않고 이광을 본다. 이광이 손수건에다 코까지 풀고 나서 상반신을 세웠을 때다.

"시원하냐?"

"예, 아버님."

"잘했다."

"감사합니다."

"나중에 셋을 만나게 될 거다."

"그럼요."

"내년에 중·한 수교가 되면 한국을 기반으로 중국의 산업이 급속도로 발전하게 될 거다."

등소평이 정색하고 이광을 보았다. 본론을 꺼낸 것이다. 이광의 시선을 잡은 등소평이 낮지만 분명한 목소리로 말을 잇는다.

"잘 들어라."

"예, 아버님."

"너는 중국을 개방시킨 은인 중의 하나다. 네가 적극적인 투자를 했기 때문에 수십만의 중국 청년들이 자본주의 경쟁 체제에 익숙해져서 개방의 물결을 금방 탈 수 있게 되었다."

"과찬이십니다, 아버님."

"중국은 공산당 체제로 자본주의 산업을 급속도로 발전시킬 수 있을 것이다. 내 생각에는 15년 후인 2005년에는 세계 제2의 경제대국이 된다."

그때 등소평이 손을 뻗어 이광의 손을 쥐었다. 작고 마른 손이었지만 따뜻했다.

"광아."

"예, 아버님."

"넌 지금부터 슬슬 네 사업을 중국에서 철수시키도록 해라. 내가 도와주마."

숨을 들이켠 이광에게 등소평이 말을 이었다.

"지금부터 중국 정부는 해외 투자자들에게 온갖 혜택을 주겠지만 10년쯤 지났을 때는 자력으로 일어날 수 있게 된다. 그때는 투자자들에게 불이익이 많아질 것이다."

"……."

"어느 곳이나 비슷하겠지만 여기서는 빠져나가기가 힘들다."

"알겠습니다, 아버님."

"내가 도와주마. 넌 중국의 은인이다. 그리고……."

등소평의 손에 힘이 주어졌다.

"우리들이 너한테 너무 신세를 졌다. 나나 지금의 주석까지 말이다."

이광은 길게 숨을 뱉었다. 그렇다. 그래서 등소평은 신의를 배신하지 않으려는 것이다.

홍콩, 지엔사쥐는 오늘도 활기를 띤 세상이다. 지엔사쥐에 위치한 샹그릴라호텔은 오래되고 낡았지만 특급 호텔이다. 5층 건물인 데다 골목 안에 위치하고 있어서 눈에 잘 띄지도 않는다. 5층 특실의 응접실, 오후 3시 반, 권철이 들어서자 이광이 자리에서 일어섰다. 같이 있던 안학태와 해밀턴, 오금봉까지 모두 일어서서 권철을 맞는다. 이광이 일어섰으니까 내키지 않아도 할 수 없지. 권철이 허리를 꺾어 절을 했을 때 이광이 다가와 손을 내밀었다.

"잘 왔다."

"회장님."

이광의 손을 쥐었던 권철이 갑자기 숨을 들이켜더니 눈을 치켜떴다. 그 순간 눈에서 주르르 눈물이 흘러내렸다. 본인도 예상하지 못했는지 황급히 고개를 숙였지만 이번에는 울음이 터졌다. 아주 짧게, 그래서 '꺽꺽'대는 소리가 두 번 울리더니 그쳤다. 이를 악물고 숨까지 참았기 때문이다. 그때 이광이 권철의 어깨를 가볍게 두드렸다.

"앉아라."

이광의 목소리도 가라앉았다. 얼굴도 어느덧 상기되어서 눈이 번들거리고 있다. 뒤에 선 간부들은 숨을 죽이고 굳어진 상태다. 이광과 권철이 소파에 앉았을 때 중역들도 좌우에 갈라 앉았다. 등소평을 만난 이광이 홍콩으로 오면서 바그다드에 있던 권철을 부른 것이다. 방 안에 잠깐 정적이 덮였다. 손수건으로 얼굴을 닦은 권철이 허리를 펴더니 이광을 보았다.

"죄송합니다."

"괜찮다."

한마디씩 주고받고 나서 다시 방 안에 잠깐 침묵이 흘렀다. 권철은 이광을 본 순간 갑자기 죽은 심순자 생각이 난 것이다. 후세인한테는 여자가 많아서 심순자 생각이 안 난다고 떠벌렸지만 권철은 고아 출신이다. 허세가 심한 성품이지만 외로움에 강하게 반발하는 한편으로 내면(內面) 깊숙한 곳에 감춰진 본심(本心)은 머리칼 한 올만 움직이는 바람에도 상처를 입는다. 권철은 이광을 본 순간 잠재되었던 외로움, 서러움이 터진 것이다. 같이 사랑하던 가족을 잃었다는 '동병상련'이 방어막을 깨뜨린 것일 수도 있다. 오직 믿고 심복해온 이광을 보자 무방비 상태가 되었을지도 모른다. 이윽고 이광이 입을 열었다.

"몸은 어떠냐?"

"괜찮습니다, 회장님."

대답했지만 감히 이광의 건강 상태는 묻지 못하고 시선만 준다. 고개를 끄덕인 이광이 말을 이었다.

"밥은 잘 먹느냐?"

그렇게 물으면서 이광이 문득 등소평을 떠올렸다. 등소평도 그렇게 물었다.

"예, 회장님."

"밥은 꼭 챙겨 먹어라."

"예……."

"억지로라도 먹어야 돼."

"예, 회장님."

"다 나중에 만나게 된다."

"예."

그때 이광이 다시 입을 다물더니 의자에 등을 붙였다. 그러고는 고개를 돌려 안학태를 보았는데 눈동자의 초점이 멀다. 그러자 안학태가 말했다.

"권 이사, 자네한테 군산연 업무를 맡길 예정인데 받아들이겠나?"

"예, 실장님."

대답부터 한 권철이 숨을 골랐다. 그러고는 시선만 주었기 때문에 안학태가 입맛을 다셨다.

"무슨 업무인지 안 물어보나?"

"어떤 업무건 하겠습니다."

"특수 임무야."

"하겠습니다."

"다 알겠지만 자네 조직은 리스타와 관계가 없는 것으로 해야 된다."

"알겠습니다."

"비밀 조직으로 리스타 조직도에서 제외된다."

"알겠습니다."

"여기 있는 '리스타 연합', '리스타 유통' 사장님들이 널 적극 지원할 거다."

“예, 실장님.”

“지금까지 강정규 이사가 군산연을 맡았지만 지금은 시에라리온에 가 있어.”

“……”

“이제 자네 식으로 군산연을 철저히 분쇄한다. 이것이 회장님 결정이시다.”

“알겠습니다.”

그때 이광이 자리에서 일어났기 때문에 모두 따라 일어섰다. 이광이 권철에게 손을 내밀었다.

“잘 부탁한다.”

“예, 회장님.”

시선이 부딪쳤고 둘은 손을 쥔 채 잠깐 동안 서 있다가 떼어졌다.

이광이 방을 나갔을 때 다시 둘러앉은 후에 안학태에게 권철이 말했다.

“말씀드릴 일이 있습니다.”

모두의 시선이 모였고 권철의 말이 이어졌다.

“제가 쿠웨이트에서 벌인 사업이 있습니다. 그 이익금을 고스란히 바그다드로 가져왔는데요. 그것을 회사에 입금시키려고 합니다. 모두 현금입니다.”

모두의 얼굴에 웃음이 떠올랐지만 권철은 정색했다.

“이라크에서 갖고 나오는 건 문제가 없습니다. 모두 협조적이거든요.”

“얼마나 되는데?”

안학태가 묻자 권철이 어깨를 폈다.

"2억 3천만 불이 조금 넘습니다."

"히익."

숨 들이켜는 소리를 낸 것이 오금봉이다. 그러더니 오금봉이 이를 드러내고 웃었다.

"이라크군 비자금을 다 끌어 모았구나, 권 이사."

"쿠웨이트에서 돈을 강탈했지만 쓸 곳이 없었기 때문입니다."

"이번 일 끝나면 '유통'으로 와. 내가 전무로 승진시켜주겠다."

"아니, 우리 '연합'에 맞는 인물이야."

이제는 한국어에도 유창한 해밀턴이 정색하고 말했다.

"나하고 같이 뛰어야 돼."

"아, 잠깐."

안학태가 나섰다. 권철은 비서실 소속인 것이다. 눈을 가늘게 뜬 안학태가 권철을 보았다.

"2억 3천만 불이나 돼?"

"예, 2억 3천5백7십5만 불입니다."

"다 현금이라고?"

"예, 트럭 3대에 싣고 왔습니다."

"보고는 받았지만 그렇게 많이 벌었는지 몰랐다."

고개를 절레절레 흔든 안학태가 말을 이었다.

"배에 싣고 리스타랜드로 보내도록. 하지만."

말을 그친 안학태의 얼굴에 웃음이 떠올랐다.

"그건 공식 사업이 아니었다. 회장님께서 네 사업을 들으시고는 권철이가 '알바'한 것이니까 놔두라고 하셨다."

"아닙니다. 전액 입금시켜야 원칙입니다. 근무시간 외에는 리스타 직원이 아니라는 말씀이나 같습니다."

"그렇군."

해밀턴이 웃었고 오금봉이 고개를 끄덕였다. 안학태가 입맛을 다시더니 말했다.

"말이 되는군. 그럼 보너스를 떼어줘야겠다."

파리, 샤를드골공항의 입국장으로 나온 권철은 단정한 양복 차림이다. 손에 트렁크 하나만 든 권철이 발을 떼었을 때 옆으로 사내 하나가 다가왔다. 서양인, 역시 단정한 차림.

"모시러 왔습니다."

권철의 가방을 손에 쥐면서 사내가 말했다.

"리스타 연합 소속의 피터라고 합니다."

피터 뒤에는 사내 두 명이 더 따르고 있다. 사내 하나에게 가방을 넘겨준 피터가 권철과 나란히 걷는다.

"이사님, 숙소에 여섯 명이 대기하고 있습니다."

"오늘 중으로 22명이 도착한다."

앞쪽을 향한 채 권철이 말을 이었다.

"장비는 내일까지 올 거야."

오후 2시 반, 권철은 홍콩에서 바로 날아왔다. 쿠웨이트에서 나온 '리스타 용병대'가 다시 파리로 모이는 것이다. 공항 건물 앞에 대기시킨 차에 올랐을 때 피터가 제 소개를 했다.

"이사님, 전 CIA 해외작전국 소속이었습니다."

권철이 고개만 끄덕였다. 이미 신분자료는 보았다. 32세, 해밀턴 휘하의 작전대원이었으니 제대로 온 셈이다. 해밀턴은 CIA 출신 요원들을 많이 채용했는데 우수한 인재들이 많다. 리스타는 글로벌 사업체인 것이다.

“왜 폭격을 그만둔 거야?”

볼룸이 묻자 피셔는 쓴웃음부터 지었다.

“부시가 지시한 겁니다.”

“망할 자식.”

“주민 피해가 늘어난다고 보고가 올라왔기 때문이죠.”

“다국적군에서 올라간 건 아니지?”

“물론입니다. 참모부에 끼어 있는 국무부, CIA가 올린 보고서죠.”

“후버, 그놈의 장난이야.”

그러더니 볼룸이 고개를 들고 피셔를 보았다.

“이광이 지금도 베이징에 있나?”

“모릅니다.”

피셔가 정색하고 말을 이었다.

“그놈이 중국 놈들하고 절친한 것이 마음에 걸립니다, 회장님.”

“나도 그래.”

이맛살을 찌푸린 볼룸이 눈을 가늘게 떴다.

“그놈이 없어지지 않는 한 내가 두 다리를 뻗고 잘 수가 없어.”

“전력을 다해야지요.”

피셔의 얼굴도 굳어졌다.

“그놈이 가만있을 놈이 아닙니다. 그러니 누가 먼저 죽이느냐 뿐입니다.”

안학태가 이광에게 보고했다.

“권철에게 작전에 대한 권한을 모두 일임했습니다. 이제부터 작전의 세부 상황은 모두 권철이 집행합니다.”

“잘했어.”

“무기 공급이나 정보, 인력 공급도 권철이 원하면 바로 공급될 것입니다.”

이광이 고개를 끄덕였다. 그리고 권철은 무제한으로 자금을 쓸 수 있다. 본인이 상당한 자산을 보유한 재산가가 되었지만 리스타는 자금을 댈 것이었다. 그때 이광이 입을 열었다.

“서둘지 말라고 해. 하나씩, 하나씩 철저하게 뽑아 가는 거야.”

“알겠습니다, 회장님.”

“오늘 밤은 술을 마시고 싶다.”

이광이 의자에 등을 붙이면서 말했다. 그동안 술을 입에 대지 않았던 것이다. 그동안이란 전용기가 피격되었을 때부터를 말한다.

군산연의 파리 지사장 마크 웨스턴은 미 육군 중장 출신으로 나토(NATO)군 부사령관을 역임했다. 그래서 유럽 나토 회원국 군(軍) 고위층과 친분이 있을 뿐만 아니라 정치계에서도 발이 넓다. 마크는 57세, 군산연의 회원은 아니었지만 군산연 조직의 간부급이다. 왜냐하면 군산연은 세계에 3개 지부를 두고 관리해 왔기 때문이다. ‘지부’는 ‘군산연’의 핵심 관리 조직이었고 지부장은 회원사를 대표하는 역할인 것이다.

“이광이 지금 중국에 있지만 언제 어디로 뛸지 알 수가 없어.”

마크가 지부장실에서 보좌관 무크린에게 말했다.

“그놈이 이제 밖으로 나왔다는 것이 중요하다고.”

"그렇습니다."

무크린은 보좌관 겸 지부의 정보 수집, 보안을 맡고 있다. 미군 정보부 대령 출신, 마크가 부대장이었을 때 부관이었던 인연이 있었기 때문에 손발이 맞는다. 48세, 무크린이 말을 이었다.

"지부에 경보 3등급을 발령했습니다."

"잘했어."

"지부장께서도 외부 행사는 줄이시는 것이 좋겠습니다."

"오늘 밤 행사까지만 참석하지."

그러나 무크린이 한숨을 쉬고 나서 고개를 끄덕였다.

"셋을 배치하겠습니다."

밤 12시 반, 몽마르트르의 2층 저택 안, 응접실로 들어선 마크가 웃음 띤 얼굴로 두 팔을 벌렸다.

"이리 와, 귀염둥이."

"30분이나 늦었어."

눈을 흘기면서 다가온 여자는 소피아, 마크의 정부다. 호색가인 마크는 파리 지부장 4년 동안 소피아가 5번째 정부다. 마크에게 정부란 의미는 살림을 차려준 여자라는 뜻이다. 소피아가 다가와 마크의 품에 안기더니 얼굴을 내밀었다. 키스를 해달라는 표시다. 32세, 파리 제3 발레학교 차석 발레리나, 날씬한 몸매, 반짝이는 눈과 곧은 콧날을 가진 소피아를 정부로 삼는 데 마크는 50만 불 가까운 거금을 썼다. 마크는 소피아를 불끈 안아 올리면서 입을 맞췄다. 방 안에 금방 더운 열기가 덮였다. 이윽고 가쁜 숨을 뱉으면서 얼굴을 뗀 소피아가 말했다.

"오늘은 천천히, 자기야."

"나 급해, 소피아."

"오늘 밤 여기서 안 잘 거야?"

"내일 아침 일찍 일어나야 돼."

"그럼 시간 있잖아?"

소피아가 나긋나긋한 목소리로 말하면서 마크의 재킷을 벗겼다. 마크는 일주일에 2번 정도는 소피아와 함께 밤을 보내는 것이다. 마크의 집은 이곳에서 2블록 아래쪽 저택이다. 걸어서 오갈 수 있도록 소피아의 집을 가까운 곳에 구입해준 것이다.

"욕조에 물 받아놨어."

마크의 셔츠를 벗기면서 소피아가 말을 이었다.

"나하고 같이 목욕해."

"좋지."

들뜬 마크가 바지를 벗어 팽개치더니 욕실로 다가갔다.

"빨리 들어와, 귀염둥이."

"5분만 기다려."

소피아의 목소리를 들으면서 마크가 욕실로 들어섰다. 피로가 싹 풀리는 기분이다.

욕조에 누운 마크 웨스턴이 길게 숨을 뱉었다. 욕조의 물은 알맞게 뜨거웠다. 물에 몸을 턱밑까지 담근 마크는 눈을 감았다. 바깥세상은 혼탁하다. 쿠웨이트를 점령했던 이라크군은 철수했지만, 곧 폭격을 당할 것이었다. 거기에다 아프가니스탄은 다시 내전이 시작되었고, 아프리카에는 내전 중인 나라가 네 곳이나 된다. 군산연은 가장 바쁜 시기를 맞고 있다. '혼탁한 세상'이 군산연에 엄청난 이득을 주는 것이다. 욕실 문이 열리자 마크가 눈을 감은 채 말했다. 그의 얼굴엔 만족한 웃음이 떠올라 있었다.

"귀염둥이, 옆으로 와."

"이미 죽었어."

사내의 목소리에 마크가 눈을 떴다. 그 순간 숨을 들이켠 마크의 눈에, 앞에 선 사내가 보였다. 동양인 사내의 얼굴에 웃음이 떠올라 있었다. 손에는 소음기가 끼워진 베레타가 들려 있다. 머릿속이 하얗게 되었다가 저절로 마크의 입에서 말이 터졌다.

"누구냐?"

목소리가 떨렸다. 그러나 욕조에서 일어나려는 어설픈 짓은 하지 않았다. 현실을 파악한 것이다. 그때 사내가 웃음 띤 얼굴로 말했다.

"누구 같으냐?"

그때 사내 뒤쪽에서 동양인 둘이 나타났다. 작업복 차림, 손에 권총을 쥐었지만 총구를 올리지는 않았다. 사내 하나는 소피아를 부축하고 있다. 그것을 본 마크의 숨이 멈춰졌다. 소피아의 머리가 늘어져 있다. 죽은 것이다. 그때 사내가 소피아를 부축하고 오더니 욕조 속에 던졌다. 물벼락이 일어나면서 소피아의 몸이 욕조 속에 가라앉았다. 두 다리만 물 밖으로 나온 채 몸은 욕조에 잠겨 있다. 그것을 본 마크가 신음했다.

"으으윽!"

그 순간 소피아의 몸이 떠올랐는데, 얼굴이 등 쪽으로 돌려져 있다. 목이 꺾어진 것이다.

"으악!"

마크가 이제는 비명을 질렀다. 눈을 크게 뜬 소피아의 얼굴이 옆으로 다가왔기 때문이다. 그때 사내가 말했다.

"자, 네가 알고 있는 군산연의 정보, 아프간의 무기 공급 스케줄, 군산연 간부진의 스케줄을 말해라."

비행기가 움직임을 멈추고 곧 문이 열렸다. 자리에서 일어선 이광에게 비행기 안으로 들어온 군복 차림의 사내가 다가왔다. 장군이다.

"어서 오십시오, 회장님."

경례를 올려붙인 장군이 곧 자신을 소개했다.

"대통령 경호실장 무크바라 중장입니다. 제가 모시러 왔습니다."

"반갑습니다."

고개를 끄덕인 이광이 무크바라의 뒤를 따라 비행기를 나왔다. 이곳은 트리폴리 공항, 밤 9시 반이다. 이광은 리비아의 국가 원수 카다피의 초청을 받고 트리폴리로 날아온 것이다.

이광이 숙소인 영빈관으로 들어서자 현관 앞에서 기다리던 카다피가 두 팔을 벌리고 다가왔다. 밤 10시 10분, 카다피는 현관 앞에서 기다리고 있었던 것이다.

"형제여."

다가온 카다피가 이광을 안더니 양쪽 볼에 세 번 입을 붙이고는 다시 한 번 끌어안고 나서 풀어 주었다. 카다피 주위에 고관들이 10여 명이나 있었지만 이광은 눈인사만 했다. 카다피가 이광의 팔을 끌고 앞장서서 안으로 들어갔기 때문이다. 뒤를 리비아의 고관들과 이광의 수행원들이 따른다. 불을 환하게 밝힌 영빈관은 금박으로 장식되어 옛 아라비아의 궁전 같다. 금박을 입힌 옷을 입은 여자들이 드문드문 서 있는 것이 '할렘'에 들어온 것 같다. 카다피와 이광이 들어선 곳은 대응접실이다. 붉은 바탕에 황금색 무늬를 넣은 양탄자가 깔린 응접실이다. 농구 코트만 한

응접실 중앙에 방석과 팔 받침대가 원형으로 놓여졌다.

"형제여, 우리 저기 앉지."

카다피가 방석을 향해 다가가면서 뒤를 따르는 경호실장 무크바라에게 지시했다.

"우선 우리 둘이 이야기를 하겠다."

"예, 각하."

무크바라가 돌아서더니 일행들을 안내해서 옆방으로 들어갔다. 곧 이광과 카다피가 넓은 대응접실 한복판의 방석에 마주보고 앉았다. 그때 소리 없이 다가온 여신(女神)처럼 보이는 여자 둘이 둘 앞에 홍차를 따라 놓더니 물러갔다. 카다피가 홍차 잔을 들더니 지그시 이광을 보았다.

"이번 쿠웨이트 전쟁에서 형제의 역할을 다 들었네."

카다피가 낮지만 뚜렷한 목소리로 말을 이었다.

"후세인 대통령하고 내가 요즘 자주 연락을 해. 물론 비밀 방법으로 말이야."

이광이 시선만 주었다. 카다피의 성격이 이렇다. 만났을 때 볼을 비비고 껴안는 것이 각별하게 느껴졌고, 그것으로 이광 가족에 대한 조문을 대신한 것이다. 이광은 수백 단어의 말보다 카다피의 몸짓에서 더 정감을 느꼈다. 그때 카다피가 말을 이었다.

"형제여, 내가 핵을 포기한 대가로 미국의 경제 봉쇄는 풀렸지만, 이집트 쪽 국경 지역에서 반란 조직이 일어나고 있어. 이건 미국의 지원을 받는 놈들이야."

"미국이 지원한다면 CIA입니까?"

놀란 이광이 묻자 카다피가 고개를 끄덕였다.

"그래. 바사트족은 본래 이집트 지역에 살다가 온 놈들로, 돈만 받으면

이스라엘의 용병도 되는 놈들이지. 그놈들한테 무기가 공급되고 있어."

이광이 길게 숨을 뿜었다. CIA의 짓이다. 후버에게 직접 물어본다면 그럴듯한 이유를 100개도 더 댈 것이다. 카다피에게 핵을 포기시키더니 이제는 정권을 전복시킬 작정인가? CIA가 카다피를 믿지 못하는 것은 이광도 안다. 이광이 카다피를 보았다.

"각하, 제가 어떻게 도와 드릴까요?"

"군산연에서 무기를 가져가지 않겠느냐는 제의가 왔어."

카다피의 얼굴에 쓴웃음이 떠올랐다.

"국경 지대에서의 심상치 않은 움직임이 포착되고 나서 말이지."

"……."

"550억 불 규모의 지대지, 지대공 미사일과 전투기, 탱크가 포함된 무기야."

"……."

"우리 리비아군의 현대화 계획에 포함된 수입 계획이었는데 그 정보가 군산연으로 흘러간 것이지."

카다피의 표정이 굳어졌다.

"군산연 대리인이 그런 말을 했다는군. 이번 무기를 군산연과 계약하면 국경 지대의 반군 걱정은 안 하게 될 것이라고."

이것이 카다피가 이광을 부른 이유인 것이다. 카다피는 이광이 군산연과 전쟁 중이라는 것을 안다. 이윽고 이광이 입을 열었다.

"국경 지대의 바사트족을 군산연이 충동질했을 가능성도 있겠습니다."

"그렇지."

카다피가 고개를 끄덕였다.

"CIA의 배후 지원을 받고 말이지. CIA에 썩은 놈들이 많거든."

그러고는 덧붙였다.

"후버, 그 영감은 허당이야."

"마크가?"

놀란 피셔가 버럭 소리쳤다. 핸드폰을 귀에 붙인 채 벌떡 일어선 피셔가 숨을 고를 때 트위거의 목소리가 울렸다.

"예, 애인 소피아의 집에서, 소피아하고 같이 살해당했습니다."

"누, 누구……."

피셔가 묻다가 만 것은 뻔했기 때문이다. 그런데 파리지부 관리부장 트위거가 확실하게 말했다.

"경찰은 강도 소행이라고 발표했습니다. 강도들은 집 안을 뒤져 값나가는 건 몽땅 털어갔다고 하는데요."

"……."

"마크하고 애인은 욕조에서 시체로 발견되었는데 마크는 이마에 총을 맞았고 애인은……."

"그만."

"예, 사무총장님."

"트위거, 당신이 당분간 지부장 대리를 맡아."

"예, 알겠습니다."

핸드폰을 귀에서 뗀 피셔가 어금니를 물었다. 리스타의 복수가 시작된 것이다.

"사무총장도 긴장하고 있군."

트위거가 어깨를 치켰다가 내리면서 말했다.

"리스타 놈들 짓이야."

"강도짓이 아니란 말씀입니까?"

옆을 따르던 쟝이 물었다. 둘도 지금 시체 안치소에서 마크의 신원을 확인한 후에 주차장으로 가는 중이다. 오전 9시 반, 마크의 시신은 내일 중 가족에게 넘겨질 예정이다. 계단을 걸어 내려온 둘이 지하 2층 주차장 안으로 들어섰을 때다. 앞에서 두 사내가 다가왔는데 똑바로 이쪽을 응시하고 있다. 동양인, 거리는 10미터 정도. 쟝은 프랑스 외인부대 출신 경호원이다. 반사적으로 가슴에 찬 권총 홀더로 손이 들어갔을 때는 7미터 정도로 가까워졌다. 트위거는 모든 장면이 슬로우 비디오 화면을 보는 것처럼 느껴졌다. 쟝의 손이 재킷 안에서 빠져나오기 전에 두 사내가 각각 허리와 재킷 주머니에서 권총을 빼 들었다. 소음기가 끼워져 있어서 길었지만 쟝보다 빠르다. 다음 순간 들리는 둔탁한 소음.

"퍽, 퍽, 퍽, 퍽."

소음기를 낀 권총의 발사음이다. 네 발, 같은 순간 가슴과 이마에 총격을 받은 트위거가 벌떡 넘어지면서 의식이 끊겼다. 두 사내는 쓰러진 트위거와 쟝의 몸을 지나 계단으로 걸어 올라갔다.

그 시간에 피셔는 몽마르트르의 작은 여관에 투숙하고 있는 아무드와 통화 중이다.

"아무드, 오늘 마크하고 상담할 수 없을 것 같소."

"아니, 왜요? 10시에 만나기로 했는데."

아무드의 목소리에 짜증기가 배어났다.

"그럼 몇 시에 옵니까?"

"11시쯤 트위거를 보내지요. 관리부장 아시죠?"

"압니다. 그럼 그 사람한테 오더시트를 주면 됩니까?"

"그럼요. 바로 처리해 드리지요. 물건은 1주일 내로 준비가 됩니다."

"알겠습니다. 기다리지요."

핸드폰을 귀에서 뗀 아무드가 투덜거렸다.

"지부장 마크 그놈이 술 처먹고 복상사라도 한 모양이군."

소파에서 TV를 보고 있던 하지크와 타슈나는 건성으로 머리만 끄덕였다. 그때 문에서 노크 소리가 났다.

"룸서비스입니다."

사내 목소리다.

"시키지도 않았는데 뭐야?"

투덜거린 아무드가 소리쳤다.

"뭐야?"

"타월 가져왔습니다."

"친절하군. 마침 타월이 부족했는데."

쓴웃음을 지은 아무드가 문으로 다가가 문을 열었다.

"퍽!"

그 순간, 발사음과 함께 아무드가 뒤로 벌떡 넘어졌다. 소파에 앉아 있던 하지크와 타슈나가 벌떡 일어섰지만 이미 늦었다.

"퍽, 퍽, 퍽, 퍽!"

방으로 들어서기도 전에 사내가 계속해서 방아쇠를 당겼고 3미터밖에 떨어지지 않은 타깃이어서 한 발도 빗나가지 않았다.

세 사내가 방 안에 어지럽게 쓰러졌을 때 방 안으로 셋이 들어섰다. 그러더니 셋의 소지품을 제각기 수습해서 방을 나간다. 들어와서 나갈 때까지 10분도 걸리지 않았는데 그동안 셋은 한마디도 말을 나누지 않았다. 셋은 모두 동양인이다.

군산연 파리 지부 재정부장 보리스 일리아킨은 지부장 마크 웨스턴이 피살되었다는 연락을 받았지만 파리은행 부행장 캉르하고의 약속은 미룰 수가 없었다. 파리은행에 입금된 3억 불을 미국의 8개 은행에 분산 송금시켜야 하기 때문이다. 지부장 마크가 사무총장 피셔의 지시라면서 오늘 중으로 송금시켜야 한다고 했다. 정신이 없었지만 일은 처리해야 될 것이다. 파리은행 앞에서 차에서 내린 보리스가 계단을 올라가면서 손목시계를 보았다. 오전 10시 10분이다. 10시 반에 약속이다. 그때 옆으로 사내 하나가 다가왔다.

"보리스 일리아킨?"

고개를 돌린 보리스는 동양인의 얼굴을 보았다. 시선이 마주쳤을 때 동양인이 빙그레 웃었다.

"보리스, 내 주머니를 봐."

보리스는 사내의 시선이 가리키는 재킷 주머니를 보았다. 사내의 손은 재킷에 들어가 있었고, 뭔가 쥐고 있는 것 같다. 그때 동양인 하나가 계단 위쪽에서 내려와 보리스 앞을 막았다.

"누구야?"

보리스가 목소리를 높였다. 백주 대낮, 파리은행 아래쪽 계단에서 벌어진 일이다. 주위로 사람들이 오갔고 이쪽을 힐끗거린다. 강도가 이럴 리는 없다. 더구나 계단 위쪽에 은행 경비원도 서 있다. 그때 사내가 빙그레 웃었다.

"병신."

그 순간 보리스는 허리를 찢는 것 같은 통증을 느끼고는 비틀거렸다.

그때 사내가 보리스의 허리를 감싸 안았고, 위에서 막아섰던 사내는 옆쪽으로 돌아가 어깨를 꼈다. 바로 옆을 지나던 사내도 사내들이 보리스를 부축하는 것처럼 보였는지 시선만 주었다가 제 길을 간다. 사내 둘이 보리스를 부축하고 길로 내려왔을 때 승용차 한 대가 다가와 옆에 멈춰섰다. 사내들이 뒷좌석에 보리스를 태우고 출발한 후에 위쪽 은행의 경비원이 어슬렁거리며 계단을 내려오더니 차가 떠난 곳을 보았다. 사내들의 행동이 너무나 자연스러웠기 때문에 이상한 생각이 들지 않았다. 다만 낯익은 보리스가 올라오다가 비틀거리더니 사내들과 함께 돌아간 것이 궁금했을 뿐이다. 사내들의 웃음 띤 얼굴이 기억에 남는다.

"수고해요, 미카엘."

경비에게 인사를 한 미셸이 현관을 나온 순간이다.

"꾸꽝!"

엄청난 폭음과 함께 미셸의 몸이 휘익 날아가 앞쪽 길가에 주차된 차의 몸통에 처박혔다.

"악!"

어깨가 부서진 것 같은 통증이 왔고, 고개를 든 순간 파편이 쏟아졌다.

"으악!"

시멘트 덩이, 유리, 나무, 종이는 말할 것도 없고 무수한 파편, 그때 옆에 털썩 무거운 물체가 떨어졌다.

"으아아!"

미셸이 두 손으로 얼굴을 가리면서 악을 썼다. 사람의 상반신이다. 남자, 하체는 없다. 떨어지면서 사방으로 피가 튀어서 미셸도 피범벅이 되었다. 그런데 사내가 살아 있는 것 같다. 얼굴은 멀쩡했고 입이 열리고 있다.

"으아악!"

미셀이 뒤로 넘어졌다. 그때 불덩이가 옆쪽으로 떨어졌다. 부서진 소파다.

이곳은 후버의 사무실. 1시간 후, 윌슨과 간부들까지 넷이 둘러앉아 있다. 모두 아연한 표정, 후버는 빈 파이프를 채울 생각도 하지 않는다. 간부들을 둘러본 후버가 말했다.

"군산연을 쓸어버리려면 이 정도는 해야지. 아주 깨끗하게 요절을 냈군."

기가 막힌 간부들은 눈만 껌벅였고 후버의 말이 이어진다.

"사무실까지 폭파해 버렸으니 군산연 파리 지부는 사라졌구나."

"……."

"모두 몇 놈이야? 한 15명 죽었나?"

"현재까지 17명입니다. 중상자도 많으니까 사망자가 더 나올 겁니다."

간부 하나가 말하자 후버는 고개를 끄덕였다.

"아직 멀었어. 전용기에 탄 숫자 채우려면 더 해야 돼. 대여섯 번."

"부장님."

마침내 윌슨이 후버를 불렀다.

"그 17명 중에 미국 시민이 12명이나 들어가 있습니다. 지금 언론이 야단법석입니다."

"갓댐."

"대통령이 곧 성명서를 발표할 예정입니다. 그 내용을 보셨지요?"

"엿 먹으라고 해."

"CNN은 벌써 테러범에 동양인이 섞여 있다고 보도를 합니다."

"갓댐."

"조치를 해야 됩니다. 지시를 내려 주시지요."

"내가?"

후버가 바보처럼 제 얼굴을 엄지를 구부려 가리켰기 때문에 윌슨이 한숨을 쉬었다. 그때 후버가 파이프를 내려놓고 우측 끝의 사내를 보았다.

"메킨지, 네가 CNN 사장한테 연락해."

"예, 부장님."

"지금 당장."

"예, 말씀하십시오."

"5분 후부터 테러단에 동양인의 '동' 자만 들어가도 우드워드 그 개아들 놈의 섹스 테이프를 시내에 뿌리겠다고 해."

"예, 부장님."

"그 개 같은 동성애자 놈. 그 테이프가 나가면 자살을 안 하고는 못 배길 테니까."

"예, 부장님."

"뭐 하고 앉았어? 당장 일어나!"

메킨지가 벌떡 일어섰을 때 후버가 남은 간부들을 둘러보았다.

"이것으로 일단 불은 껐다. 이차는 저 백악관 멍청이가 성명서를 발표한 후에 반응을 보고 나서 결정하지."

이것으로 회의 끝이다.

"권 이사답군."

강정규가 윤석과 홍만준, 김태규를 둘러보며 말했다.

"군산연 파리 지부를 송두리째 날려버렸다."

방금 강정규는 트리폴리의 '리스타 리비아' 법인으로부터 파리 소식을 들은 것이다. 오후 2시, 윤석이 오늘은 대통령궁에서 보고차 강정규의 본부에 왔다. 대통령궁과 5분 거리여서 수시로 들락거리는 것이다. 김태규가 쓴웃음을 지은 얼굴로 말했다.

"군산연이 개입하지 않는 곳이 없습니다. 우리도 이곳에서 군산연의 조종을 받는 반군과 싸우려고 왔지 않습니까?"

강정규가 고개를 끄덕였다. 그러나 철저하게 위장하고 있어서 겉으론 드러나지 않는다. 그때 윤석이 말했다.

"대통령도 썩었습니다. 어제 보니까 산업장관한테서 뇌물을 받는데 달러가 담긴 트렁크가 3개나 되었습니다."

"저런."

김태규가 눈을 크게 떴다.

"아니 무식하게, 계좌로 입금시키든지 하지 마약 사업하는 놈처럼 현금을 받다니."

"경비병한테 들어 보았더니 구호품으로 받은 휘발유와 밀가루를 상인들한테 판 돈이라는군요."

"대통령이 저러니 아랫것들은 더하겠지. 오타방고가 반란을 일으킬 만해."

이번에는 홍만준이 나섰다. 그때 강정규가 윤석에게 말했다.

"대통령이 널 의지하고 있더군. 경호 철저히 해라."

"알겠습니다."

"경호대 대장 움바베가 지금 가장 긴장한 상태야. 카모 이야기를 들으면 수시로 부하들을 불러 회의를 한다는 거다."

움바베는 부대장 카모도 신임하지 않는 것이다. 윤석이 대통령 숙소 경비를 맡게 된 후에 움바베는 휘하 병력 단속을 강하게 하는 중이다.

"몬테로가 곧 출동하게 된다."

강정규가 말을 이었다.

"몬테로가 기갑연대 2개 사단을 이끌고 오타방고 쪽으로 내려가면 상황 정리가 될 거야."

강정규가 이끄는 6개 소대 약 250명 병력은 대통령궁 주변에 배치되어 있는 것이다. 그리고 윤석의 1개 소대는 대통령 숙소 경비다. 친위대 역할인 것이다. 지금까지 대통령을 볼모로 잡고 있는 것 같았던 경호대 대장 움바베는 불안한 분위기를 숨기지 않는다. 그때 몬테로 휘하의 사령부 소속 참모장교 세이탄이 방으로 들어섰다.

"각하, 몬테로 사령관이 몸이 아프다면서 출동을 연기시켰습니다."

세이탄은 강정규에게 '각하'라고 부른다.

강정규는 쳐다만 보았고 세이탄이 말을 이었다.

"수도에서 멀리 떨어지면 권력을 놓칠까 불안하기 때문이지요. 더구나 오타방고한테 패하기라도 하면 오갈 데 없는 신세가 될 테니까요."

"저런."

강정규가 고개를 저었다.

"이놈들은 군인이 아니군."

"다 썩었습니다."

윤석이 정의했다.

"다 정리를 해야 됩니다."

"대통령께 보고가 되었나?"

"참모가 보고하러 가는 것을 보고 제가 여기로 왔습니다."

그때 강정규가 윤석에게 말했다.

"너도 빨리 가 봐."

상황이 빠르게 진행되고 있다.

"뭐라고? 몸이 아파서 출동을 못 해?"

아지스가 버럭 소리치자 작전참모는 시선을 내렸다. 대령 계급장을 붙인 비대한 흑인의 얼굴에 땀방울이 솟아나 있다.

"예, 대통령 각하."

"어디가 아프다고?"

"감기 몸살입니다, 각하."

"처먹은 것이 체한 건 아니고?"

"아닙니다, 각하."

아지스가 고개를 돌려 옆에 선 움바베를 보았다.

"움바베, 네가 몬테로한테 가 봐라."

"예, 각하."

"가서 언제 출동할 수 있는지 물어봐."

"예, 알겠습니다, 각하."

움바베와 작전참모가 몸을 돌려 집무실을 나갔을 때다. 아지스가 고개를 돌려 한익수를 보았다. 한익수는 아지스의 측근 경호원이다. 가장 가까운 거리에 있는 심복이 되어 있다. 아지스가 고개를 흔들며 말했다.

"믿을 놈이 없다."

해병대 상사 출신의 한익수는 강정규를 따라 산전수전을 다 겪은 전문가다. 한익수는 쳐다만 보았고 아지스가 말을 이었다.

"모두 도둑놈, 배신자에 비겁한 놈들이야."

한익수는 야전 군복 차림에 허리에는 베레타 권총을 찼고, 옆구리에 헤클러 앤 코흐사 제품인 MP5 기관총을 끼고 서 있다. 믿음직한 자세다. 그때 아지스가 물었다.

"윤 소령은 어디 있나?"

"잠깐 본부에 갔습니다."

"나한테 오라고 해."

"예, 각하."

한익수가 서둘러 가슴에 찬 무전기 버튼을 눌렀다.

그 시간에 프리타운 동남쪽 라이베리아 국경 지역의 반란군 진지에서 오타방고가 참모장 실바하고 마주 앉아 있다.

"몬테로가 감기 몸살을 핑계대고 출동을 연기했습니다."

실바가 말하자 오타방고는 피식 웃었다.

"그놈은 프리타운을 떠나지 못할 거다. 아지스는 물론이고 움바베도 그놈 허점을 노리고 있을 테니까."

"아지스가 내버려 두지는 않을 겁니다."

"네 생각은 어떠냐?"

"그렇다고 몬테로를 쉽게 사령관직에서 몰아내거나 체포할 수는 없을 건데요."

"암살은 가능하지."

"만일 실수하면 그때는 대통령궁이 탱크로 짓밟힐 겁니다."

"넌 모르고 있는 거냐?"

"리스타 용병대 말씀입니까?"

"그렇다. 그 용병대가 가만있을 것 같으냐? 이젠 아지스가 패 하나를 더 쥐었어."

"몬테로를 제거하면 움바베가 득세할 텐데요."

"아지스는 머리가 좋은 놈이야. 나도 일순간에 허점을 찔려서 허수아비가 되었어."

쓴웃음을 지은 오타방고가 말을 이었다.

"정권을 탈취하자마자 나를 2인자에서 몰아낸 것 아니냐? 머리싸움에서는 몬테로가 아지스를 못 당해."

"아지스는 스위스에 3억 불이 넘는 현금을 예치해 놓았다고 합니다. 그놈은 언제든지 도망갈 준비가 되어 있습니다."

실바가 번쩍거리는 눈으로 오타방고를 보았다.

"각하."

"뭐냐?"

"국민들은 바보가 아닙니다."

"무슨 말이냐?"

"국민들이 다 보고 있습니다, 각하."

숨을 들이켠 실바가 말을 이었다.

"우리가 기회를 잡으려면 아지스 일당처럼 썩으면 안 됩니다, 각하."

이곳은 뉴욕, TV에서 부시 대통령의 성명이 발표되고 있다.

"우리는 지금부터 테러와의 전쟁을 선포합니다."

부시가 엄숙한 표정으로 말을 맺는다.

"미국 정부는 단호하게 테러 조직을 응징하여 지구상에서 말살시킬 것입니다."

그때 피셔가 소리쳤다.

“그만 꺼.”

그러자 곧 TV가 꺼졌고, 방 안에 무거운 정적이 덮였다. 군산연의 뉴욕 안가(安家)에는 간부들이 모두 모여 있었는데 이번 ‘파리 지부 폭파’ 사건 때문이다. 엄밀하게 말하면 파리 지부의 지부장 이하 간부들이 모두 살해당한 데다 지부 건물까지 폭파되어서 21명이 사망했다. 사망자는 더 늘어날 것이다. 그런데 방금 부시는 ‘테러와의 전쟁’만 선포했지 리스타는 언급하지 않은 것이다. CNN도 처음에는 테러단에 동양인이 끼어 있다고 보도했다가 ‘쏙’ 들어갔다. CIA가 조사를 하고 있다고 했지만 점점 수사는 미궁으로 빠져 들어갔다. 그때 볼룸이 입을 열었다.

“지금 이광은 어디에 있지?”

“트리폴리에 있습니다.”

간부 하나가 대답하자 볼룸이 고개를 끄덕였다.

“카다피가 이집트 국경 쪽 이야기를 해 주겠군. 그것 때문에 부른 거야.”

“이광의 역할은 제한적입니다.”

간부 하나가 말했다.

“바사트족을 연결시켜 준 건 CIA 아닙니까? 이광이 카다피를 도울 수는 없을 겁니다.”

그때 볼룸이 눈을 가늘게 뜨고 사내를 보았다. 미사일 제작사인 골드바움 산업의 2세 경영자 카터다. 아버지 료지의 뒤를 이어 군산연의 간부가 되었는데 이것이 군산연 전통이다. 귀족이 세습되는 것처럼 군산연 간부도 대를 이어받는 것이다. 카터는 35세, 간부회의에 참석한 지 오늘이 세 번째다.

"이봐, 카터."

"예, 회장님."

"자네, CIA가 어떤 역할을 하고 있는지 아나?"

"무슨 말씀입니까?"

"CIA가 군산연을 바사트 부족에게 연결시켜 줬다고 했지?"

"그건 사실 아닙니까? 저도 바사트 부족에게 미사일을 팔 때 CIA가……."

"그만."

손을 들어 말을 막은 볼룸이 피셔를 보았다. 피셔는 외면하고 있다.

"피셔, 당신이 말해."

다른 간부들도 모두 시치미를 떼고 있었기 때문에 피셔가 고개를 들고 카터를 보았다.

"카터, CIA는 리스타하고도 제휴하고 있네. 오히려 우리보다 리스타하고 더 가까운 셈이지."

"아니, 왜……."

"그게 복잡해. 시간이 더 지나면 자네도 알게 될 거네."

기력이 떨어진 듯 어깨를 늘어뜨린 피셔가 볼룸을 보았다.

"이광을 칠 수 없다면 리스타의 다른 곳을 치든지 해야 될 것 아닙니까? 이대로 가만있으면 군산연이 죽었다고 할 테니까요."

권철이 둘러앉은 간부들에게 말했다.

"여태까지 리스타 특공대 역할은 강 이사가 맡았지만 이제부터는 내 소관이다."

이곳은 영국의 런던. 자세히 말하면 런던 북서쪽의 작은 마을, 그것도 마을 위쪽 산속에 위치한 고성(古城)에 자리를 잡았다. 파리에서 일을 마치고 바로 이곳으로 날아온 것인데 이 고성은 권철의 애인 중 하나인 캐롤라인의 이름으로 임대해 놓았다. 캐롤라인은 권철이 쿠웨이트에서 운영했던 '할렘'의 애인 중 하나다. 권철이 강재호에게 물었다.

"모두 도착했나?"

"예, 조금 전에 연락이 왔습니다."

강재호가 바로 대답했다.

"자카르타에서 랜드로 들어갈 예정입니다."

이번에 권철은 팀을 축소한 것이다. '파리 작전'을 마치고 22명의 팀원을 절반으로 축소시켜 현재 고성(古城)에 모인 병력은 12명. 나머지는 포상금을 주고 랜드로 돌려보냈다. 작전에 노출되었던 요원 중심으로 피신시킨 것이다. 그리고 앞으로는 소규모 요원으로 운용할 작정이기도 했다.

"좋아. 런던에서는 한 탕만 뛰고 날아가면 되는 거야. 대신 사전 준비를 철저히 해야 돼."

둘러앉은 간부 셋이 고개를 끄덕였다.

강재호, 이규석, 그리고 머클리다. 머클리도 권철을 따라다니면서 손발을 맞춰 온 맨체스터 출신의 용병, 각각 셋씩 넷씩 부하를 거느린 조장(組長)이다.

"머클리, 네 일이 가장 중요하다. 앞으로 시간이 5일 남았어."

권철의 말에 머클리가 고개를 들었다.

"보스, 다운힐 저택의 감시만 20명이 넘습니다. 저택 안팎은 전자 장치에다 고압전류가 흐르는 곳이 3곳이나 되어서 하나씩 뚫고 나가려면 인력과 시간이 더 필요합니다."

"12명으로 충분해."

권철이 자르듯 말하고는 빙그레 웃었다.

"머클리, 밖에서 안으로 들어갈 생각은 없다."

"그럼 어떻게 한다는 겁니까?"

"밖에서 무너뜨리는 거야."

그 순간 셋이 서로의 얼굴을 보더니 강재호와 이규석이 먼저 웃었다. 나중에야 머클리가 어깨를 늘어뜨리면서 따라 웃었다. 권철이 말을 이었다.

"쥐새끼 한 마리 살려 두지 않는 거지. 그것이 내 스타일이다."

권철의 두 눈이 번들거리고 있다. 6일 후에 런던 동북쪽의 다운힐 저택에서 군산연의 하반기 세미나가 열리는 것이다. 이번 세미나는 '미사일' 관련 업체 14개가 참석하는데 세계 각국의 바이어 1백여 명을 초대해 놓았다. 세미나가 열리는 시간은 6일 후 오전 10시, 권철 팀의 디데이는 5일 후 밤이다. 그때는 군산연 참가 회사 중역, 대표가 다운힐 저택에 모두 투숙하고 있을 시간이다. 군산연 멤버는 모두 다운힐 저택에서 투숙, 사전 준비를 하는 것이 관행이기 때문이다.

4장
대폭발

"런던의 회의는 그대로 진행하기로 하지."

볼룸이 말하자 피셔가 고개를 끄덕였다.

"당연하지요. 회의를 보류한다면 문제가 더 커져서 수습을 못 하게 됩니다."

지금 둘은 런던 다운힐 저택의 하반기 세미나 이야기를 하는 중이다. 볼룸이 눈썹을 모으고 피셔를 보았다.

"파리에서 지부를 습격한 놈들이 런던으로 옮겨 갔을 가능성도 있어."

"그놈들이 세미나를 알까요?"

"파리 지부에서 '다운힐 세미나'를 준비했으니까 알 가능성도 있어."

파리 지사장 마크 웨스턴이 런던 세미나를 준비했던 것이다. 피셔가 고개를 끄덕였다.

"현재 다운힐 저택에 경비원이 20명쯤 있습니다. 오늘 중으로 30명을 더 보내지요. 케이트 맥마흔을 보내 경비 총지휘를 시키는 게 어떻겠습니까?"

"케이트를?"

되물었던 볼룸이 쓴웃음을 지었다.

"그것도 괜찮겠군. 당분간 여기는 서든한테 맡기지."

"알겠습니다."

피셔가 서둘러 자리에서 일어섰다. 이곳은 뉴욕 안가(安家)다. 볼룸과 피셔는 이곳 뉴욕 안가를 자주 이용했는데 요즘은 더 빈번해졌다. 맨해튼에 위치한 이곳의 경비가 철저했기 때문이다.

해밀턴이 응접실로 들어섰을 때는 오후 9시 반이다. 이곳은 트리폴리의 영빈관 안. 해밀턴은 랜드에서 전용기로 날아온 것이다. 응접실 안에는 이광, 안학태, 조백진까지 셋이 둘러앉아 있었는데 인사를 마친 해밀턴이 웃음 띤 얼굴로 말했다.

"CIA는 제가 날아온 것을 알고 있을 겁니다."

"당연하지요."

조백진이 웃음 띤 얼굴로 말을 받았다.

"우리 이야기를 도청하고 있는지도 모릅니다."

"에이, 그럴 리가."

안학태가 말했을 때 해밀턴이 정색했다.

"그럴 가능성도 있습니다. 지상 5킬로 상공에서 도청할 수 있는 기계를 발명했다는 말을 들었거든요."

"상관없어."

이광이 말을 자르자 모두의 시선이 모였다. 이광이 해밀턴을 부른 것이다. 이광이 해밀턴을 보았다.

"해밀턴, 이집트 국경 쪽에서 바사트 부족이 반란을 일으킬 준비를 한다는 정보는 들었지?"

"알고 있습니다."

"카다피 대통령이 나한테 해결 방법을 물으셨어."

긴장한 해밀턴의 시선을 받고 이광이 한 모금 홍차를 삼켰다. 응접실 안에 잠깐 정적이 덮였다. 해밀턴도 바사트 부족의 배후에 CIA가 있다는 것을 아는 것이다. 이번에도 군산연이 바사트 부족에게 대량의 무기를 공급해 주고 있다. 그 무기 대금은 당연히 CIA가 낸다.

CIA가 직접 주느냐? 아니다, 이런 때는 대행업체가 있다. '전문 대행업체'다. 이광이 입을 열었다.

"해밀턴, 방법이 있겠나?"

"부르시기에 이 문제일 것 같아서 여러 가지를 생각해 보았습니다."

목소리를 낮춘 해밀턴이 말을 이었다.

"이번 군산연 파리 지부 폭발 사고로 군산연이 잔뜩 긴장하고 있습니다. 더구나 회장님께서 리비아에 오신 것을 알고 있을 테니 바사트 부족 문제도 예상하고 있을 것입니다."

"당연하지."

"CIA가 무기 대금을 주는 아라비아 컴퍼니는 카이로에 있습니다."

해밀턴이 이광을 똑바로 보았다.

"일단 아라비아 컴퍼니를 막으면 무기 공급이 늦춰지거나 중단되겠지요. 그다음에 바사트 부족에 손을 쓰는 것이 나을 것 같습니다."

윤석이 들어서자 아지스가 눈으로 앞쪽을 가리켰다. 오후 8시 반, 윤석은 아지스의 호출을 받고 온 것이다. 이곳은 아지스의 숙소 응접실 안, 대통령궁은 집무실과 숙소, 2개 부분으로 나뉘어져 있다. 숙소 경비는 윤석의 지휘하에 리스타의 용병대 1개 소대가 맡고 있다. 윤석이 자리에 앉았을 때 아지스가 붉은 실핏줄이 깔린 눈으로 시선을 주었다.

"이봐, 소령."

"예, 각하."

"난 지금까지 포로나 마찬가지였다."

"무슨 말씀이십니까?"

"대통령궁 안에서는 움바베의 포로였고 프리타운에서는 몬테로의 포로였단 말이야."

"믿기지 않습니다, 각하."

윤석이 쓴웃음을 짓고 말했다.

"둘 다 각하의 심복 아닙니까?"

"대가리가 커지니까 욕심이 생긴 것이지. 난 그것을 간과했다."

아지스가 탁자 위에 놓인 시가를 집더니 이빨로 끝을 물어뜯어 뱉은 후에 라이터를 켜 불을 붙였다. 이윽고 소독약 같은 엄청난 연기를 내뿜은 아지스가 말을 이었다.

"네 대장한테 말해. 강 대령 말이다."

"예, 각하, 뭘 말합니까?"

"내가 내일 몬테로와 움바베를 집무실로 부를 거다, 오후 5시쯤."

"예, 각하."

"그때 두 놈을 체포하도록. 반항하면 사살해도 된다."

숨을 들이켠 윤석을 향해 아지스가 말을 이었다.

"움바베의 경호대가 반발하겠지. 그러면 그놈들을 모조리 죽이도록."

"……."

"몬테로가 경호대를 항상 대동하고 있어, 1개 소대쯤. 그놈들을 없애야 될 거야. 다 죽여도 된다."

"……."

"각하."

마침내 윤석이 아지스를 보았다.

"뭐냐?"

"아무리 오합지졸이라고 해도 그렇게 소독약으로 파리 잡는 것처럼 쉬운 일이 아닙니다, 각하."

"알고 있어, 소령."

"더구나 24시간도 안 되는 짧은 시간 동안에 어떻게 준비를 합니까?"

"내가 리스타 용병대를 모두 대통령궁 안으로 부르면 되지 않을까?"

"어떻게 말씀입니까?"

"나도 머리를 좀 썼어."

아지스의 얼굴에 웃음기가 떠올랐다.

"며칠 전 리스타에 군수품이 비행기로 실려 왔지? 지대지, 지대공 미사일과 중기관총, 그리고 군수품이 15트럭분이라고 하던데, 맞지?"

"잘 아시는군요, 각하."

"몬테로, 움바베도 다 알고 있어."

"……."

"내가 몬테로에게 그 무기, 군수품을 리스타에 부탁해서 우리가 나눠 받기로 했다고 말할 거다. 그러니까 와서 움바베하고 나눠 가지라고 말이다."

"과연."

"욕심이 난 몬테로가 직접 달려오지 않고는 못 배길 거야. 물론 병력을 끌고 오겠지."

"그럴 것입니다."

"리스타 용병대는 군수품 트럭을 타고 들어오면 되는 거야. 문제없겠지?"

"그렇다면."

심호흡을 한 윤석이 아지스를 보았다.

"각하, 그 후의 조건을 말씀해 주시지요."

"그 후라니?"

"우리가 둘을 제거한 후의 조건 말입니다. 설마 우리를 각하의 사병(私兵)으로 착각하고 계시는 건 아니겠지요?"

그러자 아지스가 이를 드러내고 소리 없이 웃었다.

이광은 한 시간 후에 트리폴리에서 보고를 받았다. 강정규가 해밀턴에게 보고를 했기 때문이다. 보고를 하는 해밀턴의 얼굴에 쓴웃음이 번져 있다.

"회장님, 시에라리온 상황이 먼저 정리될 것 같습니다."

이곳은 프리타운과 2시간 시차가 난다.

밤 12시, 영빈관 응접실에는 안학태와 조백진까지 넷이 둘러앉아 있다. 해밀턴으로부터 상황을 보고받은 이광도 따라 웃었다.

"반란군 오타방고를 만나기도 전에 정부를 장악하게 되나?"

"아지스가 약속을 어길 가능성도 있지 않겠습니까?"

안학태가 묻자 해밀턴이 고개를 기울였다.

"지금 당장은 절박한 입장입니다."

아지스는 윤석에게 강정규가 지휘하는 '리스타 용병대'를 대통령궁 경호대로 바꾸고 강정규를 군사 고문단장으로 임명하여 군(軍)을 통제시키겠다고 약속한 것이다. 그리고 '리스타 용병대' 5백 명의 추가 파병을 요청했다. 특히 장교단 2백 명 정도를 보내 주면 각 부대의 지휘관으로 임명한다는 것이다. 그때 조백진이 말했다.

"병력 파견은 1주일이면 충분합니다. 이곳 리비아에 5백 명 정도가 남아 있고 장교단은 한국에서 사흘이면 충원될 수 있습니다."

그때 해밀턴이 고개를 돌려 이광을 보았다.

"회장님이 결정만 하시면 됩니다."

그 시간에 런던 히드로 공항 입국장으로 두 남녀가 나오고 있다. 앞장선 여자는 금발을 뒤로 묶었고 롱코트 차림이었는데, 키가 크고 늘씬한 몸매다. 밤임에도 선글라스를 끼고 있어서 주위 시선을 받았지만 아랑곳하지 않는다. 그 옆쪽으로 조금 뒤처져서 장신의 사내가 걷고 있다. 30대 중반쯤으로 시선이 곧고 어깨가 넓다. 둘이 곧장 공항 건물 밖으로 나왔을 때 검정색 리무진이 다가와 앞에 멈췄다. 손가방뿐인 둘이 뒷좌석에 오르자 리무진은 어둠 속으로 미끄러지듯이 자취를 감췄다.

"케이트 맥마흔, CIA 특수반 출신, 32세, 별명이 하이에나야."

보튼이 차에 오르면서 말하자 운전석에 앉은 커쇼가 힐끗 시선을 주었다.

"하이에나? 저 얼굴에 무슨 하이에나야? 시체 파먹은 적이 있나?"

"한 번 물면 놓치지 않는다는군."

"그래서 잘렸나?"

차를 발진시키면서 커쇼가 앞쪽 리무진과의 거리를 재었다. 늦은 시간이어서 공항을 빠져나가는 차량은 서너 대뿐이다. 그리고 리무진은 이미 고속도로 입구에서 요원들의 차가 주시하고 있을 것이다. 그때 보튼이 말을 이었다.

"케이트는 증인에게 접근한 FBI 요원을 사살했어. 그것도 둘이나. 동료를 사살했지만 사직서를 내는 것으로 경력이 끝났지."

"매수된 놈들이었군."

"맞아. 그래서 케이트는 손을 털고 CIA를 나와 군산연의 스타가 된 것이지."

"젠장. 여긴 뭐 하러 온 거야? 우리가 군산연의 경호대야 뭐야?"

투덜거린 커쇼는 CIA 런던 주재원이다.

"내일 오후 5시?"

몬테로가 묻자 대통령궁 경호대 장교인 대위가 부동자세로 서서 대답했다.

"예, 각하."

"리스타의 무기를 분배한다고?"

"예, 각하."

오후 8시 반, 이곳은 몬테로가 항상 머무는 기갑연대 사령부 안, 장갑차 1백여 대, 탱크가 65대, 50밀리 기관포를 장착한 전투용 지프가 220대, 병력 수송용 장갑차가 250대에 기갑보병이 2개 대대 1,200명을 보유하고 있는 것이다. 이 기갑연대만으로도 시에라리온을 평정할 수 있다. 2개 사단과 정면대결을 해도 승산이 있기 때문이다. 고개를 끄덕인 몬테로가 옆에 선 참모장 카탕가 대령을 눈으로 가리켰다.

"참모장이 간다고 해."

카탕가가 몸을 굽혔을 때 대위가 부동자세로 서서 대답했다.

"예, 각하."

"경비대와 기갑연대에 나눠 준다고 하셨단 말이지?"

몬테로가 다시 확인하듯 물었다.

"똑같이 나눠 준다고 하셨나?"

"그건 모르겠습니다, 각하."

몬테로는 대위가 갖고 온 무기 리스트를 다시 보았다. 휴대용 지대지 미사일 발사기가 10기나 된다. 평소에 몬테로가 갖고 싶어서 안달이 났던 무기다. 그러나 대당 150만 불이나 되는 데다 미사일 1발이 18만 불이다. 시에라리온 국방비로는 그림의 떡이었던 신무기가 눈앞에 있다. 더구나 미사일은 100개. 미사일 1방만 맞으면 탱크는 군화에 밟히는 비스킷처럼 부서진다. 그때 카탕가가 몬테로를 보았다.

"각하, 움바베가 많이 가져가면 어떻게 합니까?"

"네가 움바베한테 빼앗긴단 말이냐?"

버럭 소리를 질렀던 몬테로가 대위에게 말했다.

"내가 감기몸살이 덜 나았지만 내일 간다고 전해."

"예, 각하."

대위가 무표정한 얼굴로 돌아섰다.

"움바베, 내일 몬테로가 있는 데서 무기를 배분해 주겠다."

경호대장 움바베한테는 아지스가 직접 말했다.

"내가 따로 배분해 준다면 불평이 일어날 것이 틀림없으니까 말이야."

"각하."

움바베가 똑바로 아지스를 보았다.

"지대지 미사일 발사관은 경비대가 7기는 가져야 합니다. 미사일 70개

하고 말입니다."

"7기나?"

아지스가 고개를 저었다.

"몬테로도 7기쯤 가져야 한다고 할걸?"

"탱크까지 가진 놈이 미사일까지 쥐면 안하무인이 될 것입니다. 균형을 맞춰야 합니다, 각하."

"네 말도 일리가 있어. 그러니까 내일 몬테로하고 타협을 해."

"몬테로가 제 말을 듣겠습니까? 각하께서 배분해 주시면 따를 수밖에 없을 것입니다."

"내가 경비대에만 쏟아 주면 몬테로는 내 경호만 생각한다고 불평할 것 아닌가?"

"대통령이 계셔야 국가가 있는 것 아닙니까? 몬테로는 꾀병을 부리고 지금 전선으로 가지도 않고 있습니다."

"무기를 받으면 가겠지."

"각하, 미사일만은 경비대에 고려해 주십시오."

"알겠다."

마침내 아지스가 쓴웃음을 짓고 말했다.

"내일 보자."

밤 10시 반, 강정규의 숙소로 다시 경비대 부대장 카모가 찾아왔다. 오늘 밤에 카모는 허름한 양복저고리에 쭈그러진 등산 모자를 눌러썼다. 몸이 말라서 시장의 과일 장사꾼 같다.

"내일 무기를 분배할 때 아무래도 말썽이 일어날 것 같습니다."

카모가 강정규에게 보고했다.

"경비대 전원에게 외출 금지령을 내렸고 대통령궁 전체의 경비를 강화시켰습니다. 특히 회의실 주변은 경비대를 방마다 배치했습니다."

카모가 불빛을 받아 번들거리는 눈으로 강정규를 보았다.

"몬테로도 부하 몇 명만 데리고 오지는 않을 것입니다. 아예 기갑연대를 끌고 온다면 대통령궁 안에서 전쟁이 일어날 것 같습니다."

"대통령이 공평하게 분배해 주겠지."

강정규가 웃음 띤 얼굴로 말을 이었다.

"대통령의 결정을 면전에서 거역하지는 않을 거야."

카모는 강정규의 계획을 모르는 상황이다. 찌푸린 얼굴로 말을 이었다.

"나는 명색이 부대장이지만 당번병 하나만 붙여 주고 중요한 회의는 참석시키지도 않습니다. 2인자는 철저히 배제시키는 것이지요."

"당연한 일이야, 중령."

강정규가 위로했다.

"한국 농담으로 꽃은 열흘이면 시든다고 했어. 권세는 잠깐이란 뜻이지. 솟아올랐다가 떨어지는 건 비참하다네. 차라리 솟지 않고 사는 것이 나아, 중령."

이곳은 대통령 숙소 안, 윤석이 김태규와 머리를 맞대고 앉아 있다. 아지스의 침실 건너편 방이다. 밤 11시 반.

"전쟁이 일어나기 전에 처리해야 돼."

김태규가 목소리를 낮추고 말을 이었다.

"대장님은 아지스의 계획대로 한다면 우리까지 같이 당할 가능성이 있다고 하셨어."

윤석의 시선을 받은 김태규가 쓴웃음을 지었다.

"아지스는 몬테로와 움바베, 그리고 우리까지 세 세력을 모두 이곳에서 없애 버릴 가능성이 있다는 거야."

"어떻게?"

긴장한 윤석의 목 끝이 떨렸다. 이곳은 경비원 대기실이다. 대통령 숙소는 2층 건물로 아지스의 숙소는 2층이다. 숙소 건물은 방이 8개, 응접실이 2개, 대기실과 회의실, 식당까지 구비되어 있었기 때문에 윤석의 숙소 경비대 30명의 거처도 넉넉했다. 김태규가 말을 이었다.

"우리가 내일 몬테로와 움바베를 제거하기를 기다렸다가 아지스의 비밀 경호대가 우리를 치는 것이지."

"비밀 경호대가 있나?"

"있어. 대통령 경비대 중 비밀리에 선발한 70명 정도의 병사. 지금은 모두 움바베의 직속군 행세를 하고 있지."

"아지스가 그놈들을 관리한단 말인가?"

놀란 윤석이 묻자 김태규가 쓴웃음을 지었다.

"두 시간 전에야 정보를 받았어. '연합 정보원'한테서."

윤석이 숨을 들이켰다. 해밀턴의 '리스타 연합'을 말한다. 김태규가 말을 이었다.

"CIA가 대통령 경비대에 정보원을 심어 놓았다는군. 그 정보원한테서 나온 정보야."

김태규가 한숨을 쉬었다. 이것 때문에 김태규가 밤에 달려온 것이다.

"아슬아슬했어."

고개를 저은 김태규의 눈이 어둑한 방 안에서 번들거렸다.

"하마터면 아프리카에서 몰살당할 뻔했다고, 우리가."

"탱크 9대, 장갑차 18대, 전투용 지프 35대, 장갑수송차 14대가 오고 있습니다."

움바베가 보고하자 아지스의 검은 얼굴에 웃음이 떠올랐다.

"몬테로는 철저한 성격이야. 준비성이 대단하지. 너도 경비를 단단히 해 둬."

"대통령궁 안으로는 몬테로와 호위병만 몇 명 들어오도록 하겠습니다."

"부관, 참모들까지 데려오면 30명은 들어올 거야."

고개를 끄덕인 아지스가 말을 이었다.

"움바베, 별일은 없을 거다. 상담할 때 서로 잘 절충해서 무기를 나눠 줄 테니까."

"알겠습니다."

경례를 하고 몸을 돌린 움바베가 집무실을 나갔을 때 아지스가 벨을 눌렀다.

집무실 문밖에서 지켜 서 있던 한익수가 금방 들어섰다.

"예, 각하."

"윤 소령을 불러."

한익수가 몸을 돌렸을 때 아지스가 벽시계를 보았다. 오후 2시 반이다.

윤석이 들어섰을 때 아지스는 창가에 서서 밖을 내다보고 있었다.

"어, 왔나?"

고개를 돌린 아지스가 가까이 오라는 손짓을 했다. 윤석이 다가와 서자 아지스가 낮게 물었다.

"몬테로는 지금 출발했대. 4시 반이면 이곳에 도착할 거야. 탱크를 몰고 오는 중이라 시간이 걸릴 거야. 시내를 통과하기 때문에."

"각하, 움바베가 상담장 주변의 대기실과 주방에까지 대원들을 매복시키고 있습니다."

"당연하지. 몬테로를 경계하는 거야."

아지스가 정색하고 윤석을 보았다.

"몬테로는 궁 안으로 탱크를 끌고 들어오지 못해. 아마 측근과 경비병까지 20명 정도일 거야."

"움바베가 일을 일으키면 어떻게 합니까?"

"움바베가?"

쓴웃음을 지은 아지스가 고개를 저었다.

"저놈은 욕심이 바닷물을 다 삼킬 만큼 크지만 겁이 많아. 그것을 거친 행동으로 위장하고 있지."

"저렇게 매복시키는 이유는 몬테로를 경계하기 위해서입니까?"

"그래, 몬테로가 나를 경계하고 있어. 오늘 오면서 갈등이 있었을 거야. 참모장을 보내려다가 마음을 바꾼 이유는 내가 의심할 것 같았기 때문이지."

"몬테로가 오늘 일을 일으킬 가능성이 있을까요?"

"그럴 가능성이 많지. 움바베한테는 말하지 않았지만."

아지스가 윤석을 바라보며 빙긋 웃었다.

그 순간 윤석이 숨을 들이켰다. 아지스의 냉혹함이 느껴졌기 때문이다. 아지스, 몬테로, 움바베 셋 중 아지스가 가장 낫다. 냉혹하고 계산적이며 결단력이 강하다. 움바베가 먼저 몬테로를 기습해서 없앤다면 주도권이 넘어갈 위험성이 있기 때문이다. 그래서 리스타에 양쪽의 제거를 맡긴 것이다. 그때 아지스가 윤석을 보았다. 웃음 띤 얼굴이다.

"준비 다 되었지?"

"예, 어쨌든 양쪽의 우두머리를 제거하면 되는 것 아닙니까?"

"그것이지."

아지스가 커다랗게 고개를 끄덕였다.

"두 놈의 머리만 자르면 돼, 소령."

장갑차 안은 서늘했다. 에어컨을 장착했기 때문이다. 몬테로는 방석까지 깔아 놓은 뒷좌석에 두 다리를 뻗고 앉아서 옆쪽에 앉은 참모장 카탕가에게 말했다.

"아지스는 믿을 수 없어. 웃으면서 등에다 칼을 박는 놈이야."

"이번 무기 배분이 함정일 가능성이 높습니다, 각하."

장갑차 소음까지 줄일 수는 없었기 때문에 둘은 고함치듯 말했다. 병력 수송용 장갑차는 외피가 3센티까지 강철로 덮여 있으며 안에 8명의 무장병력을 실을 수 있다. 위쪽에 50밀리 기관포와 앞쪽에는 7.62밀리 기관총 2정이 거치되어서 화력도 위력적이다. 그런데 몬테로는 안을 개조해서 5인승으로 만들었다. 자신과 참모 둘, 경호원 둘이 탑승한다. 물론 장갑차 승무원 3명은 따로다. 그때 몬테로가 고개를 끄덕였다.

"그럴 가능성이 있지."

"일이 끝날 때까지 궁 안으로 들어가지 않는 것이 낫습니다."

"알고 있어."

"많아야 20명 정도나 들어가게 할 테니까요, 각하. 그러면 움바베에게 꼼짝 못 하고 당합니다, 각하."

"움바베 그 병신은 겁이 많아."

"그래도 대통령의 지시라면 움직입니다. 대통령이 뒤에 있는 바람에 멧돼지처럼 밀고 나갈 수 있지 않았습니까?"

"아지스는 내가 이번에 감기몸살 핑계를 대고 전선으로 나가지 않는 것을 보고 마음을 굳힌 거야."

소음이 컸지만 몬테로의 목소리가 다 들렸기 때문에 뒤쪽의 경호원도 몸을 굳혔다. 그때 몬테로의 시선이 작전참모 마토스 중령에게로 옮겨졌다. 그는 몬테로의 심복이다.

"마토스, 제1대대는 언제 도착이냐?"

"예, 5번 국도를 타고 달려오기 때문에 우리보다 30분 늦게 출발하지만 거의 같은 시간에 도착할 것입니다."

그러자 카탕가가 말을 이었다.

"각하, 2대대는 우리 뒤를 따라오니까 1대대와 같이 도착합니다."

몬테로가 고개를 끄덕였다. 이제 주사위는 던져졌다. 뭐가 나오건 간에 판은 뒤집어진다. 세상이 바뀌는 건 같다. 몬테로는 대통령궁에 도착하자마자 탱크로 포격을 시작할 계획이다. 궁에는 들어가지 않는다. 제1대대가 좌우에서, 몬테로가 끌고 간 탱크대는 정면에서 대통령궁을 향해 무차별 포격을 가하는 것이다. 1대대 21대의 탱크와 몬테로가 끌고 간 탱크 9대의 집중 포격을 받은 대통령궁은 순식간에 잿더미가 된다. 살아남은 놈은 이쪽의 장갑보병과 장갑차가 몰살할 것이다.

그 시각의 대통령궁 안이다. 움바베가 집무실로 서둘러 들어섰다.

"각하, 몬테로의 기갑연대가 모두 출동했습니다."

움바베가 얼굴의 땀을 손바닥으로 닦으면서 말했다. 뛰어 온 것 같다.

"제1대대는 5번 국도를 타고 서진(西進)하고 있는데 목표가 이곳인 것 같습니다.

"……."

"제2대대가 조금 전에 몬테로의 뒤를 따라 출동했습니다. 목표가 이곳이 분명합니다. 이것은……."

움바베의 시선을 받은 아지스가 어깨를 부풀렸다가 내렸다.

"몬테로가 마침내 반란을 일으켰구나."

"각하, 계엄령을 선포하시고 제1사단을 부르시는 것이."

"몬테로가 손을 썼지 않겠느냐?"

아지스가 눈을 흘겼다.

"제1사단을 그냥 놔두고 움직였을 것 같으냐? 이 멍청한 놈아."

"각하, 그럼 제2사단이라도……."

"필요 없다."

"각하, 경비대로 몬테로의 기갑연대를 막기는 힘듭니다."

그때 아지스가 말했다.

"방법이 있겠지."

앞에는 탱크대가 길을 뚫듯이 앞장서서 전진했고 탱크대 사이로 장갑차와 무장지프가 섞여 있다. 그리고 중간 부분에 몬테로가 탑승한 장갑차가 달린다. 허세가 심한 몬테로여서 전용 장갑차에는 사령관 표식을 붙이는데 오늘은 붙이지 않았다. 그러나 앞뒤로 탱크와 장갑차, 무장지프로 겹겹이 둘러싼 터라 표시가 난다. 표시가 나더라도 단단하게 경호하는 것이 나은 것이다.

프리타운 중심가를 지날 때 손바닥만 한 창을 통해 밖을 내다보던 몬테로가 혼잣말을 했다.

"저기 레밍턴호텔 사장 놈은 아지스의 친척이라는군."

놀란 카탕가와 마토스가 눈만 둥그렇게 떴을 때 몬테로가 빙그레 웃었다.

“시가 5천만 불짜리야. 저 호텔 주인이 곧 바뀔 거다.”

아지스만 제거하면 되는 것이다. 아지스는 쿠테타로 집권하면서 전(前) 대통령이 소유했던 모든 재산을 압수했다. 그러고는 자신의 소유로 만든 것이다. 부동산은 자신의 친인척에게 관리를 맡겼다. 전국에 퍼진 부동산이 수백 개가 되었기 때문에 카탕가나 마토스가 모를 수밖에. 그때 몬테로가 웃음 띤 얼굴로 말했다.

“너희들한테 내가 호텔이나 백화점 한두 개씩 나눠 주마.”

“감사합니다, 각하.”

카탕가가 앉은 채로 고개를 숙였다. 황송한 마토스는 시선만 내렸다. 그것은 이번 거사가 성공했을 때를 말하는 것이다. 바로 쿠데타다. 그때였다. 마토스는 눈썹을 모았다. 셋 중 가장 실전 경력이 많은 마토스다. 무슨 소리인가? 발사음 같다. 다음 순간.

“꽝!”

고막이 터질 것 같은 폭발음이 울리면서 눈앞이 하얗게 변했다. 통증? 그건 없다. 가장 나중에 느껴지는 감각이기 때문이다. 들리고, 보이고, 나중에 충격이 느껴지는 것이 순서다. 충격 이전에 머리 회전은 된다. 맞았다, 그것도 미사일 같은 큰 놈에. 끝났다.

오후 4시 10분, 집무실로 움바베가 뛰어 들어왔다.

“각하! 각하!”

가쁜 숨을 고르느라 움바베가 앞에 멈춰 서서 ‘각하’만 불렀다. 움바베의 뒤를 따라 서너 명의 부하들이 들어섰다.

"뭐냐?"

아지스는 윤석과 이야기 중이었다. 고개를 든 아지스가 묻자 움바베가 숨을 고르고 나서 대답했다.

"조금 전에 보고를 받았습니다. 몬테로가 기습 공격을 받아서 사망했습니다."

"무엇이?"

놀란 아지스가 들고 있던 시가를 떨어뜨렸다. 정말로 놀랐다는 증거다. 윤석이 자리에서 일어섰고 움바베가 소리치듯이 말을 잇는다.

"레밍턴호텔 앞에서 미사일을 맞았습니다. 장갑차가 폭발해서 안에 타고 있던 참모장, 작전참모하고 같이 폭사했습니다!"

"이런. 그럼 부대는?"

"현재 호텔 앞에 멈춰 서 있는데 부대로 돌아가려는 것 같습니다."

"……."

"각하! 오타방고가 보낸 놈들인 것 같습니다. 미사일 한 발만 쏜 것을 보면 전문가입니다."

"그렇군."

고개를 든 아지스가 윤석을 보았다,

"전문가야. 그렇지?"

"거리를 지나는 장갑차를 맞힌 것이니까요. 길가 건물에서 쏘면 몇십 미터 거리니까 어렵지 않습니다."

차분하게 말한 윤석이 허리에 찬 권총을 빼 들더니 옆에 선 움바베를 쏘았다.

"탕! 탕!"

배와 가슴에 두 발을 맞은 움바베가 벌떡 뒤로 넘어졌을 때다.

"타타타타타타."

뒤쪽에서 기관총 발사음이 울리더니 움바베의 부하 넷이 춤을 추듯이 사지를 흔들면서 쓰러졌다. 윤석의 부하 둘이 뒤쪽에서 기관총을 쏜 것이다. 그때 윤석이 아지스를 보았다.

"각하, 기다리고 계시지요. 간부들을 곧 소집하겠습니다."

고개를 끄덕인 아지스가 힐끗 문 쪽을 보더니 몸을 돌렸다. 집무실 안쪽은 대통령 전용 휴게실이다. 그곳에 대형 금고가 있고 그 안쪽에는 욕실이 딸린 침실이 있다.

"기다리고 있겠네."

휴게실로 들어서면서 아지스가 말했다.

10분쯤 후에 숙소 안의 회의실에는 대통령 경비대의 남은 간부들이 다 모였다. 그때 밖이 소란스러워지면서 엔진 소리가 울렸고 곧 안으로 강정규와 김태규가 들어섰다. '리스타 용병태'가 궁 안으로 들어온 것이다. 장교들이 모두 일어섰을 때 윤석의 안내를 받은 강정규가 테이블의 왼쪽에 앉았다. 강정규가 둘러앉은 대통령 경비대 장교들을 훑어보았다. 차분한 표정이다. 강정규가 입을 열었다.

"숙소 경비대가 대통령을 집무실에서 살해하려는 경비대장 움바베를 사살했소. 이것은 육군 사령관 몬테로가 습격을 받아 사망했다는 것을 알고 움바베가 정권을 잡을 욕심으로 저지른 반역이오."

강정규의 목소리가 회의실을 울렸다.

"우리가 대통령 옆을 지키고 있어서 천만다행이었소."

그때 용병대의 안내를 받은 아지스가 회의실로 들어섰다. 아지스는 회의실에 모인 간부들을 둘러보더니 상석에 앉았다.

대통령 경비대 장교는 모두 14명, 그중에 부대장 카모도 끼어 있다. 그때 아지스가 입을 열었다.

"움바베가 날 살해하려다가 숙소 경비대에 의해서 제지당했다. '리스타 용병대'는 내 생명의 은인이다."

아지스가 간부들을 둘러보았다.

"더구나 육군 사령관까지 오타방고가 보낸 암살자들에게 살해된 터라 시급히 질서를 잡아야겠다. 그래서."

아지스의 시선이 강정규에게 옮겨졌다.

"대통령궁 경비는 앞으로 '리스타 용병대'가 맡는다. 현재 간부들은 용병대장 강 대령의 지시를 받도록."

간부들이 서로의 얼굴을 보았지만 입을 열지는 않는다. 숨을 고른 아지스가 말을 이었다.

"움바베는 반역을 시도하다가 사살되었다. 움바베는 오타방고와 비밀리에 거래를 한 것이 틀림없다. 그래서 동시에 몬테로와 나를 습격했던 것이다."

간부들은 숨을 죽이고 있다. 강정규가 의자에 등을 붙이고는 간부들을 하나씩 둘러보았다. 모두 기름기가 밴 얼굴에 운동 부족으로 배가 나왔다. 지금까지 대통령 옆에서 호의호식을 하고 온갖 부정을 저질렀던 무리들이다. 강정규의 시선이 카모에게로 옮겨졌다. 그때 카모가 강정규의 시선을 느꼈는지 고개를 돌려 이쪽을 보았다.

강정규가 입술 끝을 올리고 웃어 보였다.

이틀 후 오후 7시경, 프리타운 공항에 C-140 수송기 3대가 착륙했다. 미국 국적의 C-140이 활주로 끝에서 멈추더니 곧 뒤쪽 화물창 문이 열리면서 일제히 병력이 쏟아져 나왔다. 아지스가 요구했던 '리스타 용병대'다. 수송기는 각종 무기를 가득 싣고 있었기 때문에 장비를 내리는 동안 비행장의 경비는 삼엄했다. 병력은 550명, 장교단 120명과 하사관급 용병 430명으로 구성되었다. 아지스가 병력 요청을 한 지 만 이틀 만에 용병대가 도착한 것이다. 인솔해 온 중령이 강정규에게 인사를 했다.

"이사님, 오늘 자로 이사님께선 용병대 장군으로 진급하셨습니다."

이미 보고를 받았기 때문에 강정규가 고개만 끄덕였다. 장교 120명 중 영관급 장교가 50명이나 된다. 그들을 지휘하려면 진급이 필수적이다. 강정규가 시에라리온 현지 법인 사장도 겸하고 있기 때문이다.

대기시킨 트럭에 병력과 장비를 실은 용병대는 재빠르게 공항을 빠져나갔다. 수송기가 도착한 지 1시간도 채 걸리지 않았다.

'리스타 용병대' 계급은 물론 자체적으로 결정이 된다. 이번 진급으로 강정규는 '리스타 연합' 기조실 이사와 함께 용병대 준장이 되었다. 장군이다. 윤석과 김태규, 홍만준도 중령으로 진급했다. 대대장급이다. 강정규는 이번에 증원된 병력 550여 명과 기존 250명을 합쳐 800여 명을 거느린 사령관이 되었다. 아울러서 시에라리온의 군(軍)을 장악하게 될 것이다.

"이제는 리스타를 상대하게 되었군."

오타방고가 혼잣소리처럼 말했는데 얼굴이 굳어 있다. 당황한 기색이 역력했다.

"이건 아지스의 계략이야. 몬테로, 움바베가 2인자 싸움을 하는 걸 보다가 둘 다 제거한 것이라고, 리스타 용병을 시켜서 말이야."

증거는 없지만 오타방고가 정확하게 짚었다. 국경선 근처의 반군 사령부 안, 프리타운의 소식은 거의 실시간으로 전달되어 온다. 시내의 민간인뿐만 아니라 군(軍) 내부에도 정보원이 깔려 있기 때문이다. 그때 참모장 실바가 말했다.

"각하, 리스타가 이제는 정권을 장악한 것이나 같습니다. 용병대장 강정규가 국방장관 고문이 되고 윤석이 대통령궁 경비대장, 그리고 각 군 부대의 사령관, 부대장, 중대급에까지 리스타의 용병이 고문으로 파견되었습니다."

전광석화와 같은 움직임이다. 대통령궁에 강정규의 지원군이 진입하고 나서 이틀 만에 시에라리온의 정국이 평정되었다. 몬테로, 움바베가 제거되자 군(軍)은 아지스의 명령에 따른 것이다.

"이젠 리스타 용병대와 정면으로 부딪치게 되었습니다."

"배후에 CIA가 있어."

오타방고가 어깨를 부풀리며 말했다.

"그놈들이 리스타를 조종하고 있다고."

실바는 외면한 채 대답하지 않았다. 지금 그 이야기를 하는 건 죽은 자식 나이 세는 것이나 같다.

같은 시간, 반군 사령부가 위치한 밀림에서 1백 킬로쯤 떨어진 라이베리아의 작은 도시에서 버커슨이 통화 중이다. 버커슨은 군산연의 대리인으로 오타방고를 만나러 가다가 이곳에서 대기하고 있는 상태, 프리타운에서 쿠데타가 일어났기 때문이다. 군산연에서는 이번 사건을 쿠데타라고 부른다. 내부 쿠데타다. 통화 상대는 군산연의 제2인자인 사무총장 제랄드 피셔다. 피셔가 말했다.

"오타방고가 지금 당황하고 있을 거다, 그자가 세운 계획이 완전히 뒤집어졌으니까. 몬테로 주변에 심어 놓은 정보원들도 놀라서 연락을 끊었을 거야."

버커슨은 군(軍) 출신으로 군산연의 간부급이다. 이번에 오타방고에게 무기를 팔고 그 대가로 광산의 소유권을 받을 계획이었다. 그 과정에서 쿠데타가 일어난 것이다. 그때 피셔가 말을 이었다.

"버커슨, 이번 쿠데타는 우리한테 오히려 득이야. 오타방고가 위기감을 느끼고 있을 테니까 흥정하기가 쉬울 거라는 결론이 났다."

"그럼 오타방고를 만나러 갑니까?"

버커슨이 전화기를 고쳐 쥐고 물었다.

"조건은 그대로 할까요?"

"라이베리아의 찰스 테일러도 뒤를 받쳐 주겠다는 약속을 받았어. 그 말도 전해."

"정말입니까?"

"확인해 보라고 해. 1개 연대 병력을 국경 지대에 대기시켰다가 필요한 때 지원군으로 파견한다고 했다."

"조건은 그대로 할까요?"

"아니, 산타모 광산과 그 위쪽의 오로라 금광의 영구 소유권이다."

"오로라 금광까지 포함시킵니까?"

"무기 인수할 때 계약 서류를 가져갈 테니까 서명을 받아."

"알겠습니다."

"오타방고가 지금은 어린애 손이라도 잡고 매달릴 상황이야. 서둘러!"

"알겠습니다."

전화기를 내려놓은 버커슨이 길게 숨을 뱉었다.

"젠장, 남의 불행이 내 행복이군."

옆에 누워 있던 흑인 여자는 눈만 껌벅이고 있다. 버커슨이 마을에서 데려온 과부다.

그 시간에 권철은 런던의 은신처에서 캐롤라인과 함께 술을 마시는 중이었다. 캐롤라인은 쿠웨이트 힐튼호텔에서 노래를 부르다 가수가 되었고, 그때부터 권철의 애인이 되어 있다.

"권, 이번 일이 끝나고 뭘 할 건가요?"

캐롤라인이 권철의 잔에 술을 따르며 물었다. 저택 안은 조용하다. 작전이 내일 개시되기 때문에 모두 휴식 중이다. 술잔을 든 권철이 흐려진 눈으로 캐롤라인을 보았다.

"글쎄."

"글쎄라니요? 회사로 돌아가요?"

캐롤라인은 권철이 무슨 일을 하는지 모른다. 다만 무장한 수십 명이 밤마다 외출했다가 돌아오고 하루에도 수십 번씩 모여서 회의를 한다는 것만 안다. 한 모금에 술을 삼킨 권철이 입을 열었다.

"와이프가 있는 바다에 가 봐야겠군."

"와이프가 어디 있는데?"

"저기, 술라웨시해."

"인도네시아?"

"그 위쪽 바다."

"거기서 뭐 하고 있어요?"

"놀아. 아니, 쉬고 있어."

눈동자의 초점을 잡은 권철이 캐롤라인을 보았다. 금발에 흰 피부의 캐롤라인은 눈이 부실 정도로 미인이다. 나이는 36세, 25살이라고 나이를 속이고 있지만 다 믿는다. 이혼을 3번 했고 아버지가 다른 아이 셋을 각각 전남편이 키우고 있다. 기구한 인생의 소유자다. 내막을 모르는 캐롤라인이 고개를 끄덕였다.

"당신 와이프, 좋은 남편 만나서 팔자가 좋군요. 인도네시아의 바다, 가 보고 싶어요."

"……."

"남국의 햇볕을 받으면서 요트에서 일광욕을 하고 싶은데……."

권철은 심순자가 바닷속 깊은 곳에 누워 있는 것을 떠올렸다. 옆에 이광의 가족도 있다.

"부르셨습니까?"

다가선 카모가 윤석을 보았다. 카모는 여전히 대통령궁 경비대 부대장으로 남았다. 움바베가 죽고 윤석이 대통령궁 경비대장이 되는 혼란 속에서 여전히 제자리를 지킨 군(軍) 간부는 카모 중령뿐일 것이다. 고개를 든 윤석의 얼굴에 웃음이 떠올랐다. 밤, 9시 반이 조금 지났다. 이곳은 대통령궁 본관에 있는 경비대장 집무실 안, 윤석이 눈으로 앞쪽을 가리켰다.

"중령, 앉아."

"예, 대령님."

카모가 앞쪽 소파에 앉았을 때 문이 열리더니 경비대원 둘이 들어와 양쪽에 앉았다. 한국인으로 둘 다 중위다. 리스타 용병은 모두 리스타 마크가 붙은 군복과 계급장을 붙이고 있었는데 시에라리온군(軍)과 섞였어도 그대로 유지했다. 그래서 윤석과 카모가 같은 중령 계급장을 붙이고 있지만 개의치 않는다. 지금 준장 계급의 강정규도 국방장관 고문역으로 전군(全軍)을 실질적으로 장악하고 있는 것이다. 윤석이 지그시 카모를 보았다.

“중령, 대통령한테서 지시받은 사항이 있나?”

“무슨 말씀입니까?”

카모가 정색하고 묻자 윤석이 덩달아 정색했다.

“하긴 상황이 급변하는 바람에 지시를 할 분위기가 아니겠지.”

“어떤 지시를 말씀하십니까?”

“몬테로와 움바베를 우리가 제거했을 때 다시 우리를 현장에서 몰살시키는 작전.”

카모는 시선만 주었고 윤석이 말을 이었다.

“중령이 대통령 비밀 경호대의 대장 아니었나?”

“…….”

“지금까지 우리한테서 빼낸 정보를 매일 대통령에게 보고해 왔더군.”

“그러나 이번에 상황이 반전되자 대통령과의 접촉이 뚝 끊겼지? 우리가 대통령의 개인 전화도 보안용으로 바꾸는 바람에 말이야.”

“…….”

“입 다물겠다면 좋다. 넌 이 방에서 나가는 즉시 실종자가 된다, 중령.”

“…….”

“비밀 경호대 70명도 다 파악했다. 지금쯤 모두 체포되었을 거다.”

윤석의 얼굴에 웃음이 떠올랐다.

“비밀 경호대의 하트라 대위, 무바락 대위가 협조했지.”

“살려 주십시오.”

마침내 카모가 입을 열었다. 왜소한 체격이 더 움츠러들었고 실핏줄이 깔린 흰자위가 번들거리고 있다. 두 손을 모은 카모가 말을 이었다.

"어쩔 수 없었습니다. 그리고 작전은 불가능했습니다, 대장님."

"하트라 대위는 네가 적극적으로 리스타 용병대를 몰살할 계획을 세웠다고 하던데, 기관포 3문을 장착까지 해 놓았지 않나?"

"대통령이 세부 작전까지 지시를 했기 때문에 따를 수밖에 없었습니다."

"비겁한 놈."

"대통령이 시에라리온에 감춰 놓은 현금과 다이아몬드, 금괴의 위치를 알고 있는 것은 저뿐입니다. 살려 주십시오."

카모가 똑바로 윤석을 보았다.

"모두 내가 대통령의 심부름을 했습니다. 특히 다이아몬드는 엄청납니다. 시에라리온 10년 예산만큼 됩니다."

"……."

"날 살려 줄 가치가 충분히 있을 겁니다."

밤 10시 반이 되었을 때 권철이 씹고 있던 껌을 삼키고는 강재호에게 물었다.

"준비 다 되었지?"

"지금 세 번째 물어보시는 겁니다, 이사님."

"확인해 봐, 이 자식아."

"예, 이사님."

무전기를 든 강재호가 이규석과 머클리를 차례로 불러 확인했다. 이곳은 다운힐 저택이 내려다보이는 건물의 8층 창가. 저택과는 직선거리로 220미터다. 건물은 현재 공사 중이어서 시멘트 뼈대만 세워졌고 전기도 들어오지 않아서 어둡다. 그러나 저택 측면이 다 내려다보이는 위치다. 권철이 지그시 다운힐 저택을 내려다보았다. 지금 저택은 3면에서 포위되어 있다. 삼각형의 3면의 중심에 다운힐 저택이 있는 것이다. 각각 4명씩 3개 팀으로 나뉜 권철의 팀은 각각 2정씩의 지대지 미사일을 소지했는데 미사일은 10발씩 운반해 왔다. 이제 곧 저택에 30발의 미사일이 발사될 것이었다. 군산연 소속의 '골드바움 산업'에서 제작한 신형 지대지 미사일 '클립턴'은 1발에 10층 건물을 무너뜨릴 수 있는 위력이 있다. 다운힐 저택이 2층 구조에 3개 건물이 있는 데다 방이 2백여 개나 되는 대저택이라고 해도 미사일 5발이면 폐허가 될 것이었다. 그런데 30발이다. 심호흡을 한 권철이 소리쳤다.

"쏴!"

오후 5시 45분, 후버가 차 안에서 전화 연락을 받는다. 발신자는 부장보 겸 해외작전국장 윌슨이다.

"부장님, 지금 어디 가십니까?"

윌슨이 묻자 후버가 손목시계부터 보았다.

사무실에 있었다면 벽시계부터 보았을 것이다. 벽에는 시계가 5개 붙어 있었는데 베이징, 모스크바, 바그다드, 카이로, 파리 시간이 표시되어 있다.

"백악관 가는데, 왜?"

후버가 거친 목소리로 물은 것은 예감이 수상했기 때문이다. 그래서 방어적인 태도가 나온 것이다.

"런던에서 사고가 났습니다."

윌슨이 억양 없는 목소리로 말했다.

“대형 사곱니다.”

“우리냐?”

우리냐고 물은 것은 미국과 관계가 되는 사고냐는 것이다. 그때 윌슨이 대답했다.

“해당됩니다.”

“갓댐.”

“사상자가 2백 명이 넘습니다.”

“미국인이?”

“예, 부장님.”

“오 마이 갓.”

“사상 최악의 사고로 기록될 것 같습니다.”

“잠깐.”

송화구를 손으로 막은 후버가 운전사에게 소리쳤다.

“차 길가에 세워라!”

놀란 운전사가 길가에 차를 세웠고 뒤를 따르던 경호차가 하마터면 뒤쪽을 받을 뻔하면서 바짝 붙어 멈춰 섰다. 앞을 달리던 경호차가 놀라 멈추더니 맹렬하게 후진해서 앞에 멈춘다. 사고가 난 줄 안 것 같다. 경호원들이 뛰어내렸다가 돌아간다. 그때 숨을 고른 후버가 윌슨에게 다시 말했다.

“계속해.”

“예, 런던 다운힐 저택에 모였던 군산연 회원들과 전 세계 바이어들이 몰사했습니다.”

“군산연?”

“예, 부장님.”

"거기 누가 있어?"

"미사일 관련 군수업체 14개 업체의 임직원 약 70여 명입니다."

"……."

"그리고 바이어가 120여 명, 건물 관리, 경호원까지 포함해서 60여 명……."

"……."

"미사일 관련 군수업체들인데 미사일 공격을 받아 몰사했습니다."

"……."

"골드바움 산업의 카터 2세 대표도 사망자에 포함되었는데 아직 시신은 찾지 못했습니다."

"갓댐."

이제 후버 목소리는 조금 낮아져 있다. 후버가 헛소리처럼 말했다.

"지저스 크라이스트."

트리폴리의 영빈관 안, 이광이 안학태로부터 '런던 테러'에 대한 보고를 받는다. 매스컴에서는 사건 직후부터 '런던 테러'라고 불렀기 때문이다.

"권철은 런던을 빠져나왔습니다."

안학태가 목소리를 낮추고 말했다.

"작전이 끝나자마자 항구로 가서 기다리고 있던 유람선을 탔습니다."

이광이 고개만 끄덕였다. 120톤급 유람선이 이미 출국 허가를 받고 바다 위를 항진 중이었다. 권철 팀은 모터보트 3대에 분승해서 유람선을 따라잡고 탑승했다. 수백 척의 선박이 밤바다에 깔려 있는 지역이어서 흔적을 숨기기가 쉽다. 안학태가 말을 이었다.

"영국 언론은 이슬람 과격파 테러 단체인 하수나파, 아프가니스탄의 무자헤딘파 등의 소행으로 추측하고 있지만 정보당국은 리스타도 주목하고 있습니다."

"당연하지."

이광의 얼굴에 쓴웃음이 번졌다.

"정보당국은 우리가 한 것으로 믿고 있을 거야."

안학태가 입을 다물었다. 그러나 공개하기는 쉽지 않을 것이다. 만일 그렇게 되면 '다운힐 저택' 폭파보다 더 큰 충격이다. 리스타라는 친(親)서방, 친미(親美), 기업체가 미국계 기업인, 그리고 군수품 구매자들을 몰살한 행동이었기 때문이다. 이광이 벽시계를 보면서 말했다.

"지금쯤 해밀턴이 바쁘겠군."

오후 8시가 되어 가고 있다. 뉴욕은 오후 3시다.

그 시간에 해밀턴은 뉴욕의 안가(安家)에서 후버와 마주보고 앉아 있었다. 이번에도 옆에 부장보 겸 해외작전국장 윌슨이 동석했다. 후버가 하룻밤 사이에 5년쯤 늙은 얼굴로 해밀턴을 보았다. 처음 보는 사람을 만난 것 같은 표정이다. 해밀턴이 시선을 맞받았을 때 후버가 물었다.

"어떻게 할 작정이냐?"

"무엇을 말씀이십니까?"

"너하고 말꼬리 잡기 놀이 할 시간이 없다. 말해."

"리스타는 전혀 이번 사건과 관계가 없습니다, 부장님."

"이런 일을 저지를 놈들은 너희들밖에 없어."

"하수나파가 저희들이 했다고 발표했지 않습니까?"

"무자헤딘은 30분 전에 저희들 짓이라고 발표했다."

"그럼 된 것 아닙니까? 두 조직을 잡아야지요."

"곧 팔레스타인의 카무드파도 발표할 거다."

"잘되었군요."

"그런데 그놈들은 신형 휴대용 미사일은 구경도 못 한 놈들이야."

"군산연이 제작한 미사일 발사관 중 25퍼센트가 자료 없이 판매되고 있다는 것을 아시지요?"

"너무 많이 죽였어. 현재까지 275명이 몰사했다. 중상자 중 사망자가 더 나올 거야."

"삼가 애도를 표합니다."

"군산연 지휘부가 지금 공황 상태다."

"당연히 그렇게 되겠지요."

해밀턴이 고개를 끄덕였다.

"군산연이 결성된 후에 조직원이 이렇게 대량으로 죽은 건 처음이지요?"

"미사일 관련 제작사 중 14개 업체 대표, 간부들이 몰사했대."

"군산연 미사일 제작 업체가 24개니까 10개 남았군요."

"대통령이 너희들을 처벌하려고 들 거다. 정보가 나한테서만 올라가는 게 아니니까."

"증거가 없지 않습니까?"

"전용기 격추 사건이 증거지."

"그렇게 말씀하시면 안 됩니다."

정색한 해밀턴이 후버를 노려보았다.

"세계를 지배하려고 들었던 군산연에 이렇게 제재를 가하는 단체가 어디 있습니까? 모두 군산연의 뇌물에 목덜미를 잡혀 꼼짝 못 하고 있는 상황에 말입니다."

"지금 자백하는 거냐?"

"우리가 한 짓이 아니라니까요? 하수나파건 무자헤딘이건 간에 그놈들한테 상이라도 줘야 하지 않습니까?"

그때 후버가 한숨을 쉬더니 윌슨에게 말했다.

"윌슨, 5시에 대통령 보고다. 헬기 준비시켜."

그러더니 고개를 돌려 해밀턴을 보았다.

"내가 시에라리온 사건으로 대통령 정신을 딴 데로 돌릴 테니까 뒷수습을 철저히 해."

"예, 부장님."

"그리고."

후버가 윌슨에게 말했다.

"그놈들 명단을 줘."

"예, 부장님."

윌슨이 자리에서 일어서더니 해밀턴에게 눈짓을 했다.

창가에 선 윌슨이 갖고 온 서류를 해밀턴에게 내밀었다.

"이건 미사일 발사관 6개를 추적한 결과인데 리스타로 들어갔다는 증거가 될 수 있어, 해밀턴."

서류를 받은 해밀턴의 얼굴이 굳어졌다.

"고맙군, 윌슨."

"이 자료를 갖고 있는 자의 신상도 들어 있어."

윌슨이 턱으로 해밀턴이 쥐고 있는 서류를 가리켰다.

"셋이야, 해밀턴."

“고맙군. CIA 그만두면 내가 ‘리스타 연합’ 사장 자리를 물려줄 테니까 우리한테 와.”

“당신은 은퇴하고?”

“난 ‘리스타 연합’ 회장 해야지.”

“거기서도 당신 부하 노릇은 안 해.”

“그럼 보스한테 말해서 다른 회사를 차려 줄 수도 있어.”

그때 윌슨이 몸을 돌리며 말했다.

“서둘러.”

버커슨이 들어서자 오타방고가 고개를 끄덕이며 맞았다.

“어서 오시오, 버커슨.”

“각하, 다시 뵙습니다.”

오타방고가 손을 내밀지 않았기 때문에 주춤거리던 버커슨이 실바의 안내로 옆자리에 앉았다. 밀림 속의 사령관 텐트 안, 오후 3시였지만 숲 속은 밤처럼 어둡다. 텐트 위쪽에 전등이 켜져 있었으며 에어컨도 작동되고 있다. 그때 병사가 들어와 탁자 위에 콜라를 내려놓고 나갔다. 미제 캔 콜라다. 오타방고가 버커슨에게 물었다.

“버커슨, 런던에서 대참사가 일어났다던데, 군산연 피해가 크지요?”

“예, 하지만 생산은 문제가 없습니다.”

버커슨이 말을 이었다.

“곧 범인을 잡겠지요.”

“리스타 아닙니까?”

“그럴 가능성이 많지요.”

“리스타의 힘이 점점 막강해지는 것 아니오?”

"그거야 곧 정리되겠지요."

"리스타 회장 가족이 탄 전용기를 군산연이 폭파시킨 보복이라던데."

그때 버커슨이 정색했다.

"곧 리스타도 그 몇십 배의 보복을 당할 겁니다, 각하."

"여기서도 리스타와 전쟁이야. 결국 군산연과 리스타가 되겠군."

오타방고가 번들거리는 눈으로 버커슨을 보았다. 맞는 말이다.

"이것 보십시오."

윤석이 강정규 앞에 알루미늄 가방을 내려놓았다. 서류 가방 크기였지만 단단한 구조였고 묵직해서 올리고 내리는 데 힘이 실렸다. 대통령궁 안의 국방장관 고문 집무실이다. 국방장관 알카베는 아지스의 사촌으로 육군 대위 출신이었는데 업무는 모두 강정규에게 일임했다. 강정규가 국방장관이나 마찬가지다. 기갑여단은 물론 수도권의 2개 보병 사단을 완전히 장악하고 있다. 휘하 부대에 고문단을 파견해 놓았기 때문에 말단 중대에도 리스타 고문단이 3명 정도 배치되었다. 그들이 각각 직속 병사를 거느리는 식이어서 '세포 분열'되는 것처럼 장악한 것이다. 윤석은 방금 카모가 찾아낸 가방을 가져왔다. 부하들이 카모를 따라가 찾아낸 가방이다. 윤석이 가방을 열었을 때 강정규가 숨을 들이켰다. 눈이 크게 떠졌고 한동안 입을 열지 않았다. 다이아몬드다. 크기별로 조잡한 비닐봉지에 들어 있었지만 큰 것은 엄지손가락 한 마디만 한 것에서부터 가장 작은 것은 새끼손톱만 했다. 그것이 수십 개씩 수십 개의 봉투에 들어 있는 것이다. 윤석이 그중 가장 큰 놈을 집어 들었다. 엄지손가락 두 마디만 한 원석이다.

"이게 몇천만 불 된다고 합니다."

"정말이냐?"

바보처럼 그렇게 물었던 강정규가 곧 어깨를 늘어뜨렸다.

"그렇다면 이 가방만 해도 몇억 불이 되겠구나."

"다이아몬드 시장이 들썩일 것이라고 하는군요."

"누가 그래?"

"카모가 그랬습니다."

"그 여우같은 놈. 지금 어디 있나?"

"이제 금괴를 숨겨 놓은 곳으로 갔습니다. 1개 분대를 딸려 보냈습니다."

"엄청나군."

"아지스가 엄청나게 해먹은 것이지요."

한숨을 쉰 윤석이 말을 이었다.

"은행도 믿지 못해서 아지스의 별장 뒷마당 땅을 파고 숨겨 놓았습니다. 금괴는 우물 안에 넣었다고 해서 지금 장비를 동원하고 있습니다."

"아지스가 눈치채지 못하게 해야 돼."

"카모가 입을 다물면 됩니다."

"또 있는 건가?"

"카모를 자백시켜야지요. 이놈이 숨겨 두고 말 안 한 것이 있을 테니까요."

"죽으면 다 소용없다고 말해."

"가족까지 다 죽인다고 했습니다."

윤석이 번들거리는 눈으로 강정규를 보았다.

"아지스는 구호품이나 의료 장비까지 팔아서 수억 불 현금을 외국으로 빼돌렸습니다. 그것까지 찾으면 엄청날 겁니다."

"그건 나중에."

강정규가 정색하고 말을 이었다.

"정국을 안정시키고 나서 회수하기로 하지."

강정규가 다시 다이아몬드를 보았다. 이제는 다이아몬드가 돌멩이처럼 느껴졌다.

이곳은 런던, 다운힐 저택은 원폭이 투하된 것처럼 큰 구덩이가 파였고 주위로 건물 잔해가 쌓여서 기괴한 모습이다. 둘레에 펜스를 쳐 놓고 외부인은 물론이고 기자 출입도 엄금했지만 언론사에서는 헬기까지 띄워서 접근했다. 그것을 경찰 헬기가 쫓는 장면이 구경거리여서 주위는 구경꾼들로 붐볐다. 오후 3시, 다운힐 저택에서 1킬로쯤 떨어진 작은 주택 안, 이곳은 고급 주택가여서 작은 주택이라고 해도 정원이 딸린 2층 건물이다. 건물 응접실에서 케이트 맥마흔이 전화를 하고 있다.

"전 이곳에 머물 이유가 없으니까 지금 떠나지요."

"그놈들 행적은 찾지 못했나?"

"정보원들을 동원했지만 아직 찾지 못했습니다."

케이트가 힐끗 앞에 선 퍼킨스를 보았다. 퍼킨스는 케이트의 보좌역이다. 그때 피셔가 말을 이었다.

"그놈들한테 최근에 미사일 발사관 6개를 넘긴 대리인 놈들이 있어. 리스타에서 사람을 시켜 구입한 것이지."

케이트는 듣기만 했고 피셔가 말을 이었다.

"프랑스 대리인이 한 놈, 둘은 이집트 카이로에서 미군 무기를 중개했던 놈이야."

"그놈들을 잡을까요?"

"그놈들이 증인이야. 우리가 잡아서 보호해야 돼. 이번에 사용한 미사일과 발사대가 리스타로 넘어갔다는 증거니까."

"알았습니다. 잡아서 숨겨 놓습니까?"

"내가 배를 보낼 테니까 잡아서 배에 실어. 먼저 프랑스부터 시작해."

"알겠습니다."

"네가 살아남아서 다행이다."

마침내 피셔가 입맛 다시는 소리를 내면서 말했다.

"부하들은 대부분 죽었지만."

케이트는 대답하지 않았다. 사건이 일어났을 때 케이트는 퍼킨스와 함께 밖에 나가 있었던 것이다. 덕분에 목숨을 건졌지만 저택에 있던 부하 7명이 죽었다. 저택 경비 책임자로 파견되었다가 손을 쓸 겨를도 없이 당한 것이다.

런던을 떠난 유람선은 포르투갈을 좌측에 두고 남진(南進)했다. 곧 유람선은 좌측으로 꺾어져 지중해로 들어설 것이었다. 지중해를 횡단하면서 코르시카, 이태리 남부, 그리스를 거쳐 카이로에 닿는 여정이다.

"전보가 왔습니다."

선수의 갑판에 앉아 있던 권철에게 항해장이 전보를 가져왔다. 유람선이지만 승객은 권철 일행뿐이다. 이 유람선은 이집트의 '리스타 법인' 사장 나영찬이 손을 써서 마련해 준 것이다. 리스타 소속이면 표시가 나니까 전혀 관계가 없는 여행사의 유람선을 임대했다. 권철이 전보를 읽었다. 해밀턴이 보낸 암호 전문이다.

"카이로에 닿기 전에 프랑스 마르세유에서 프랑스인 무기 중개인 1명을 제지할 것."

그리고 그 밑에 이름과 주소, 전화번호가 적혀 있다. 전문을 접어 주머니에 넣은 권철이 자리에서 일어섰다.

"당분간 트리폴리에 머물겠어."

이광이 안학태에게 말했다.

"바사트족 문제를 어떻게 할 것인지 결정을 하고 떠나기로 하지."

"예, 회장님."

안학태가 고개를 들고 이광을 보았다.

바사트족의 배후에도 군산연이 있는 것이다. 이곳은 군산연과 CIA가 바사트족의 배후라고 봐도 될 것이다. 카다피가 핵을 포기했지만 아직도 반미(反美)주의가 변하지 않는 데다 리비아는 '테러의 배양지'라고 알려져 있기 때문이다. 그리고 실제로 리비아의 사막에는 수십 개의 테러 조직 캠프가 있고 테러대가 훈련을 한다. 리스타 용병대도 이곳을 기반으로 양성되는 것이다. 이광이 안학태에게 물었다.

"지금 권철은 어디에 있나?"

"지중해로 들어오게 될 것입니다."

안학태가 바로 대답했다.

"기착지는 카이로입니다."

안학태는 권철이 '프랑스 임무'를 받았다는 것을 아직 모른다. 그때 이광이 말했다.

"그놈, 바쁘게 뛰느라 생각할 여유가 없겠군."

이광과 함께 권철도 가족을 잃었기 때문이다.

모터보트가 해안에 닿았을 때는 밤 11시 반이었다. 유람선에 딸린 모터보트로 이곳에 온 것이다.

"자, 그럼 전 갑니다."

바닷가까지 함께 온 강재호가 권철에게 소리쳤다. 비바람이 몰아치고 있어서 바다는 거칠어지는 중이다.

"어, 네가 조심해야겠다."

권철이 강재호에게 손을 들어 보이면서 말했다.

"파도가 더 거칠어지기 전에 서둘러!"

"예, 제노바에서 뵙겠습니다!"

어둠 속으로 사라지면서 강재호가 소리쳤다. 이곳은 마르세유항 북쪽의 해안, 권철은 이규석, 안정철과 함께 셋이서 상륙한 것이다. 목표는 프랑스인 무기 대리상 제거. 해밀턴한테서 지시를 받은 지 만 하루가 지났다. 이광의 말마따나 권철은 쉴 새 없이 몸을 움직이는 바람에 생각할 여유가 적다. 지금도 부하들을 배에 남겨 두고 둘만 뽑아서 직접 해결을 하려고 나온 것이다.

케이트 맥마흔은 32세, CIA 해외공작반 소속으로 3년 반을 뛰다가 전역, 증인한테 접근한 FBI 요원 둘을 사살했기 때문인데 FBI 요원들은 피의자인 마피아 보스에게 매수된 놈들이었다. 그러나 FBI 측에서 '오리발'을 내미는 바람에 CIA는 케이트를 해고시키는 것으로 상대할 수밖에 없었다. 그러고는 군산연으로 픽업된 것이다. 군산연에서 케이트가 맡은 역할은 '해결사 감시', 즉 암살자들을 감시하는 역할이었으니 가장 은밀한 직책이다. 그래서 회장 직속으로 휘하에 10명 정도의 정예 '친위대'를 몰고 다닌다. 그러다가 이번 다운힐 저택에서 부하 7명이 저택 안에 있다가 폭사했다. 어처구니없는 일이었다. 케이트가 마르세유역에 도착했을 때는 밤 11시 35분. 권철이 바닷가에 발을 디딘 시간과 비슷했다.

"보스, 현장에 가 보시겠습니까?"

뒤를 따르던 베너스가 물었을 때 케이트가 걸음을 늦췄다. 베너스는 파리에서 합류한 부하다, 회장실 소속의 친위대.

"여기서 얼마나 떨어졌지?"

"예, 차로 1시간쯤 걸립니다."

"호텔은?"

"30분쯤 걸리려나?"

"호텔에 짐 풀고 가지, 그럼."

"그러지요."

베너스가 뒤를 따르는 일행 넷에게 눈짓을 하고는 발을 떼었다. 호텔에 들렀다가 가면 1시간쯤 늦게 갈 것이다. 그러나 짐은 풀어야 되지 않겠는가? 케이트 맥마흔은 여자다. 옷도 갈아입어야 한다, 작업복으로.

"여기서 1시간쯤 걸립니다."

안정철이 뒤를 따르며 말했다. 빗발이 세어지고 있어서 셋은 서둘러 발을 떼었다. 이곳은 바닷가에서 1킬로쯤 떨어진 길가. 앞쪽에 택시 정류장이 보인다. 불을 켜 놓고 대기하고 있는 택시는 2대. 그때 이규석이 물었다.

"이사님, 카페나 모텔에서 좀 쉬었다가 갈까요? 비에 흠뻑 젖었습니다."

셋은 등에 제각기 배낭을 메었고 여행자 행색이다. 그런데 비에 맞아 흠뻑 젖어 있는 것이다. 그때 권철이 고개를 저었다.

"그냥 가자."

밤 12시 10분이다. 상륙한 지 30분이 지났다. 셋은 곧장 택시를 향해 다가갔다.

'레드마운틴', 이곳은 고지대의 주택가여서 밤에 주택가로 오르는 길가 가로등이 붉게 빛난다. 그래서 마르세유의 시민들은 이곳 고급 주택가를 '레드마운틴' 지역으로 부른다. 셋이 택시에서 내렸을 때는 오전 12시 20분이었다. 이곳은 비가 내리지 않았기 때문에 셋은 주택가의 인적 없는 길을 말없이 올라갔다. 좌우의 주택 대부분은 불이 꺼져 있었고 조용했다. 드문드문 세워진 가로등 불빛은 오렌지 색깔이다. 그것이 멀리서는 붉게 보이는 것이다. 앞장서 걷던 이규석이 등에 멘 배낭을 추슬렀다. 무겁게 보이는 배낭이다.

프레벨은 갈증을 느끼고 눈을 떴다. 어젯밤 과음을 했고 침대에 들어간 것은 11시 40분쯤 되었다. 방 안은 어두웠지만 벽시계의 야광침이 12시 45분을 가리키고 있는 것이 보였다. 프레벨이 부스럭대며 일어서자 소피가 잠꼬대처럼 물었다.

"어디 가?"

"물 마시려고."

소피가 몸을 돌려 눕는다. 침대에서 나온 프레벨이 양탄자가 깔린 나무 계단을 내려가 아래층 주방으로 들어섰다. 주방 안쪽 전등 스위치를 켜자 불이 들어왔다. 그 순간 프레벨이 숨을 들이켰다. 사내 하나가 주방 의자에 앉아 있는 것이다. 동양인, 그리고 사내의 손에는 소음기가 끼워진 베레타 92F가 쥐어져 있다. 무기상인 프레벨은 그 상황에서도 92F가 요즘 나온 신형이라는 것까지 알았다. 소음기의 성능도 좋아서 거의 들리지 않는다.

그때 프레벨이 입을 딱 벌린 순간에 총구가 들썩였다. 이마에 충격을 받은 프레벨이 뒤로 털썩 넘어지더니 그대로 절명했다.

"쿵!"

주방 쪽에서 뭐가 넘어지는 진동음이 울렸기 때문에 소피가 눈을 떴다. 소피는 42세, 프레벨과 두 번째 결혼을 했지만 8년째 살고 있어서 행동이 훤하다. 주방에서 물 먹다가 넘어진 것 같다. 한숨을 쉰 소피가 다시 돌아누운 순간이다. 뒷머리에 타격을 받은 소피의 머리가 부서지면서 사지를 쭉 뻗었다. 그러더니 경련이 시작되었다.

오전 1시 반, 주방 안으로 들어선 베너스가 숨을 들이켜더니 우뚝 멈춰 섰다. 뒤를 따라 들어온 케이트는 이맛살을 찌푸렸다. 피비린내다. 지독하게 난다.

"갓댐."

케이트가 두리번거리다가 주방 바닥을 보았다.

"불을 켜."

베너스가 플래시로 바닥을 비추자 프레벨의 모습이 드러났다. 총에 맞은 얼굴이 놀란 표정이다. 반듯이 누워 있었는데 이마에 동전 크기의 구멍이 뚫려 있을 뿐 멀쩡했다. 그러나 뒷머리는 수박처럼 부서져 있을 것이다.

"늦었다."

케이트가 잇새로 말했다.

"30분밖에 안 됐어."

호텔에 들르지 않고 곧장 왔다면 막을 수 있었을 것이다.

마르세유에서 니스로 떠나는 첫 열차는 오전 2시 반이다. 역 앞의 식당도 새벽 기차를 타려는 여행자로 차 있었기 때문에 셋은 자연스럽게 그들 사이에 끼었다. 식당 구석 자리에 둘러앉았을 때 이규석이 말했다. 오전 1시 45분.

“이사님, 군산연에서 안다면 그놈을 보호하려고 들지 않겠습니까?”

“당연히.”

커피 잔을 들면서 권철이 고개를 끄덕였다.

“기를 쓰고 보호하겠지. 그리고 매스컴에다 내세울 거야, 리스타에 미사일을 판 증인으로.”

“우리가 먼저 처리해서 다행입니다.”

그때 한 무리의 동양인 여행자들이 쏟아져 들어왔다. 배낭을 멘 단체 여행자들인데 여자들이다, 그것도 젊은 여자.

“저기 자리 비었다.”

그중 하나가 소리치며 권철 옆쪽 테이블을 가리켰다. 한국말이다. 한국 여자. 셋의 시선이 일제히 여자들에게 모였다.

권철의 시선이 셋 중 오른쪽에 앉은 여자에게로 옮겨졌다. 스물대여섯쯤 되었을까? 짧은 머리, 갸름한 얼굴은 화장기가 없다. 시선이 부딪치자 여자는 희미하게 웃음을 띠고는 외면했다. 그때 여자 하나가 권철 일행을 향해 물었다.

“한국분이세요?”

이규석과 안정철은 주춤했다. 그렇다고 대답할 수가 없었기 때문이다. 대답은 권철이 해야 된다, 입만 다물면 일본인, 중국인, 몽골인 행세도 할 수 있기 때문에.

그때 권철이 대답했다.

"예, 맞습니다."

그러자 세 여자의 표정이 밝아졌다.

"니스 가시려는 거죠?"

하나가 권철 일행에게 물었다. 지금 떠날 열차는 니스행이었고 식당 손님들은 니스행 열차를 타려는 손님들일 것이다. 권철이 고개를 끄덕이자 다른 여자가 물었다.

"여행사 통해서 가세요?"

"아니, 우리 셋인데. 개인 여행."

"우리도 그런데."

다른 여자가 나섰다.

"니스까지 같이 가실래요?"

권철이 쓴웃음만 지었더니 여자가 말을 이었다.

"같이 가자고 귀찮게 하는 사람들이 많아서요. 저희가 부탁드리는 거죠."

"그럽시다."

권철의 시선이 짧은 머리의 여자를 스치고 지나갔다. 그 짧은 순간에도 권철과 여자의 시선이 마주쳤다. 여자는 제 친구들이 번갈아서 말하는 동안 입을 열지 않았다. 그러나 권철은 여자의 분위기를 느끼고 있다. 하녀 둘을 끌고 다니는 주인 같다. 친구 사이에도 그런 분위기가 저절로 조성되는 것이다. 이쪽은 권철이 나서야 할 입장이라 계속 입을 열었지만.

니스행 열차는 임시 열차였는데 특등실이 설치되었다. 걸리는 시간도

2시간 정도. 여자들은 3등석을 끊었지만 모두 권철 일행의 특등실로 옮겨 왔다. 특등실은 가족용으로 10명이 타도 충분할 정도의 공간이 있었기 때문이다. 소파가 배치된 방과 침실, 욕실이 따로 구분된 구조다. 놀란 여자들은 입을 다물었고 위축되었다. 권철 일행이 그들처럼 3등석 티켓을 가진 줄 알았던 것 같다. 여자들은 자기소개를 했는데 대학 동기들로 이번에 졸업하고 유럽 여행을 왔다고 했다. 기간은 두 달. 영국, 포르투갈, 스페인, 프랑스를 거쳐 이탈리아, 그리스까지 갈 예정. 현재 일정의 반은 지난 상태다. 권철은 자신들을 '회사 직원'이라고만 소개했다. 시장조사차 프랑스를 거쳐 이태리까지 갈 예정. 특등실에 탄 후부터 권철은 안쪽 방으로 들어가 구석 침대에 누웠고 일행들은 칸막이 밖에서 여자들을 상대했다. 열차가 출발했을 때 '얼어' 있던 여자들이 차츰 입을 열었고 곧 웃음소리가 들렸다. 젊은 여자들이라 분위기 적응이 빠르다. 이규석과 안정철도 말을 받아 주었기 때문에 분위기는 금방 밝아졌다. 벽 쪽을 향하고 누운 권철은 문득 심순자의 얼굴을 떠올렸다가 한숨을 쉬었다. 안개에 싸인 것처럼 심순자의 얼굴은 선명하지가 않다. 꼭 달걀귀신 같다. 오히려 런던에 두고 온 캐롤라인의 얼굴만 선명하게 떠올랐다.

"미안해."

권철의 입에서 저절로 그렇게 말이 나왔다. 미안하다는 말이 처음 나왔다. 뭐가 미안한지는 본인도 알지 못한다.

그 순간 권철의 눈에서 주르르 눈물이 쏟아졌다. 모로 누워 있어서 눈물이 눈꼬리를 타고 흘렀고 다른 쪽 눈에서 나온 눈물은 콧등을 넘지 못하고 입술로 내려갔다. 벽을 향하고 누워 있었기 때문에 권철은 놔두었다. 등 뒤로는 커튼이 쳐졌고 좌우에 2개의 침대가 놓여 있다. 그리고 그 건너편이 마주보고 앉도록 배치된 소파다. 그 소파에 일행들이 앉아 있다. 욕실 겸 화장실은 그 옆쪽에 있었기 때문에 이곳은 맨 끝이다. 권철은 이제 바다를 떠올렸다. 리스타랜드 위쪽의 바다 술라웨시해다. 검푸른 바다, 내려다보면 언제나 잔잔하고 깊게 느껴졌던 바다. 그 바다 밑바닥에 심순자가 누워 있다. 권철은 다시 심순자의 얼굴을 떠올리려다 실패하고는 곧 잠이 들었다. 잠이 들기 전에 심순자의 웃음소리가 들린 것 같다.

"여기."

베너스가 손으로 가리킨 화면에 세 사내가 떠 있다. 뒷모습이다. 모두 등에 배낭을 메었고 장신이다. 마르세유의 선착장에서 1킬로쯤 떨어진 거리.

"이곳에서는 차를 타야 시내로 들어오는데 이놈들은 선원 같지가 않습니다."

"시간이 걸리겠다."

혼잣소리로 말한 케이트가 고개를 들었다. 오전 3시 반, 케이트 일행은 지금 마르세유의 CCTV를 확인하고 있는 중이다. 아직 CCTV가 보급되지 않아서 시험적으로 10여 개만 설치되었기 때문에 자료는 금방 빼올 수 있었다.

"이놈들이 마르세유에 남아 있을 리는 없어. 지금쯤 떠났을 거야."

베너스의 시선을 받은 케이트가 쓴웃음을 지었다.

"부지런한 놈들이야."

니스 도착 20분 전이라는 방송이 울렸을 때 권철이 여자들에게 고개를 돌렸다. 응접실 안, 잠깐 자고 일어난 권철이 응접실에 나와 있다. 침실에는 이규석과 안정철이 여자 하나하고 들어가 있다. 앞쪽에 앉은 여자는 이세영과 장민주. 이세영이 짧은 머리다.

"한국 사람이라고 경계심을 늦추지 마. 그것을 이용하는 사람도 있으니까."

둘도 시선만 주었고 권철이 말을 이었다.

"상대가 친절하면 왜 그런지 한번 생각해 봐. 그게 너희들한테 도움이 될 거다."

그러고는 입을 딱 다물고 창밖을 보았기 때문에 둘은 말을 붙이지 못했다.

그때 침실에서 이규석과 안정철이 차례로 나왔다. 권철의 목소리를 들은 것이다. 열차가 경적을 울렸다. 목적지에 가까워지고 있다는 신호다.

그 시간에 시에라리온의 대통령궁 안에선 강정규가 윤석, 김태규를 불러 놓고 회의 중이다. 이곳은 아직 오전 3시 반이다. 강정규가 윤석에게 물었다.

"카모가 아지스의 숨겨 둔 재산을 다 밝혔다고 하지만 아직 믿을 수 없지 않겠어?"

"그렇습니다."

윤석의 얼굴에 쓴웃음이 번졌다.

"그놈은 시간이 지날수록 더 믿지 못하겠습니다. 윽박지르면 자꾸 나오고 있습니다."

"그냥 죽여 버리지요."

김태규가 자르듯 말했다.

"그러고 나서 아지스한테 물어보지요."

강정규가 김태규를 보았다.

"아지스를 추궁하란 말이냐?"

"이젠 그놈을 잡아 족칠 때도 되었습니다, 이사님."

김태규가 말을 이었다.

"그래 놓고 허수아비를 만드는 겁니다. 얼마든지 가능한 일 아닙니까?"

그러자 강정규가 고개를 저었다. 눈을 가늘게 뜬 강정규가 입을 열었다.

"그보다 먼저 처리할 일이 있다."

"좋아, 계약하지."

오타방고가 고개를 끄덕이며 말했을 때 버커슨이 얼굴을 펴고 웃었다.

"좋습니다. 무기는 일주일 후에 공급될 겁니다."

계약 조건은 산타모 광산과 금광 하나를 더 얹은 조건으로 1개 연대를 무장시킬 수 있는 AK-47과 탄약, 대전차포 45문과 탄약, 기타 수류탄 3만 발, 기관포 25문과 탄약, 중대용 무전기 20개, 대공포 25문 등이다. 이것은 모두 중고 무기로 세계 각지에 비축되어 있는 군산연의 창고에서 반출되는 것이다. 만족한 버커슨이 서둘러 막사를 나갔을 때 참모장 실바가 오타방고를 보았다.

"각하, 이 무기로는 리스타 용병대가 보유한 신형 미사일과는 비교가 안 됩니다."

고개를 저은 실바가 말을 이었다.

"거기에다 리스타에서 고문관을 아지스의 중대 단위 부대에까지 파견한 상황입니다. 그 고문관들은 월남전 등을 겪은 한국군 출신들입니다."

"잠깐."

오타방고가 손을 들어 실바의 말을 막았다.

"실바, 난 전면전을 하자는 게 아냐."

"아니, 그럼."

실바가 눈썹을 모으고 오타방고를 보았다.

"그럼 왜 무기를 들여오는 겁니까? 전면전이 아니라면……."

"게릴라전이야."

"지금까지 우리가 그런 식으로 해 왔지 않습니까?"

"아니, 그런 식이 아냐."

오타방고의 얼굴에 웃음이 떠올랐다.

"각 도시나 마을을 황폐화시키는 작전이야, 실바."

"황폐화라니요?"

"말 그대로 도시나 마을을 폐허로 만드는 것이지."

눈을 치켜 뜬 오타방고가 말을 이었다.

"건물을, 산업시설을, 도로를, 민가까지 다 파괴하는 거야."

"……."

"주민을 무더기로 사살하면 아지스는 물론이고 리스타 놈들도 각 도시로 병력을 분산 파견시킬 수밖에 없을 거야."

"……."

"그러면 무정부 상태가 되는 거야. 그때 우리가 출동하는 거지."

오타방고의 시선을 받은 실바가 천천히 머리를 끄덕였다.

"완벽한 전략입니다, 각하."

"저기 그 여자들이 있는데요."

이규석이 손으로 가리킨 곳에 세 여자와 세 사내가 보였다. 이곳은 니스의 요트 선착장. 세계 각국에서 모인 호화 요트가 정박해 있는 곳이다. 앞쪽 50미터쯤 거리의 선착장에서 4시간 전에 열차에서 헤어진 여자들이 외국 남자들에게 둘러싸여 있다. 그런데 멀리서 봐도 분위기가 이상했다. 여자 하나의 가방을 사내 하나가 쥐고 있었는데 서로 당기고 있다. 가지고 가려는 것을 빼앗으려고 하는 것이다. 이규석과 안정철이 권철을 보았다. 그때 권철이 말했다.

"가 봐."

"어떻게 할까요?"

이규석이 묻자 권철이 잠깐 생각하다가 대답했다.

"분위기 봐서 처리해."

어쨌든 개입하라는 지시다. 이규석과 안정철이 서둘러 발을 떼었다.

옆쪽에서 이규석과 안정철이 다가왔을 때 이세영이 그쪽으로 서너 걸음 다가갔다. 장민주와 양신애는 가방을 가져가려는 사내들과 다투느라고 정신이 없다. 사내들은 셋을 요트에 태우려고 하는 것이다. 그때 이규석에게 다가간 이세영이 말했다.

"자 사람들이 우릴 막 배에 태우려고 해요."

고개를 끄덕인 이규석이 사내들에게 다가갔다. 그제야 이규석과 안정철을 본 사내들이 움직임을 멈췄다.

장민주가 그 사이에 가방을 가로채더니 이규석에게로 다가왔다.

"뭐야?"

사내 하나가 눈을 치켜뜨고 물었는데 팔에 문신을 했고 체격이 컸다. 120킬로는 나갈 것 같은 체구. 나머지 둘도 비슷했다. 그때 안정철이 소리쳤다.

"우리 일행이야!"

안정철은 체격이 호리호리했지만 온몸이 살인 병기나 같다. 한국군 공수부대의 육박전 교관 출신으로 별명이 '흉기'다. 한마디로 치면 죽는다. 그때 거구가 어깨를 펴고 다가왔다. 안정철의 2배는 된다. 다섯 쌍의 시선을 받은 거구가 거침없이 다가오더니 안정철의 멱살을 움켜쥐었을 때다. 안정철의 손이 번쩍이는 것 같았는데 사내가 목을 움켜쥐고 털썩 자빠졌다. 너무 빠른 움직임이어서 '번쩍' 하는 것 같았는데 거구가 선창의 나무 바닥에 지진을 일으키는 것처럼 넘어져 버린 것이다.

나머지 사내 둘이 입을 짝 벌리고 있는 사이에 이규석이 여자들에게 말했다.

"자, 가지."

그때 안정철이 두 사내에게 다가가서 말하는 소리는 여자들이 못 들었다.

"저놈은 죽지 않았어. 30초쯤 후면 깨어날 거다. 이 개새끼들아."

"내가 뭐랬어?"

여자들이 다가왔을 때 권철이 이맛살을 찌푸리고 말했다.

"사람들이 친절할 때 그 이유부터 잠깐 생각해 보라고 했지?"

이세영과 장민주는 고개를 숙였지만 못 들은 양신애는 눈만 깜빡였다. 몸을 돌린 권철이 말을 이었다.

"하루도 안 되는 사이에 두 번이나 마주치는군. 여기서 뭘 하려는 거야?"

"요트 한번 타려고요."

양신애가 대답했다.

"그런데 저 사람들이 제 요트에 태워 준다고 끌었어요."

"가깝게 다가갔으니까 그렇지. 호기심을 보였지 않아?"

"몇 번 말을 했을 뿐인데……."

그때 주위를 두리번거리던 이규석이 권철에게 말했다.

"저기 옵니다."

이규석이 가리키는 곳에 한 척의 쾌속정이 다가오고 있었다. 안정철이 손을 흔들자 쾌속정에서도 알아보았다. 선수를 이쪽으로 돌리더니 다가오고 있다. 햇살에 부딪친 흰색 선체가 반짝였다. 대형 쾌속정이다. 그때 이세영이 권철에게 물었다.

"어디 가세요?"

"너희들은?"

권철이 대뜸 되물었다. 이제는 반말이다.

"여길 떠나고 싶어요. 아무 곳이나요."

이세영의 시선을 받은 장민주와 양신애가 고개를 끄덕였다. 이세영이 다시 권철을 보았다.

"태워 주세요."

한 걸음 다가선 이세영이 말을 이었다.

"이것도 인연 같아요."

쾌속정은 유람선에 딸린 20인승이다. 시속 40노트(74킬로)까지 달릴 수 있는 데다 장거리용이어서 제노바 근처의 바다에 머물고 있는 유람선까지 직행할 예정이었다. 여자 셋까지 태운 쾌속정은 항구를 벗어나자 속력을 내었다. 선수에 모여 선 여자들이 머리칼을 휘날리며 탄성을 질러댈 때 이규석이 조심스럽게 권철에게 물었다.

"이사님, 어떻게 하시려고……."

"뭘?"

권철이 시치미를 떼고 이규석을 보았다. 이규석의 시선을 받은 권철이 마침내 입을 열었다.

"놔둬라."

"유람선에 태웁니까?"

"내 배 위에다 태우고 싶다만."

"그럼 어디까지……."

"제노바에 내려 주지 뭐."

이규석이 입을 다물었다. 유람선의 기착지는 카이로인 것이다. 그때 이쪽으로 이세영이 다가왔다. 짧은 머리가 바람에 흩날렸고 얼굴에 웃음이 떠올라 있다.

"이사님, 이 쾌속선으로 제노바까지 가신다고 했죠?"

권철은 무역회사 이사님으로 소개되었다.

"그래, 뭐?"

권철이 되묻자 다가선 이세영이 말을 이었다.

"제노바에서 며칠이나 머무세요?"

"우린 너희들 제노바에 내려 주고 바로 떠날 거야."

"어디로요?"

"아테네를 거쳐서 아프리카로."

"이 쾌속정으로요?"

"그러다가 뱃멀미로 죽으려고?"

"그럼 다른 배로 가세요?"

"큰 배가 있어."

그때 이규석이 슬그머니 자리를 피했고 이세영이 웃음 띤 얼굴로 권철을 보았다.

"사업에 방해가 안 되면 우리도 태워 주실 수 있으세요?"

"우릴 믿는 거냐?"

권철이 지그시 이세영을 보았다.

"그렇게 쉽게 꼬리를 치니까 아까 그런 놈들도 꼬이는 거 아냐?"

"전 이런 식으로 말한 건 처음이에요."

고개를 끄덕인 권철이 지그시 이세영을 보았다.

"셋 중 가장 착하게 보았더니 가장 대담하구나."

"잘 맞히셨어요."

"네가 내 애인이 될 수도 있다는 말로 들리는데."

"그것도 맞아요."

"네 친구들은?"

"저한테 얹혀 가는 거죠."

이세영이 눈웃음을 쳤다.

"친구들은 이사님 부하 파트너는 싫다고 했어요."

"네가 대타로 나선 거냐?"

"자원한 거죠."

"언제 마음먹었는데?"

"열차에서부터. 친구들한테 이사님이 마음에 든다고 말했거든요."

"내가 강도단 대장 같다는 생각 안 해 봤어?"

"그 분위기였어요."

이세영이 이제는 이를 드러내고 웃었다.

"그것이 끌렸거든요."

권철이 숨을 깊게 들이켰다가 뱉었다. 이래서 심순자를 자주 잊어버린다.

"카모, 분위기가 어떠냐?"

아지스가 서두르듯 묻자 카모가 주위를 둘러보는 시늉을 했다. 오후 2시 반, 카모는 모처럼 경비대 지출 내역을 결재 받으러 온 것이다. 움바베가 죽은 후 처음으로 아지스와 독대한 셈이다.

"별일 없습니다, 각하."

"비밀 경호대는 변동이 없지?"

"없습니다, 각하."

"내 주변에 모두 한국 놈들이 깔려서 단절이 되었어."

"그것이 오히려 더 안전합니다, 각하."

"안전하다니?"

"움바베나 몬테로 따위가 가깝게 있는 것보다 낫지 않겠습니까?"

"하긴 그것보다는 낫지."

"몬테로, 움바베가 모아 놓은 재산이 엄청납니다, 각하."

"회수하려면 아직 멀었어."

그때서야 아지스의 얼굴에 웃음이 떠올랐다. 아지스가 몬테로와 움바베가 제거된 후에 가장 먼저 시작한 조치가 재산 환수다.

후임으로 누구를 세울 것인가는 생각도 하지 않았다. 리스타를 의지하고 있었기 때문도 아니었다. 제 주변만 챙기면 되었고 그다음이 '재물'이다. 몬테로와 움바베의 숨겨 둔 재산은 엄청났다. 저택의 금고뿐만 아니라 애인의 집, 우물 안, 정원의 땅속, 심지어는 천장에도 달러가 든 가방이 10여 개나 발견되었다. 그리고 지금도 계속해서 찾아내는 중이다.

"참."

아지스가 무언가 생각난 얼굴로 카모를 보았다.

"내 '자금'은 잘 보관하고 있지?"

"예, 각하."

카모가 정색했다. 아지스는 제가 숨겨 놓은 비자금을 '자금'이라고 한다. 대통령의 비자금은 정당하다는 뜻일 것이다. 카모가 똑바로 아지스를 보았다.

"전혀 문제 없습니다, 각하."

"이번에 몬테로하고 움바베한테서 회수한 재산도 네가 보관해야 될 거다."

"예, 각하."

"며칠 후에 내가 숨겨 놓은 장소를 알려 줄 테니까 준비하고 있어."

"알겠습니다, 각하."

"그리고 참, 널 내일 대령으로 진급시키겠다."

아지스가 생색내듯 말했다.

그 시간에 시에라리온 동남부의 작은 마을 민가에서 김태규가 사령부 소속 세이탄 대위와 나란히 앉아 있다. 한낮이었지만 집 안에는 촛불을 켜 놓았다. 나뭇잎으로 엉성하게 지붕을 덮은 목조 건물이었지만 꽤 컸다. 바닥에도 판자를 깔았고 문은 비닐로 만들어져서 밖이 보인다. 김태규가 앞에 앉은 실바를 보았다. 강정규는 여러 번 세이탄을 시켜 실바에게 연락을 해 왔던 것이다. 그런데 이번에는 실바가 만나자고 연락을 해 왔기 때문에 김태규가 차로 7시간을 달려왔다. 실바가 입을 열었다.

"우리가 곧 무기 공급을 받습니다. 군산연하고 계약을 했지요."

김태규가 고개만 끄덕였고 실바의 말이 이어졌다.

“해방군 사령관은 무기 대금으로 산타모 광산과 금광 하나를 군산연에 주기로 했습니다.”

실바가 지친 표정으로 김태규를 보았다.

“하지만 곧 전면전으로는 안 나갑니다. 우리는 소부대로 나뉘어서 시에라리온 전역에서 게릴라전을 시작할 테니까요.”

“…….”

“그럼 장기전이 되겠지요. 이건 미군이 투입되어도 끝나지 않습니다. 월남전 이상 가는 소모전이 되겠지요.”

“…….”

“사령관은 국민이 어떻게 되든 상관하지 않겠다고 했습니다.”

그러고는 실바가 말보로를 꺼내 한 개비 입에 물었다. 일회용 라이터를 켜 불을 붙인 실바가 구름 같은 연기를 옆으로 내뿜고는 김태규를 보았다.

“이틀 후에 사령관이 온주비 마을의 특공대대 시찰을 갑니다. 특공대대는 사령관이 가장 아끼는 부대지요.”

김태규가 숨을 들이켰다. 오타방고의 스케줄이다.

트리폴리, 이광이 오늘은 바닷가의 식당에 나와 해산물 요리를 먹고 있다. 트리폴리에 머무는 시간이 길어지면서 이광은 시장도 돌아다녔고 바닷가 식당도 자주 찾는다. 트리폴리만큼 안전한 도시도 없기 때문이다. 군산연의 암살자들은 물론 CIA 정보원들도 이곳에 접근하기는 거의 불가능하다. 밤에 잠수함을 타고 바닷가로 침투했을 때도 있었지만 지금은 리비아군(軍)이 레이더 탐지기를 바닷가에 설치한 후부터 그것도 불가능해졌다.

"해밀턴이 권철한테 카이로 일까지 맡겼다고 합니다."

바닷가재를 먹으면서 안학태가 생각난 듯 말했다. 카이로 일이란 군산연이 다운힐 저택의 미사일 공격 증거로 내세울 '증인을 없애는 일'을 말한다. 카이로의 '아라비아 상사'에 증인 둘이 있다. 안학태가 말을 이었다.

"군산연에서도 증인을 확보하려고 전문가를 파견했다는군요."

"지금 권철이 어디에 있지?"

"제노바에서 카이로로 가는 중입니다."

포크를 내려놓은 안학태의 얼굴에 쓴웃음이 번졌다.

"탑승 인원이 3명 늘어났다고 보고를 했다는데요."

"……."

"니스에서 한국 관광객 셋을 데리고 왔답니다."

"니스에서?"

고개를 든 이광이 물었다.

"니스에서 제노바까지?"

"예. 쾌속정에 태우고 제노바까지 갔다가 그 여자들을 유람선에 태웠다는데요."

"여자라고?"

"예."

"그 여자들하고 카이로까지 같이 간단 말인가?"

"해밀턴이 걱정하고 있었습니다."

"……."

"지금까지 권철이 맡겨진 일은 잘 처리했지만 가끔 돌발 행동이나 회사원으로 어울리지 않는 월권 행동을 합니다. 이번 경우도 문제를 일으킨 것 같습니다."

"……."

"해밀턴은 권철이 카이로에 도착하면 조치를 하겠다는데요."

"어떻게 말인가?"

"미리 사람을 보내 권철을 만나게 하고 여자들을 처리할 예정입니다."

이광이 천천히 고개를 끄덕였다. 이것은 작전 중에 여자 문제를 일으킨 것이나 같다. 관광객 여자 셋을 작전용 배에 태워서 요원들을 다 노출시키다니. 그때 안학태가 길게 숨을 뱉었다.

"그놈이 지금까지 위태로운 행동을 여러 번 했습니다. 쿠웨이트에서 벌인 사업도 간부들 사이에서는 말이 많았지요. 이대로 놔둘 수는 없을 것 같습니다."

이광이 고개를 돌려 저녁노을이 물들어 가는 바다를 보면서 말했다.

"강정규하고는 대조적인 놈이야."

오후 8시 반, 유람선의 식당에서 저녁을 먹고 나온 이세영이 막 앞쪽 통로를 지나는 권철을 지났다. 권철은 식당에 보이지 않았는데 먼저 먹은 모양이다.

"이사님, 저기요."

걸음을 멈춘 권철이 고개를 돌려 이세영을 보았다. 배는 쾌속으로 항진하고 있었기 때문에 가끔 흔들렸다. 호화 유람선인 데다 이세영 일행도 1등실에 배치되어서 각각 독방을 쓰고 있다. 이세영이 권철 앞으로 바짝 다가가 섰다.

"선원한테 물어봤더니 내일 밤에 카이로에 도착한다네요, 맞죠?"

"맞아."

권철이 이세영을 똑바로 보았다.

"너희들은 카이로에서 곧장 갈 길을 가. 이젠 같이 놀아 줄 시간이 없다."

"언제는 놀아 줬어요? 유람선에 탄 지 만 하루가 되었는데 지금 이사님하고 처음 이야기하잖아요."

배가 흔들렸기 때문에 이세영이 권철의 옷자락을 잡았는데 일부러 그런 것 같다. 옆에 잡을 만한 손잡이가 있었기 때문이다. 권철이 자신의 옆구리를 쥔 이세영의 손을 보고 나서 웃었다.

"너, 나하고 다른 이야기할래?"

"무슨 이야기요?"

이세영의 두 눈이 반짝였다.

"네 입에서 쾌락의 탄성이 터져 나오는 것을 들었으면 좋겠다."

"어휴."

눈을 흘긴 이세영의 얼굴이 붉어졌다.

"그런 말이 하나도 어색하지 않게 들리네요, 이사님한테는."

"내 본성이야. 꾸밈이 없기 때문이지."

"방 열쇠 주세요."

이세영이 손을 내밀자 주위를 둘러본 권철이 고개를 숙여 입을 맞췄다. '깜짝 키스'다. 그러고는 주머니에서 방 열쇠를 꺼내 내밀었다.

"오늘 밤 밤새도록 네 입에서 노래가 나오도록 해 주지."

5장
국가를 산다

"제가 가지요."

윤석이 자원했다. 대통령궁의 경비대장실 안, 이 방의 주인이 윤석이다. 방 안에는 강정규와 김태규, 홍만준까지 와 있었는데 작전 회의 중이다. 탁자 위에 펼쳐진 지도에는 붉은색 선과 원이 그려져 있다. 원은 바로 '온주비' 마을이다. 윤석이 말을 이었다.

"저격팀을 구성해서 오늘 밤에 출발하겠습니다. 만일의 경우에 대비해서 저격조를 2개, 지원조를 2개 구성하는 것이 낫겠습니다."

강정규가 고개를 끄덕였다. 윤석이 저격 경험이 많은 것이다.

"좋아. 비밀리에 구성해야 된다."

"안내로 세이탄을 데려가겠습니다."

그때 강정규가 말했다.

"실바 이야기로는 오타방고가 참모들을 대동하고 온다니까 참모들까지 제거하도록."

"예, 이사님."

실바는 본부에 남아 있는다는 것이다. 자리에서 일어선 강정규가 윤석을 보았다. 입을 열지 않고 눈으로만 말하는 것이다.

그 시간에 권철은 가쁜 숨을 뱉는 이세영을 끌어안고 천장을 바라보는 중이다. 이세영의 더운 숨결이 가슴을 스치고 지나간다. 방에는 덥고 습한 열기가 가득 차 있다. 밤 10시 반, 아직 이른 시간이지만 둘은 이미 침대로 들어와 있다. 방금 격렬한 정사를 마친 후여서 권철이 예고했던 대로 이세영은 쾌락의 탄성을 수없이 뱉었던 것이다. 이윽고 이세영이 권철의 가슴에 얼굴을 붙이면서 물었다.

"이사님, 카이로에서 얼마나 계실 건데요?"

"왜?"

"거기서도 같이 있으면 안 돼요?"

"안 돼."

"왜요?"

"회사로 돌아가야 돼."

"회사가 어딘데요?"

권철이 대답 대신 이세영의 엉덩이를 움켜쥐고는 끌어당겼다.

카이로 구시가지의 모하메드 광장은 노숙자들이 밤늦게까지 음식을 해 먹거나 노름을 하는 통에 일반인들은 거의 지나가지 않는다. 밤 11시 반, 광장 왼쪽 귀퉁이의 부서진 분수대 옆에 둘러앉은 노숙자들 옆으로 노숙자 행색의 사내들이 다가와 앉았다. 모두 터번에 헤지고 더러운 쑵을 입었다.

"준비되었어?"

찾아온 사내 하나가 묻자 안쪽 노숙자가 어둠 속에서 고개를 들었다. 짙은 수염을 기른 40대쯤의 사내, 두 눈이 번들거리고 있다.

"압둘라만은 지금 데려갈 수 있어. 하지만 마크다는 오늘 다리 수술을 했기 때문에 병원에 입원했어."

"젠장."

앞에 앉은 사내가 투덜거렸다.

"그렇다면 압둘라만부터 데려가야겠군."

"경호원이 다섯이야. 어떻게 데려갈 계획인데?"

"집에 침입해야지."

"강제로 데려간단 말이군."

"그럼 말로 하면 되나?"

"거긴 병력이 얼마나 되는데?"

"여섯 명."

"어림도 없군. 마크다는 경호원이 여덟이야."

"거기 지원을 받아야지."

"그럴 줄 알고 준비는 했는데."

안쪽 사내가 어둠 속에서 이를 드러내고 웃었다. 사내는 무슬림 과격 단체 하지크파의 자문관 부타쉬. 찾아온 노숙자 행색은 군산연의 카이로 파견관 말리크다. 부타쉬가 번들거리는 눈으로 말리크를 보았다.

"이봐, 말리크. 본사에서 집행관이 도착했지?"

"그건 알 필요 없고."

"이미 카이로 바닥에 소문이 쫙 났어."

"카이로는 헛소문이 가장 많은 곳이야, 부타쉬."

"그 헛소문 중 하나가 지금 리스타에서도 집행관들이 오고 있다는 거네."

"그거야 내가 알 바 아니고."

"당신한테 심부름을 보낸 집행관도 같은 생각일까?"

"용건을 말해, 부타쉬. 뜸만 들이지 말고, 네 머릿속은 뻔히 들여다보이니까."

"네가 압둘라만, 마크다를 데려갈 수 있도록 20명을 지원하지. 집행관의 여섯 명으로는 어림도 없어."

"……."

"더구나 리스타에서도 곧 닥쳐올 것이고. 리스타는 잘 알겠지만 엄청난 병력 동원도 가능한 세력이 되어 있어."

"얼마야?"

"1천만 불."

"미쳤구나, 너희들이."

"그렇다면 1천5백만 불."

부타쉬의 목소리가 엄격해졌다.

"네가 카이로의 다른 조직을 찾아가기에는 이미 시간이 늦었어. 그리고 그땐 내가 가진 정보를 다른 데다 팔 수도 있을 테니까."

"강도 같은 놈들."

"너희들 군산연은 강도한테 강도질을 하는 놈들이지."

둘의 시선이 마주쳤다가 곧 떨어졌다.

밤 12시, 배가 선착장의 끝 부분에 도착했을 때 배 안으로 사내 둘이 들어섰다. 카이로 주재 '리스타 연합' 소속의 요원이다. 선수 쪽 대기실에서 기다리고 있던 권철과 이규석에게 다가간 요원들이 인사를 했다.

"기네슨입니다."

30대 중반쯤의 서양인, 예의 바르게 한국식으로 고개를 숙여 보인 기네슨이 영어로 말했다.

"'연합' 소속으로 권 이사님께 연락원으로 배치되었습니다. 이 친구는 존슨입니다."

고개를 돌린 권철이 대뜸 물었다.

"압둘라만, 마크다 동향은?"

"마크다는 무릎 수술 때문에 지금 메디나 병원에 입원한 상태이고 압둘라만은 저택에 있습니다."

"군산연 동향은?"

"군산연의 정보원들이 많아졌습니다. 집행관이 도착했다는 정보를 받았습니다."

"마르세유에 갔던 놈들이겠지?"

"여자입니다. 케이트 맥마흔이라고 CIA 출신으로 런던의 다운힐 저택의 경호 책임자로 파견되었다가 '증인 확보' 임무를 맡았다고 합니다."

"앗하하."

짧게 웃은 권철이 이규석을 돌아보았다.

"그년이 계속 내 뒷발질에 차이면서 따라오는구나."

이규석이 정색하고 있었기 때문에 권철이 혀를 찼다. 물론 권철은 이규석에게 한국말을 하고 있다.

"긴장 풀어, 이 부장. 여자라고 하지 않냐? 잡아서 네 애인으로 넘겨주마."

"이사님, 지금 농담하실 상황이 아닙니다. 아무래도 카이로에서 군산연과 부딪칠 것 같은데요."

"미사일이 있잖아. 긴장하지 마라."

그때 기네슨이 헛기침을 했다.

"이사님, 여자에 대해서 드릴 말씀이 있습니다."

그 순간 권철은 물론이고 이규석도 숨을 들이켰다. 기네슨이 한국말을 했기 때문이다. 권철이 말의 내용보다도 기네슨의 한국말에 놀라 물었다.

"어? 당신도 한국말 아나?"

"예. 리스타에 입사하고 나서 열심히 배웠습니다, 이사님."

"내가 지금까지 당신 욕한 거 없지?"

"욕 안 하셨습니다."

"그럼 됐고."

어깨를 부풀린 권철이 정색했다.

"여자에 대해서 할 말이라니, 뭐야?"

"예. 지금 이 배에 타고 있는 한국 여자 세 명 말입니다."

"그게 어때서?"

"저희들이 데려 가려고 합니다."

"카이로에서 내려 줄 작정이었는데 뭐 하러 데려간다는 거야?"

"지시를 받았습니다."

그 순간 권철과 이규석이 서로의 얼굴을 보았다. 권철의 얼굴이 어느새 굳어져 있다. 권철이 가라앉은 목소리로 물었다.

"어떤 지시 말인가?"

"그건 말씀드릴 수 없습니다."

기네슨의 시선을 받은 권철이 천천히 고개를 끄덕였다.

“좋아. 1천만 불 준다고 해.”

마침내 케이트가 말을 이었다.

“그 대신 오늘 밤 안에 일을 끝낸다. 두 명을 모두 빼내는 조건으로 1천만 불이야.”

“알았습니다.”

말리크의 목소리가 수화구를 울렸다. 지금도 말리크는 부타쉬하고 함께 있는 것이다.

“바로 연락드리지요.”

통화가 끝났을 때 케이트가 옆에 서 있는 요원들을 둘러보며 쓴웃음을 지었다.

“더러운 아랍 놈들.”

오전 12시 반이 되어 가고 있다.

“저기 나온다.”

권철이 가쁜 숨을 누르며 말했다.

“간발의 차이로 놓칠 뻔했어.”

오전 2시 반, 이곳은 메디나 병원의 응급실 앞. 병원 출입구가 닫혔기 때문에 응급실 앞 출구를 통해서만 출입이 된다.

권철이 옆에 엎드린 박동철을 보았다. 박동철은 지금 지대지 챌린저 휴대용 미사일을 어깨에 걸치고 있었는데 탄두 중량은 7.5킬로, 적중하면 반경 10미터 안 생명체는 가루가 된다. 그 옆에는 부사수 윤한용이 예비용 탄두 하나를 품고 엎드려 있다. 모두 가쁜 숨을 쉬고 있는 것은 방금 도착했기 때문이다. 그들의 시선이 닿은 곳은 60미터 전방의 응급실 입구. 한 무리의 사내들에게 둘러싸인 사내 하나가 들것에 실려 나오고 있다. 무릎 수술을 한 마크다다. 지금 케이트 맥마흔의 부하와 부타쉬의 부하들이 마크다를 병원에서 빼내 오고 있는 것이다.

“모두 14명입니다.”

오른쪽에 엎드린 안정철이 말했다.

“앰뷸런스에 태우려는 것 같습니다.”

응급실 입구는 비었다. 그래서 좌측 앰뷸런스 주차장에서 한 대가 빠져나와 그쪽으로 다가가고 있다. 그때 권철이 말했다.

“앰뷸런스에 태울 때에 쏜다.”

“예, 이사님.”

조준기에 눈을 붙이면서 박동철이 말했다. 이곳은 병원으로 들어서는 대로의 끝부분. 책을 든 동상과 분수대가 설치된 구조물 사이다. 권철과 1팀 12명은 구조물과 그 좌우의 정원, 담장에 3개 팀으로 나눠져 있었는데 챌린저 미사일은 2대. 박동철이 실수하면 담장의 2조가 바로 발사한다.

“준비.”

권철이 앞쪽을 노려보며 낮게 말했다. 앰뷸런스 뒤쪽 문이 열리면서 들것에 실린 마크다가 다가갔다. 들것을 든 사내는 넷. 주위에 넷이 둘러섰고 넷은 차 옆에 섰다. 권철이 이어서 말했다.

“들것을 겨눠.”

“예, 이사님.”

“발사.”

그 순간 발사관 뒤쪽에서 ‘쉭’ 소리가 울리더니 흰 가스를 뿜으면서 미사일이 날아갔다, 거리는 64미터. 유효 사거리가 5백 미터인 단거리 미사일이다. 5백 미터일 때의 명중률은 99.9퍼센트. 64미터일 때는?

"꾸꽝꽝!"

발사와 동시에 폭음, 화염, 불기둥이 동시에 솟았고 권철은 들것이 폭발하면서 순식간에 시야에서 사라지는 것을 보았다. 물론 앰뷸런스, 주위에 둘러선 사내들도 불기둥과 함께 솟는다. 장관이다. 다음 순간 파편이 쏟아져 내렸기 때문에 모두 엄폐물에 몸을 감췄다.

"털퍽!"

권철의 눈앞에 한 무더기의 물체가 떨어졌다. 물기가 쫙 뿌려지면서 얼굴에 튀었다. 권철은 숨을 들이켰다. 인간의 상반신이다. 얼굴에 피를 뒤집어쓴 권철이 어금니를 물었다. 다음 순간 권철은 앞쪽 앰뷸런스가 없어진 것을 보았다. 차량 조각들만 흩어져 있을 뿐이다. 주위에 인간들은 보이지 않는다.

같은 시간, 신시가지의 아브딘 지구. 아브딘 광장 건너편의 2층 저택 응접실에는 네 사내가 둘러앉아 있다. 안쪽 상석에 앉은 사내는 이 집 주인인 압둘라만, 50대 초반인 압둘라만은 비대한 체구에 수염이 무성했다. 그 옆에 앉은 사내는 보좌관 카디신. 앞쪽의 두 사내가 하지크파 자문관 부타쉬와 군산연의 파견관 말리크다. 방금 말리크한테서 상황 설명을 들은 압둘라만이 입을 하마처럼 벌리고 하품을 했다.

"그것 참, 별일이 다 있군."

입맛을 다신 압둘라만이 말리크를 보았다.

"이봐, 말리크라고 했지?"

"그래요, 압둘라만 씨."

말리크가 이맛살을 찌푸렸다.

"지금 나갑시다. 우리가 보호해 드릴 테니까 말이오."

"군산연의 막강한 영향력은 내가 알아. 그래서 내가 거래를 한 것이지."

"글쎄, 압둘라만 씨, 지금……."

"리스타 놈들이 챌린저 미사일을 가져간 근거를 없애려고 날 제거한다고?"

"그렇다니까."

"리스타가 가져간 건 한두 번이 아냐. 지금까지 12번을 가져갔다. 미사일 발사대는 이번까지 3번."

"당신하고 마크다한테서 가져갔지."

"마크다를 데려가 증인으로 삼도록 해."

"무릎 수술을 받는 메디나 병원으로 사람들을 보냈어."

그때서야 압둘라만의 표정이 굳어졌다.

"그렇게 급한가?"

"당신들이 이번 '다운힐 사건'의 결정적인 증인이야. '챌린저' 지대지 미사일을 사용한 것이 분명하게 드러났고 그 신형 미사일은 당신들 둘이 리스타에 팔았으니까."

"리스타는 그것을 '리스타 아일랜드' 방어에 쓴다고 했어."

"다운힐 저택 공격용으로 쓴 거지."

"내일 오후에 다시 올 수 없나? 내가 내일 오전에는 은행에 꼭 갈 일이 있는데."

"압둘라만 씨, 죽으면 은행도 필요 없어."

"난 경호원이 12명이야. 우리 집에 들어오면서 못 봤나?"

압둘라만이 눈을 흘겼다.

"카이로 경찰청장이 내 친척이야. 며칠 전에도 저녁을 같이 먹었다고. 전화 한 통이면 10분 안에 순찰차 10대는 올 거야. 내기해 볼까?"

"지금 나하고 같이 가서 영상으로 증명만 해 줘. 증언 녹화를 하면 돼. 그럼 그것을 미국과 영국 정부에 보낼 테니까. 그럼 그것으로 리스타는 매장될 거야. 수백 명의 미국, 영국 시민이 폭사했으니 리스타는 빠져나갈 수 없어."

말리크가 열변을 토하다가 입을 다물었다. 압둘라만이 졸기 시작했기 때문이다.

"이런."

말리크가 어깨를 부풀렸을 때 부타쉬가 말했다.

"저택은 크니까 우리가 오늘 밤은 여기서 같이 묵기로 하지."

오전 3시가 되어 가고 있다. 심호흡을 한 말리크가 그 방법도 그럴 듯하다는 생각을 했다. 오히려 이 대저택이 안전할 것 같았기 때문이다. 압둘라만의 경호원 12명에다 부타쉬가 20여 명을 데려왔고 말리크는 군산연 용병대 4명을 대동했다.

"우선 보고를 하고."

말리크가 생각났다는 표정을 짓고는 전화기로 손을 뻗었다.

"이런 병신 같은 놈."

말리크가 압둘라만의 말을 다 전하기도 전에 케이트가 바락 소리쳤다.

"조금 전에 메디나 병원에서 대폭발이 일어났다고 전해! 응급차에 타려던 마크다하고 부하들, 부타쉬의 부하들, 그리고 내 부하 둘까지 14명이 몰사했단 말이야, 이 병신아!"

말리크가 얼어붙었고 케이트의 목소리는 더 커졌다.

"거기 있으라고 해! 그놈이 판 챌린저로 맞아서 온몸이 산산조각이 나고 싶으면 말이야!"

인간의 운명은 일순간에 결정된다. 그것을 '신의 뜻', 또는 '운명의 장난', 또는 '기적'이라고까지 부르지만 결국 '정해진 길을 간다'로 귀착된다. 물이 높은 곳에서 낮은 곳으로 흐르는 이치나 같은 것이다. 압둘라만과 가족의 운명도 그렇다. 압둘라만의 저택은 권철팀의 2인자인 이규석 중령이 맡았다. 이규석도 승승장구하는 권철의 휘하에 들면서 진가를 인정받고 있었는데 계급도 일취월장해서 현재 중령이다. 리스타는 기업이기 때문에 부장급 대우를 받는다.

"아직 나오지 않았습니다."

저택 지붕만 보이는 길 건너편의 건물 밑에서 홍봉기가 말했다.

"들어간 지 25분이 지났습니다."

압둘라만의 2층 저택은 담장 높이가 4미터나 되는 데다 위에 철조망까지 설치되어서 교도소 수준이다. 시멘트 담장이어서 미사일이나 대전차포를 쏴야 허물 수 있다. 그리고 저택 안에는 10여 명의 경호원이 있는데다 25분 전에 30명이 넘는 병력이 들어간 것이다. SUV 차량만 8대가 들어갔으니 소대급 병력이다. 그때 이규석이 고개를 들었다.

"미사일."

"미사일로 처리합니까?"

"어쩔 수 없다."

이규석이 무전기의 버튼을 누르고 지시했다.

"양쪽에서 미사일을 갈겨라."

"옛."

무전기에서 유창수와 백정규의 대답이 동시에 들렸다. 지금 이규석은 저택을 포위한 상태. 본래의 계획은 저택 안으로 진입해서 압둘라만을 사살하려는 것이었다. 그러다가 군산연 일당에게 선수를 빼앗겼다. 이규석 팀이 5분쯤 늦게 도착했던 것이다. 이규석이 손목시계를 노려보면서 호흡을 골랐다. 오전 2시 55분. 10분쯤 전에 메디나 병원으로 출동한 팀장의 조(組)는 앰뷸런스를 가루로 만들어 마크다를 지옥으로 보냈다. 지금쯤은 저택 안에 들어간 무리들도 그 사실을 알고 있을 것이었다. 이규석이 지시했다.

"1분 후에 저택을 폭격한다."

"몇 발 쏩니까?"

"가져간 탄두는 다."

"예, 조장."

이것으로 계획이 바뀌었다. 압둘라만이 부타쉬와 말리크의 제의를 바로 받아들여 저택을 빠져나왔다면 살아나갈 가능성이 있었을 것이다. 챌린저 미사일 발사관 2대에다 탄두를 2개씩 갖고 왔기 때문에 네 발이 발사된다. 2층 저택은 컸지만 네 발이면 흔적도 찾지 못할 것이다.

"30초."

옆에 엎드린 홍봉기가 시간을 쟀다.

"안에 있는 가족들이 몰사하겠군."

이규석이 잇새로 말했지만 홍봉기는 무전기에 대고 시간을 통보했다. 지금 무전기로 미사일을 겨눈 2개 조(組)가 저택을 좌우에서 겨누고 있다.

"압둘라만 그놈이 꾸물거린 바람에 제 가족까지 다 죽이는 셈이지."

"20초."

"가족에 하인까지 합하면 50명쯤 지옥에 묻히겠군."

"10초."

"개아들 놈 같으니. 우리를 가볍게 본 대가를 받는 거다. 우리가 저격

총이나 겨누고 있을 것 같았나?"

"3초, 2초, 1초."

그 순간 바람 가르는 소리와 함께 대폭발이 일어났다.

"꾸꽈꽝!"

이미 분담해서 저택을 겨누고 있었기 때문에 저택은 두 군데서 불기둥을 일으키면서 무너져 내렸다. 챌린저 한 발만으로도 2층 저택은 붕괴됐다. 그런데 두 발, 다시 이어서 또 두 발이 날아가 대폭발을 일으켰다.

"꾸꽈꽈꽝!"

카이로의 신시가지가 환해졌다. 카이로의 1만 년 역사상 이런 대폭발은 처음이다.

"기네스 씨."

뒤에서 부르는 소리에 기네스이 깜짝 놀랐다. 고개를 돌린 기네스은 다가오는 동양인 둘을 보았다. 오전 3시 10분. 올드 카이로의 무스카트 사원 뒷길이다. 길 끝 쪽에 기네스의 숙소가 있는 것이다. 그때 거침없이 다가선 사내들을 본 기네스이 어깨를 늘어뜨리면서 쏩 주머니에서 손을 빼었다. 쏩 주머니 안에 넣어 둔 권총을 쥐었던 것이다. 사내들은 권철의 부하들이었다.

"무슨 일이오?"

기네스의 목소리는 딱딱했다. 사내들이 미행해 왔기 때문이다. 주위는 어둡고 인적이 없다. 가로등 하나가 뒤쪽 30미터 거리에서 비추고 있을 뿐이다. 그때 사내 하나가 말했다.

"대장님의 지시를 받고 왔는데."

"용건이 뭐요?"

"어젯밤에 배에서 데려간 여자들의 행방을 알아야겠어."

"여자들?"

쓴웃음을 지은 기네슨이 어깨를 늘어뜨린 순간이다.

"으윽!"

신음을 뱉은 기네슨이 명치를 부둥켜안고 몸을 웅크렸다. 앞에 선 사내가 주먹으로 명치끝을 쳤기 때문이다. 격심한 고통과 함께 온몸의 기력이 빠져나간 기네슨이 결국 주저앉았을 때 다시 목덜미에 충격이 왔다. 이번에는 수도로 내려친 것이다. 머릿속이 하얗게 빈 기네슨이 이제는 모로 쓰러지면서 온몸이 얼음 구덩이에 빠진 느낌이 들었다. 죽음에 대한 공포다. 그때 위쪽에서 사내의 목소리가 분명하게 들렸다.

"지금 우리를 우습게 본 모양인데, 우리가 누구 부하인지를 잊고 있었던 모양이구나."

다른 사내가 말을 이었다.

"여자 셋의 위치를 대. 지금 어디냐? 셋 셀 때까지 말 안 하면 널 여기서 죽이고 간다."

"잠깐! 잠깐!"

입은 멀쩡했기 때문에 모로 웅크리고 누운 기네슨이 소리쳤다.

"당신들 이래도 돼?"

"하나."

그러면서 사내는 소음기를 낀 권총으로 기네슨의 머리를 겨눴다.

"우린 대장님의 지시를 받았을 뿐이다. 둘!"

"지금 작전선에 갇혀 있어!"

기네슨이 기를 쓰고 외쳤다.

"내일 아침, 아니 오늘 아침이면 출항할 거야!"

"빨리 말 안 하면 널 쏴 죽이겠어. 어디로 출항한단 말이냐?"

"바다로!"

"갓댐. 어느 바다로? 왜 가는데?"

"지중해로 데리고 나가서 물속에 넣기로 했어. 그래야 너희들도 안전할 거 아니냐! 다 너희들을 위한 것이다!"

오전 4시 반, 카이로 외항에 정박한 2천 톤급 화물선 '클레오파트라3호'의 난간에 기대 서 있던 하비브가 인기척에 고개를 들었다. 주위는 아직 어두워서 사물 분간이 어려웠지만 인기척을 들은 것이다.

"누구야?"

그때 바로 뒤쪽에서 사내가 나타났다. 사내는 손에 권총을 쥐고 있었는데 복면을 써서 두 눈만 내놓았다.

"손들어. 이 개자식아."

영어를 뱉는 목소리가 거칠다. 하비브가 엉겁결에 두 손을 들었을 때 옆에서 사내 하나가 또 나타나 팔을 뒤로 꺾었다. 온몸에 소름이 돋아난 하비브가 미처 입을 열기도 전에 두 손이 뒤에서 묶였다. 플라스틱 수갑, 가볍고 단순하지만 강철보다 강하다. 군(軍) 특수부대나 경찰용이며 이집트에는 아직 보급되지 않았다. 긴장한 하비브는 더 굳어져서 옆쪽 구석으로 끌려가는 동안 무기력해졌다. 구석에 하비브를 꿇어앉힌 사내 하나가 다시 총구를 이마에 붙였다.

"자, 한국 여자 셋은 지금 어디 있는 거냐? 셋 셀 동안 말해. 하나."

"당신들 누구야?"

겨우 정신을 수습한 하비브가 물었을 때 이마를 누른 총구의 힘이 강해졌다.

"갓댐. 둘!"

"지금 선실에 있어."

"안내해."

어깨를 잡혀 끌려 일으켜진 하비브가 고개를 돌려 사내를 보았다. 그러고 보니 사내 뒤쪽에 사내 세 명이 소리 없이 서 있다. 검은 옷, 모두 눈만 내놓은 차림. 그리고 모두 슈타이어 ANG 소총을 쥐었다. 장탄 수 42발, 1분 발사 속도 650발. 저런 무기를 사용하는 괴한들은? 숨을 들이켠 하비브가 물었다.

"당신들, 도대체 누구야?"

사내 하나가 대답 대신 총구로 하비브의 등을 밀었다.

"투타타타타타!"

갑자기 요란한 총성이 울리는 바람에 톰슨은 기절초풍을 했다. 이곳은 선실 안. 톰슨은 마이론과 함께 맥주를 마시던 중이다. 마이론도 맥주병을 떨어뜨리고 자리에서 일어서다가 비틀거렸다.

"움직이지 마! 이 개자식아!"

외치는 소리와 함께 다시 총성.

"투타타타!"

그 순간 벽 쪽에 서 있던 프랭크가 어깨를 움켜쥐고 바닥에 쓰러졌다. 그때 다가간 사내 하나가 프랭크의 총 맞은 어깨를 거칠게 발길로 걷어찼다.

"으악!"

프랭크의 비명 소리가 울린 순간 선실 안은 완전히 제압되었다. 선실 안에 모여 있던 사내는 모두 다섯 명. 톰슨이 조장(組長)으로, 넷을 지휘하는 입장이다. 쓰러진 프랭크를 제외한 넷은 모두 번쩍 손을 들었다. 침입한 사내들은 다섯 명. 셋은 슈타이어 기관총을 쥐었고 둘은 권총, 소음기가 끼워진 베레타 92F다. 그때 사내 하나가 다가가 선실 안쪽의 문을 열었다.

밖의 총성을 들은 순간 이세영이 화들짝 놀라 몸을 일으켰다. 옆쪽 침상에 누워 있던 장민주와 양신애도 따라서 일어났다. 모두 옷을 입은 채로 누워 있었지만 잠이 들지는 않았기 때문이다. 이곳은 고급 선원 선실로 시설이 좋다. 그러나 셋은 만 하루 동안 불안에 떨고 있는 중이다. 아무도 어떤 말도 해 주지 않았기 때문이다. 다시 총성이 일어났고 외침 소리, 비명이 이어졌기 때문에 셋은 이세영을 중심으로 딱 붙었다. 그때 문이 열렸던 것이다.

"나와!"

복면을 쓴 사내가 셋을 향해 영어로 소리쳤다.

"서둘러!"

사내의 손에는 무시무시하게 보이는 총이 쥐어져 있었는데 다른 손으로 나오라고 손짓을 했다.

"빨리!"

배에서 내려 대기시킨 SUV 차에 타고 선착장을 빠져나올 때까지 이세영은 정신이 하나도 없었다. 몇 번이나 자빠졌다가 일어났는데, 장민주는 하마터면 물속으로 떨어질 뻔했다. 사내들은 모두 8명. 3대의 SUV를 끌고 왔기 때문에 이세영은 SUV 한 대에 타고 부두를 빠져나왔다. 아직 바닷가는 어둡다. 이세영이 손목시계를 볼 여유가 일어났을 때는 차가 시내로 진입했을 때다. 이제 이 사내들이 자신들을 구출해 냈다는 생각이 슬슬 들었기 때문에 시계를 본 것이다. 오전 5시 10분, 그때 운전석 옆자리에 앉은 사내가 복면을 벗고 뒤를 돌아보았다. 동양인이다. 놀란 이세영이 숨을 들이켰을 때 장민주가 소리쳤다.

"아저씨!"

장민주는 눈썰미가 좋은 편이다. 5년 전에 한 번 만난 남자도 기억한다.

"아저씨, 그, 유람선에서……."

장민주가 더듬거렸을 때 이세영이 어깨를 늘어뜨렸다. 맞다. 그 유람선에 같이 타고 카이로까지 왔던 한국인. 그때 사내의 시선이 이세영을 스치고 지나갔다.

"뭐야?"

해밀턴이 앞에 선 유스노프를 노려보았다. 유스노프는 해밀턴의 보좌관이다.

오후 10시 반, 뉴욕 맨해튼의 안가(安家) 응접실 안. 그때 유스노프가 말을 이었다.

"습격자는 10명 가깝게 되었는데 '클레오파트라3호'에서 여자 셋을 빼앗아 SUV에 태우고 사라졌습니다."

"권철, 그놈."

해밀턴이 이제는 어이가 없다는 표정을 지었다. 입을 딱 벌리고는 눈동자가 흐려진 것이다. 카이로 시간은 현재 오전 5시 반. 20분 전에 사건이 일어났다.

"기가 막히는군."

눈동자의 초점을 잡은 해밀턴이 유스노프를 보았다. '클레오파트라3

호'는 아침에 지중해로 출항해서 밤이 되었을 때 여자들을 바닷속에 던질 계획이었던 것이다. 쇠사슬에 묶어서 바다 깊숙이 던질 것이어서 영원히 수장된다. 여자들을 강탈해 간 놈들은 권철의 부하들이었다. 그놈들 외에는 그런 짓을 할 놈도 없고 권철 또한 밝혀질 것을 각오하고 한 짓이다. 숨을 고른 해밀턴이 물었다.

"지금 권철은 어디 있나?"

"예, 배를 타고 리비아로 가는 중입니다."

리비아에는 이광이 지금도 머물고 있는 것이다. 유스노프가 외면한 채 말을 이었다.

"여자 셋도 데리고 가는 것 같습니다."

"뭐라고?"

해밀턴의 목소리가 높아졌다.

"그놈이 진짜 미친 거 아냐?"

"여자들을 놔두면 무슨 일을 당할지 걱정이 되는 거겠죠."

"이놈을 가만두면 안 되겠어."

마침내 해밀턴이 정색하고 말했다.

"리비아에 도착하는 즉시 체포해."

"예, 사장님. 잡아서 어떻게 할까요?"

"명령 불복종, 월권행위를 한 거다. 그놈 처리는 회장님과 상의할 테니까 기다려."

카이로 대폭발 사건이 묻힐 정도다.

3시간 후인 오전 8시 반에 백악관에서 대통령 부시와 CIA 부장 후버가 독대하는 상황이 일어났다. 장소는 오벌룸, 부시의 집무실이다. 배석자는 비서실장 베이커, 안보보좌관까지 싹 제외하고 셋만의 회동이다. 따라서 외부에 있는 각료들은 물론이고 백악관 내부의 비서관들도 긴장하고 있다. 회동 내용은 뻔하다. 카이로 시간으로 어젯밤에 일어난 2건의 대형 참사다. 지대지 미사일 챌린저를 쏘아 제쳐 군산연의 중개상인 거상(巨商) 2명을 폭사시킨 것이다. 이번에도 피해가 엄청나서 두 곳의 사상자를 합하면 60명이 넘는다. 언론은 즉각 보도를 했는데 런던 다운힐 저택의 대참사에 이은 '학살'이라고까지 표현했다. 부시가 주름진 눈을 치켜뜨고 후버를 노려보았다. 부시의 시선을 받은 후버도 긴장하고 있다. 옆에서 그것을 지켜보는 베이커에겐 꼭 늙은 보안관과 늙은 총잡이의 대결처럼 보였다. 물론 보안관은 부시이고 속을 알 수 없는 총잡이는 후버다.

"이봐, 후버 씨, 이젠 리스타를 분쇄시킬 때가 되었다는 생각이 드는데."

부시가 낮은 목소리로 말을 시작했다.

"당신이 CIA 앞잡이로 리스타를 내세워서 군산연을 누르고 후세인, 카다피한테 비밀 협상을 해 오는 한편으로 시에라리온 내전까지 관리하는 것, 이젠 그만둘 때가 되었어."

부시의 목소리가 높아졌고 두 눈이 번들거리기 시작했다. 보안관이 권총을 뽑을 분위기여서 베이커는 침을 삼켰다. 부시가 말을 이었다.

"런던에서 미국 시민 1백여 명이 죽었어. 최악의 참사야. 그리고 이어서 마르세유, 카이로로 리스타 그 노랭이 놈들이 세계를 휘젓고 다니도록 CIA는 놔두었어. 어때? 책임을 느끼지 않나?"

부시의 두 눈이 쌍권총 총구 같다고 베이커는 느꼈다. 다 맞는 말이다. 보안관이 정의의 총을 쏘았다. 그때 후버가 부시를 응시했다. 자, 이번에는 무법자.

"각하, 제가 각하와의 독대를 요구했을 때 각하는 여기 앉은 베이커만 참석시키는 조건으로 승낙했습니다."

부시가 어깨만 부풀렸고 후버의 목소리가 울렸다.

"그 이유는 각하께서 잘 알고 계십니다. 그래서 승낙하신 것이지요."

"후버 씨, 얼른 본론을 말해."

"백악관 안에도 군산연 정보원이 깔려 있기 때문이지요."

보안관의 총탄은 빗나갔고 무법자의 총탄이 맞은 것 같다. 베이커가 다시 침을 삼켰을 때 후버가 길게 숨을 뱉었다.

"이대로 가면 군산연이 미국은 물론 세계 질서를 좌우하게 됩니다. 그 자들의 예산은 미국 정부와 버금가고 로비 자금으로 서방 우호국 한두 개쯤은 정권을 뒤집어 버릴 만큼 강력해졌습니다."

보안관이 총에 맞았다. 베이커는 그 꼴을 안 보려고 외면했다. 그러나 후버의 목소리는 부시와 대조적으로 낮아졌다.

"각하, 군산연에 대항할 조직은 리스타뿐입니다. CIA에도 군산연의 정보원이 있는 건 어쩔 수가 없습니다."

"……."

"우리가 리스타를 이용해서 겨우 균형을 잡고 있다는 것을 각하께서도 알고 계시지 않습니까?"

그때 부시가 말했다.

"갓댐. 내가 차라리 리스타 회장이 되었으면 좋겠군. 이광한테 나하고 자리를 바꾸자고 해 보지, 후버 씨."

"예, 각하. 하지만……."

정색한 후버가 고개를 저었다.

"이광이 바꾸지 않겠다고 할 것입니다. 거기에다……."

"또 뭔가?"

"이광 휘하에도 별 미친놈들이 많습니다. 이번에 일을 저지른 놈이 이광의 후계자 중 하나인데 그런 미친놈을 다스리기가 쉽지 않으실 것입니다."

"진짜 미친놈인가?"

"예, 각하."

후버가 한숨까지 쉬었다.

"권이라는 놈인데 이번에도 명령도 안 듣고 날뛰었다고 합니다."

"권이라."

부시의 입에서 '권' 자가 불리어졌다.

이만하면 권철이 '이름을 달고' 세상에 나온 값어치를 한 셈인가? 미국 대통령한테서 '이름'이 불리다니. 어디 쉬운 일인가?

그 권철이 지금 배 안에서 이세영과 나란히 난간에 서 있다. 지중해, 이곳은 오후 4시. 2백 톤급 유람선 '나타샤호'는 막 이집트 영해를 벗어난 참이다. 이제 리비아 영해다.

"너, 여기 트리폴리에서 좀 놀다가 내가 가라고 할 때 가."

권철이 말하자 이세영이 고개를 끄덕였다.

"네, 이사님."

"네 친구들하고. 알았지?"

"네, 이사님."

"트리폴리에서 널 건드리는 사람은 없을 거다. 하지만 내가 확답을 받을 때까지 관광이나 해."

권철이 들고 있던 비닐 가방을 이세영에게 건네주었다. 꽤 묵직한 가

방이다.

“이거 받아.”

잠자코 받은 이세영이 물었다.

“이게 뭔데요?”

“관광하는 데 돈 들 거야. 거기 1만 불짜리 뭉치 10개 들었다.”

이세영은 숨만 들이켰고 권철이 말을 이었다.

“네 친구들한테 한 뭉치씩 줘. 네가 8개 갖고. 8만 불이다.”

“이사님.”

“눈치챘겠지만 내가 세상을 떠들썩하게 할 일을 저질렀어. 그래서 나하고 같이 있던 너를 우리 회사에서 지우려고 한 것 같다. 나 모르게 말이지.”

“…….”

“너를 끌어들인 건 내 책임이야. 그래서 내가 책임지고 수습할 테니까 조금만 기다려.”

“고맙습니다, 이사님.”

“그런데.”

숨을 들이켠 권철이 주위를 둘러보는 시늉을 했다. 이곳은 유람선 우측 난간이다. 권철이 이세영의 팔을 움켜쥐고 말했다.

“너, 나하고 저기 특등실로 가자. 비었어.”

“왜요?”

물었던 이세영이 권철의 번들거리는 눈을 보더니 순식간에 얼굴이 붉어졌다.

권철이 팔을 끌면서 물었다.

“왜? 싫어?”

"아뇨."

이세영이 먼저 발을 떼면서 말했다.

"가요."

2백 톤급 유람선은 '리스타 이집트 법인' 소속의 '리스타 관광'이 운영하는 특급 유람선이다. 특실이 지금 텅텅 빈 채 20여 명의 리스타 용병대만 태우고 날아가듯 항진하는 것이다. 권철과 이세영은 특실로 들어섰다.

온주비 마을에서 2킬로쯤 떨어진 밀림 안. 앞쪽 250미터 지점에 산모퉁이를 돌아 나온 길이 뻗어 있다. 온주비로 가려면 이 길을 지나야만 한다. 마을은 3백여 가구가 모여 있는 제법 큰 규모로 마을 안에는 특공대대 약 5백 명가량의 반군이 주둔하고 있다. 특공대대는 장비도 좋을 뿐만 아니라 잘 훈련된 병력이다. 오타방고의 최정예 부대다. 윤석이 이곳에 저격 팀을 배치한 지 이제 7시간이 되었다. 4개 조 16명으로 구성된 저격 팀은 헤클러 앤 코흐사 제품인 PSG-1을 4정 보유했다. 각 조당 1정씩 보유한 셈이다. 4개 조는 50미터 거리에 10여 미터 간격을 두고 포진해 있었는데 1조와 2조는 오타방고와 참모들을 맡고 3조, 4조는 '주변 청소' 담당이다. 저격총 PSG-1 4정과 조원 16명은 모두 이스라엘제 갈릴 소총을 쥐고 있다. 갈릴도 유효 사거리가 500미터에서 600미터여서 앞쪽 도로 위의 생명체는 모조리 살상할 수 있다. 거기에다 1조와 2조의 조원 1명씩이 지대지 미사일 챌린저를 쥐고 있는 것이다. 각각 탄두 4개씩을 보유하고 있기 때문에 선제공격을 맡았다. 윤석이 손목시계를 보았다. 오전 9시 반, 도로 앞으로 기관포를 장착한 지프 4대가 아래쪽으로 달려 내려갔다. 벌써 두 번째다. 오타방고의 주둔지는 이곳에서 동쪽으로

20킬로 지점. 차로 1시간 거리다. 비포장도로인 데다 굴곡이 많아서 시속 20킬로 이상은 내기 힘들기 때문이다. 그때 윤석의 옆쪽에 놓인 무전기가 울렸다. 반경 20킬로 거리까지 통신이 되는 중대용 RPG 무전기다. 전원을 켠 윤석이 무전기를 귀에 붙였을 때 사내의 목소리가 울렸다.

"경비 철저히 하도록."

그러고는 통신이 끊기자 윤석이 숨을 들이켰다. 오타방고가 출발했다는 암호다.

그 시간에 강정규는 대통령 아지스와 면담 중이다. 국방장관 자문관 역할을 하고 있지만 강정규는 이제 군(軍) 실세로 자리 잡았다. 휘하의 자문단 장교, 하사관들이 수도권 각 부대의 중대급에까지 파견된 데다가 그들이 제각기 친위대 식으로 조직을 편성, 실제 병력을 보유했기 때문이다. 군(軍) 내부의 군(軍) 조직인 셈이다. 아지스는 그것을 알면서도 속수무책이다. 오히려 강정규에게 거의 군(軍)을 맡기고 비자금만 챙기는 입장이 되어 버렸다. 정치는 실종되었고 부패한 관리들이 뇌물만 챙기는 데 혈안이 되어서 거의 무정부 상태나 마찬가지였다.

이번에 아지스는 사살된 몬테로와 움바베의 숨겨 놓은 재산 회수에 정신을 빼앗겨 아예 국무를 보지도 않았다. 직접 카모와 경비대 병력을 이끌고 움바베 저택을 수색하기도 했다. 강정규가 앞에 앉은 아지스를 보았다.

"각하, 마이클 반타를 아시지요?"

"아는데, 왜 그러시오?"

아지스의 눈살이 찌푸려졌다. 언짢은 기색이 금세 나타났다. 강정규가 아지스를 응시한 채 잠깐 대답하지 않았다. 마이클 반타는 60세, 아지스와 같은 멤데족으로 인권 운동가다. 영국에서 대학을 나와 20년쯤 공무원 생활을 하다가 그동안 세 번이나 구속되어 10년이 넘게 감옥 생활을 했다. 정부의 부정부패를 비판했기 때문이다. 아지스도 작년에 반타를 구속시켰다가 6개월 만에 석방했다. 반타의 지지 세력이 많았기 때문에 처형할 수는 없었던 것이다. 그때 강정규가 말했다.

"민심이 뒤숭숭한 상황입니다. 마이클 반타를 총리로 임명하시지요. 반타를 전면에 내세우고 각하께선 실질적인 권한을 행사하시면 됩니다."

"장군."

아지스는 강정규를 장군으로 부른다. 정색한 아지스가 강정규를 보았다.

"이제 나를 밀어내려는 거요?"

"그건 아닙니다."

"반타를 총리로 세우고 리스타가 그놈을 밀면 내가 허수아비가 되는 것 아니오? 내가 모를 것 같소?"

"오타방고까지 쳐들어오는 상황 아닙니까? 각하께선 너무 낙관하고 계십니다."

강정규도 정색하고 아지스를 보았다.

"미국이 시에라리온에 개입할 여력이 없었기 때문에 리스타가 이곳에 온 것 아닙니까? 리스타는 벌써 3억 불 정도의 자금을 투입했고 연간 50억 불씩 시에라리온에 투자할 계획입니다. 그런 상황에서 각하께서는 오타방고와의 전쟁 총사령관 역할도 하셔야 됩니다."

강정규가 한 호흡 쉬고 나서 아지스를 보았다.

"각하께서 전쟁에 직접 나서시겠다면 반타를 추천하지 않지요."

"무슨 말이오?"

“오타방고와의 전쟁에서 반타를 대통령 대행으로 전선에 내세워야 됩니다. 그래야 되지 않겠습니까?”

“……”

“국방장관 알카베를 내세우면 군(軍)이 따를까요? 아무리 자문단들이 보좌를 한다고 해도 말입니다.”

“……”

“각하 말씀대로 앞에 내세울 허수아비, 아니 총알받이가 필요합니다.”

“그렇게 말하니까 이해가 되는군.”

“반타를 지금 데려올 테니 바로 성명을 발표하시지요.”

“그럽시다.”

아지스가 고개를 끄덕이면서 말했다.

“반타에게는 어떤 결정권도 주지 않겠소. 최종 결정권자는 나요.”

“알겠습니다.”

자리에서 일어선 강정규가 손목시계를 보았다. 오전 10시가 되어 가고 있다.

10시 15분, 모퉁이를 돌아서 나오자 지프가 나타났다. 온주비 마을에 마중 나갔던 지프다. 기관포를 장착한 지프에는 4명이 타고 있다. 와락 긴장한 조원들의 눈앞으로 다시 지프 1대, 또 1대, 지프가 연달아 나타났다. 모두 5대. 기관포를 겨눈 삼엄한 자세. 그러고 나서 50미터쯤 거리를 두고 장갑차가 나타났다. 오타방고의 선발대다. 오타방고가 장갑차에 탑승할 리가 없었지만 윤석이 낮게 소리쳤다.

“저놈은 두 번째 목표다!”

선두의 지프와는 거리가 400미터쯤으로 떨어졌다. 장갑차 뒤로 다시 또 한 대의 장갑차. 그때 윤석이 소리쳤다.

"미사일 준비!"

2대의 미사일이 금방 표적을 겨누었고 그때 장갑차 뒤로 SUV 차량이 나타났다, 2대. 그 뒤로 다시 장갑차가 바짝 붙어서 따른다. 장갑차가 2대, 그 뒤로 기관포지프가 3대. SUV 차량과는 거리가 300미터, 맨 앞쪽 장갑차와는 400미터. 그때 윤석이 소리쳤다.

"발사!"

그 순간 지대지 미사일 챌린저가 가스도 뿜지 않고 날아갔다. 2기, 목표는 SUV 차량 2대다. 오타방고는 SUV에 탔을 것이다.

"꽈꽝!"

SUV 2대가 불기둥을 일으키며 폭발했고 다음 순간 4정의 저격총이 발사되었다. 이어서 10여 정의 소총이 빗발 같은 총탄을 쏟아부었다.

"꽈꽝!"

다시 날아간 미사일 두 발이 이제는 앞뒤 쪽 장갑차에 맞아 폭발했다. 이제 대열은 아수라장이 되었다. 멈춰 선 지프에서 기관포탄이 쏟아졌지만 이쪽은 모두 엄폐하고 있다.

"꽈꽝!"

그때 다시 세 번째의 미사일이 날아가 장갑차 2대를 폭파시켰다. 한 발도 빗나가지 않았다.

아지스가 시에라리온 국영 TV에 등장했다. 오전 10시 45분, 아지스가 엄숙한 표정으로 입을 열었다. 아지스 옆에는 반타가 서 있다.

"친애하는 국민 여러분, 나는 오늘 마이클 반타 전(前) 산업부 차관을 국무총리로 임명합니다."

숨을 고른 아지스가 말을 이었다.

"마이클 반타는 오늘부터 대통령 대행 역할로 반군 토벌에 앞장을 설 것입니다."

아지스의 대국민 담화가 끝났을 때는 10분쯤 후. 처음부터 담화를 보고 있던 강정규가 옆에 선 김태규에게 물었다.

"윤 중령한테서 아직 연락 없나?"

"예. 아직……."

"지금쯤 끝나야 타이밍이 맞을 텐데."

김태규의 시선을 받은 강정규가 빙그레 웃었다.

"오타방고 맞습니다."

세이탄이 확인하자 옆에 선 장세형이 오타방고의 시체 사진을 3번이나 찍었다. 이곳은 도로 위, 사방은 아직도 불타는 장갑차, 지프로 뒤덮여 있지만 오타방고의 대열은 전멸했다. 윤석이 주위를 둘러보고 나서 부하들에게 지시했다. 확인이 끝난 것이다.

"철수."

윤석이 이끌고 온 4개조 16명은 단 한 명의 부상자도 발생하지 않았다. 그러나 반군 사령관 오타방고와 참모 10여 명을 폭사시키고 사살했다. 호위 병력으로 따라온 장갑차 6대, 무장 지프 8대를 격파하고 70명 가까운 병력도 몰사시킨 것이다. 이로써 오타방고 반란군 지휘부는 궤멸되었다. 숲 속 길로 들어서면서 윤석이 다시 지시했다.

"실바에게 연락하도록."

실바가 오타방고의 출발 정보도 준 것이다. 이제 실바에게 작전이 성공했다는 연락을 해줘야 한다.

10분쯤 후, 대통령 아지스가 집무실로 들어갔을 때 강정규에게 김태규가 서둘러 다가왔다. 얼굴에 웃음을 띠고 있었기 때문에 강정규가 먼저 물었다.

"성공이냐?"

"예, 이사님."

다가선 김태규가 상기된 얼굴로 말했다.

"오타방고와 참모진을 전멸시켰습니다. 지금 남아있는 것은 참모장 실바와 실바의 측근뿐입니다. 실바가 직접 연락해왔습니다."

"됐군."

강정규의 시선이 대통령 집무실 쪽을 스치고 지나갔다. 이곳은 대통령궁 안, 중심부에 위치한 접견실이다. 강정규가 옆에 선 대원에게 말했다.

"총리를 모셔 와라."

잠시 후에 30분 전에 시에라리온 총리로 임명된 반타가 대원들의 호위를 받으며 접견실로 들어섰다. 강정규가 반타에게 자리를 권하고 나서 웃음 띤 얼굴로 물었다.

"총리 각하, 지금 어디로 가시는 길입니까?"

"시내 정부청사로 가는 길인데요."

"오늘은 대통령궁에 계시지요. 대통령궁 경비대장 숙소에서 기다리시면 됩니다."

"경비대장실에서 말입니까?"

"예. 지금은 비었습니다."

접견실 안에는 김태규와 7, 8명의 자문단 장교들이 모여 있었는데 모두 기관총으로 무장을 해서 살벌한 분위기다. 강정규가 웃음 띤 얼굴로 반타를 보았다.

"총리 각하께만 비밀을 말씀드리지요. 30분 전에 국경 근처의 군 진지에서 나오던 오타방고가 참모들과 함께 폭사했습니다."

놀란 반타가 숨만 들이켰고 강정규가 말을 이었다.

"이제 반란군은 참모장 실바가 장악해서 우리한테 투항해 올 것입니다."

"아아!"

반타의 두 눈이 번들거렸다. '우리'란 시에라리온 정부가 아닌 것이다. 리스타를 말하는 것이다. 강정규가 말을 이었다.

"이로써 남쪽 반란군은 평정이 된 셈이지요, 그렇지 않습니까?"

"그렇습니다."

"총리께서 이번에 서둘러 '대통령 권한대행'이 되신 이유를 아시지요?"

반타가 입 안에 고인 침을 삼켰을 때 강정규가 자리에서 일어섰다.

"이제 가장 큰 암 덩어리 하나만 제거하면 이 나라가 제대로 발전될 것입니다."

몸을 굳힌 반타는 움직이지 않았다.

강정규가 부하 셋과 함께 대통령실로 들어섰을 때 아지스는 카모에게 짜증을 내는 중이었다. 아지스는 몬테로와 움바베한테서 강탈한 재물을 이곳저곳에 분산시켜 숨기는 중이었는데 장소가 너무 많았다. 그래서 지금은 은닉 장소 만들기가 아지스의 가장 골칫거리였다. 강정규가 들어서자 아지스는 의자에 등을 붙이면서 물었다.

"장군, 반타를 내일부터라도 오타방고 군(軍)을 향해 출동시켜야 되지 않을까?"

"그럴 필요가 없을 것 같습니다, 각하."

정색한 강정규가 아지스를 보았다.

"조금 전에 우리 리스타 저격대가 오타방고를 사살했습니다, 각하."

"무엇이?"

놀란 아지스가 상반신을 일으켰다.

"리스타 저격대가 말인가?"

"예. 대통령궁 경비대장 윤 중령이 그 일 때문에 국경으로 내려갔던 것입니다."

"아. 그래서 보이지 않았구나."

아지스가 붉은 입 안을 보이며 웃었다.

"이제 시에라리온은 안정이 되었구나."

"그렇습니다, 각하."

"그렇다면 반타가 필요 없게 된 것 아닌가?"

아지스가 묻자 강정규가 고개를 끄덕였다.

"반타는 대통령 권한대행에서 자동적으로 대통령이 되는 것이지요."

"무슨 말인가?"

그때 강정규가 허리에 차고 있던 리볼버를 꺼내 아지스에게 겨눴다.

"네가 죽는 것이 다음 순서니까."

"아니!"

놀란 아지스가 자리에서 벌떡 일어섰을 때 강정규가 웃었다.

"네가 모아서 카모한테 은닉시켰던 비자금도 내가 대부분 회수했다, 아지스."

"장군, 이것 봐. 잠깐."

"탕!"

그 순간 총성이 울리면서 아지스가 뒤로 벌떡 넘어졌다. 이마 복판에 동전만 한 구멍이 뚫려 있다. 총을 케이스에 넣은 강정규가 카모와 김태규를 보았다.

"대통령 각하가 오발 사고로 사망하셨다."

"예, 각하."

카모가 부동자세로 서서 복창했다.

"그렇습니다. 대통령 각하께서 오발 사고로 사망하셨습니다."

그로부터 1시간 후, 경비대장실에서 기다리고 있던 반타 총리가 다시 TV앞에 나타났다. TV를 시청하던 국민들은 어리둥절한 상황에서 다시 반타 총리 겸 대통령 권한대행의 성명서를 듣는다.

"조금 전 아지스 대통령 각하께서 오발 사고로 사망하셨습니다. 나는 위대한 아지스 대통령 각하의 불행한 사고에 심심한 애도의 말씀을 드립니다."

반타가 똑바로 국민들을 보았다.

"나는 대통령 권한대행으로서 시에라리온 국민들의 복지를 위해 목숨을 바쳐 일할 것입니다. 나는 정부의 동반자인 리스타와 함께 시에라리온을 풍요로운 땅으로 만들겠다고 여러분께 약속드립니다."

강정규가 팔짱을 끼고 서서 반타의 감동적인 연설을 듣는다. 그의 옆에는 카모가 상기된 얼굴로 서 있다. 만 하루 만에 일어난 일들이다.

트리폴리, 이광이 영빈관에서 안학태의 보고를 받는다. 오전 10시 반, 이곳은 시에라리온과 2시간 시차가 있다. 시에라리온은 오후 12시 반이다.

"회장님, 실바가 투항 의사를 밝혔습니다."

이광이 고개만 끄덕였고 안학태가 말을 이었다.

"대통령 직무대행 반타가 투항을 받아들였기 때문에 반란군은 해산될 것입니다."

"잘했군."

"이제 시에라리온은 안정이 되었습니다."

"지금부터 본격적인 개발이 시작되겠어."

"그렇습니다."

안학태가 정색했다.

"상사와 유통 그룹에서 곧 대규모 인원을 파견할 계획입니다."

시에라리온은 인구가 8백만 정도로 면적은 7만 제곱 킬로. 인구의 40퍼센트가 평균 연령이 15세 미만인 '젊은 국가'다. 젊은 국가는 발전 가능성이 높은 것이다. 아프리카에서도 최빈국에 속하는 시에라리온을 리스타는 '대륙의 기반'으로 만들 예정이다. 아시아 서남쪽 바다에 '리스타랜드'를 구입, 겨우 중심 도시로 삼았던 경험이 '시에라리온' 개발에 도움이 될 것이다. 그때 고개를 든 이광이 안학태를 보았다.

"한국이 처음으로 외국에 한국인의 개척지를 갖게 되는군."

이광은 '식민지'를 개척지로 표현했다. 식민지는 '국민을 심는다'는 뜻이나 같다. '옮겨서 살게' 만든다는 뜻이니 그리 나쁜 의미도 아니지만, 이광은 개척지라고 표현했다. '일본 식민지'였던 조선 제국이 떠올랐기 때문이다. 이제 시에라리온은 리스타의 적극적인 도움으로 번영될 것이다. 더불어 '한국인'의 이주와 함께 '함께 사는' 국가가 된다. 땅은 필요하지만 국가의 제1 요소가 아니다. 제1 요소는 '국민'이다. 어디선 국민이 모여 나라를 세우면 그것이 '국가'가 된다. 수십 개 인종이 뒤범벅이 되어서 세계 최강국이 된 미국이 그 예다. 그들에게 신대륙은 나라의 두 번째 요소였던 것이다.

뉴욕 오전 10시, CIA 부장 후버가 안가에서 해밀턴을 만난다. 동석자는 CIA 부장보 윌슨, 윌슨은 이제 부장 대행 역도 한다.

"어젯밤에 시에라리온 정권이 전복되었더군."

후버가 말했을 때 해밀턴이 바로 잡았다.

"반란이 평정되었다고 말씀하시지요."

"쿠데타야."

"쿠데타가 평정되었다니까요?"

"아지스를 죽인 건 너무 무모했다."

"자살했습니다, 부장님."

"누가 믿겠나?"

"시에라리온 국민들은 다 그렇게 믿습니다."

"믿고 싶겠지."

"그것이 오히려 잘된 일이지요."

"그곳에 가 있는 놈, 장 뭐라고?"

"현지 법인 사장 강정규입니다. 그룹 이사급이죠."

"그놈도 이광의 후계자인가?"

"저도 회장님의 후계자에 포함됩니다."

"웃기지 마라. 이광보다 나이도 많은 놈이."

"나이가 많다고 대통령 안 됩니까? 부시를 보시지요."

"개소리 말고."

어깨를 부풀렸다가 내린 후버가 해밀턴을 쏘아보았다.

"자, 부시한테 시에라리온 사태를 어떻게 보고해야 되는지를 너한테 들어야겠다."

오후 1시 반, 백악관 오벌룸. 부시와 후버가 마주 앉아 있다. 오늘은 좌우에 비서실장 제임스 베이커와 국무장관 매카나기, 공화당 원내총무이며 안보위원장인 미켈슨까지 배석시켰다. 부시가 주름진 얼굴을 들고 후버를 보았다. 베이커가 숨을 골랐다. 자, 다시 보안관과 카우보이의 대결이다. 그런데 오늘은 대통령이 카우보이 같다.

"이봐, 부장. 시에라리온 아지스 대통령도 그 리스타 킬러가 죽인 거지?"

"킬러가 아니죠. 리스타 자문관입니다."

"자문관이건 자위관이건, 맞지?"

"모르겠습니다. 원체 멀고 연락도 안 되어서."

"갓댐."

"어쨌든 반미(反美)주의자 오타방고를 제거했고 반군은 투항했습니다."

"반타가 어떤 놈이야? 리스타가 고용한 놈인가?"

"아닙니다. 친미주의자죠. 이제 서아프리카에서 반미(反美) 국가가 하나 줄어들었습니다."

"리스타가 CIA의 조종을 받고 있는 건 맞지?"

"그렇습니다. 이제 시에라리온은 서부 아프리카의 미국 기지 역할을 하게 될 겁니다."

"당신이 책임져야 돼."

"물론입니다."

옆에서 다른 사람들은 듣기만 했는데 원체 그쪽 사정을 모르고 있기 때문이기도 했다. 그러나 베이커는 오늘 카우보이가 보안관을 갖고 논다는 느낌이 들었다. 보안관이 지친 것 같다.

권철이 트리폴리에 도착했을 때는 밤 10시가 넘어 있었다. 선착장에 유람선이 도착하자 곧 사내 하나가 배에 올라와 권철에게 다가갔다. 리스타 기조실 소속 윤경수 부장이다. 권철과는 안면이 있는 사이여서 윤경수가 웃음 띤 얼굴로 말했다.

"숙소 준비가 되었으니 갑시다."

"여기가 마치 내 고향 같은 느낌이 드는데."

윤경수의 뒤를 따라 나오면서 권철이 말을 잇는다.

"회장님도 지금 이곳에 계시지요?"

"그렇습니다."

윤경수가 말을 이었다.

"아마 보고가 되었을 것입니다."

선착장에는 버스까지 대기시켜 놓았기 때문에 권철 일행은 곧 2대의 버스에 탑승했다. 권철은 윤경수가 준비한 앞쪽 SUV 차량에 오르면서 뒤쪽을 보았다. 어둠에 덮인 유람선에서 트랩을 내려오는 이세영 일행이 보였다. 그것을 본 윤경수가 말했다.

"저분들은 패리스 호텔에 투숙할 겁니다."

윤경수가 눈으로 옆쪽을 가리켰다. SUV 차량 1대가 여자들에게 다가가고 있다.

"저 차로 데려다 줄 겁니다."

고개를 끄덕인 권철이 쓴웃음을 지었다.

"내가 저 여자들 건은 책임질 거요."

윤경수는 대답하지 않았는데 자기 소관이 아니었기 때문일 것이다. 런던의 다운힐 저택 폭파에 이어서 마르세유, 카이로까지 이어졌던 이번 작전도 성공한 것이나 같다. 갑자기 온몸에 피로가 몰려왔기 때문에 권철은 눈을 감았다. 그때 다시 심순자의 모습이 떠올랐다. 이번에도 얼굴이 없는 달걀귀신 같은 형태. 그러나 심순자다. 달리는 차 안에서 눈을 감은 권철은 문득 이렇게 죽었으면 좋겠다는 생각이 들었다. 심순자를 떠올린 이 상태에서 떠났으면 좋겠다.

"권철이 도착했어?"

보고를 받은 이광이 되물었다. 오후 10시 반, 이광은 오늘 밤은 트리폴리 바닷가 별장에 나와 있다. 카다피의 별장인데 이광에게 쓰도록 빌려준 것이다. 그래서 이광은 자주 이곳에서 보낸다.

"예, 지금 숙소로 이동하고 있을 것입니다."

안학태가 이광과 함께 어둠에 덮인 바다를 보면서 말을 이었다.

"작전은 성공했습니다, 회장님."

"작전선에 여자들을 태우고 다녔다면서?"

"예, 그리고 여자들의 입을 막으려는 수습팀을 습격해서 여자들을 빼돌렸지요."

"어떻게 생각하나?"

"해밀턴은 징계할 것 같습니다. 공을 세웠지만 지휘 체계 위반, 명령 불복, 공사 구분을 안 한 잘못이 명백하니까요."

"그렇군."

"위험한 성격이라고 했습니다."

권철, 강정규 등 해외작전 팀의 총지휘관은 '리스타 연합'의 해밀턴인 것이다. 해밀턴의 통제를 받아야 한다. 고개를 끄덕인 이광이 말했다.

"내일 권철이하고 점심이나 같이 먹도록 하지."

"예, 회장님."

안학태의 시선을 받은 이광의 얼굴에 희미하게 웃음이 떠올랐다가 지워졌다.

"난 그놈 심정을 조금은 알 것 같아."

"응, 어서 와."

권철을 본 이광이 고개를 끄덕이며 말했다.

"안녕하셨습니까?"

다가선 권철이 허리를 꺾어 절을 했다.

"앉아라."

이광이 앞쪽을 가리키며 말하자 권철이 원탁의 의자에 조심스럽게 앉았다. 안학태가 옆쪽에 앉았기 때문에 원탁에는 셋이 모였다. 오후 12시 반, 이곳은 바닷가 별장. 원탁에는 이미 한국식 요리가 차려져 있다. 밥에 김치찌개, 10여 가지 밑반찬이 딸린 한정식이다.

"자, 먹자."

수저를 들면서 이광이 말했다.

"한국 요리 오랜만이지?"

"예, 회장님."

권철이 수저를 들었지만 밥맛을 느낄 정신이 아니다. 안학태는 권철에게 어떤 주의도 주지 않았기 때문에 더 불안했다. 점심을 먹으면서 이광은 안학태와 몇 마디 이야기를 주고받았을 뿐 권철에게 말을 걸지는 않았다. 식사를 마치고 베란다의 테이블로 옮겨 가서 커피를 마실 때 이광이 권철에게로 고개를 돌렸다.

"너, 군 출신이면서 조직 생활이 맞지 않는 거냐?"

"예, 회장님."

권철이 상반신을 똑바로 세웠다.

"제가 규율을 자주 어겼습니다."

"그 대가는 받아야지."

"예, 회장님."

커피 잔을 든 이광이 의자에 등을 붙였다. 얼굴에 웃음이 떠올라 있었다.

"너, 국경 지역의 반군을 소탕해라."

"예?"

숨을 들이켠 권철에게 이광이 말을 이었다.

"이집트 쪽 국경 지대에서 리비아 정부를 전복하려는 반란군이 세력을 키우고 있어."

"……."

"내가 카다피 대통령의 부탁을 받았다."

이광의 시선이 안학태에게 옮겨 갔다.

"안 사장이 설명해 줘."

"예, 회장님."

안학태가 권철에게 돌아앉았다. 차가운 표정이다.

"바사트족인데 본래 유목 민족으로 이집트 쪽 영토 내에도 흩어져 살고 있어."

안학태가 말을 이었다.

"부족원은 7만 명가량. 그중 전사(戰士)는 1만 정도가 돼. 대부분 구식 AK-47로 무장했지만 1개 연대, 약 2천 명가량은 중화기와 미사일, 기관포에다 무장포, 장갑차까지 갖춰서 위협적이야."

"그런데 그 바사트족 배후가 CIA다."

놀란 권철이 고개를 들었을 때 안학태가 목소리를 낮췄다.

"CIA가 군산연을 통해 무기도 공급해 주고 있지."

"……."

"바사트족은 리비아 동쪽의 베드윈 부족의 일파인 아무드족, 칼리드족과도 연대를 맺고 있어. CIA는 카다피 대통령의 견제 세력으로 바사트족을 내세우고 있는 거야."

"제가 어떻게 하면 됩니까?"

"리비아 특공대 1개 중대 120명을 배속시켜 줄 테니까 네 팀원과 함께 그들을 이끌고 바사트족 족장 파라트와 참모장 아그슈다를 제거해라."

"족장 파라트와 참모장 아그슈다입니까?"

"파라트의 아들 둘 하고."

"예, 사장님."

"특공대에 섞이면 너희들 정체를 가릴 수 있을 거다."

"예, 사장님."

"그들의 내부 사정을 잘 아는 보좌관도 붙여 줄 테니까."

"알겠습니다. 언제 출발합니까?"

"내일 특공대 간부들을 만나고 사흘 기간을 주면 되겠나?"

"예, 사장님."

그때 이광이 입을 열었다.

"넌 계속 임무를 맡았지?"

"예, 회장님."

"일 끝나고 나하고 같이 그 바다에 가 보자."

순간 권철이 시선을 내렸다. 그 바다가 어디인지 대번에 알았기 때문이다. 시간이 날 때마다 떠오르는 술라웨시해, 그 깊은 바다. 그 바닷속에 가라앉아 있을 심순자. 이광은 그곳에 같이 가라앉아 있을 강은서와 두 아들을 보러 가자고 한 것이다. 안학태도 침묵을 지켰기 때문에 권철이 고개를 숙인 채 대답했다.

"예, 살아 돌아와서 모시고 가겠습니다."

입국장으로 들어선 윤서인의 앞으로 군복 차림의 장교가 다가왔다. 한국인이다. 뒤에 흑인 장교 10여 명이 따르고 있다. 장교가 한국어로 말했다.

"모시러 왔습니다."

"아, 고맙습니다."

윤서인이 웃음 띤 얼굴로 말했다.

"한국 분 뵈니까 반갑네요."

"장관님 지시입니다."

장교가 뒤쪽 흑인 장교들에게 눈짓을 하면서 대답했다. 그러자 장교들이 윤서인과 일행이 들고 있는 가방을 받아 들었다. 윤서인은 기조실 직원 10명과 함께 온 것이다. 다시 발을 떼면서 윤서인이 물었다.

"장관님이라면 누구신데요?"

"예, 이번에 이사님께서 국방장관에 임명되셨습니다."

"아, 그렇군요."

윤서인이 고개를 끄덕였다. 강정규가 보좌관에서 장관으로 승진했다.

아지스의 사촌이었던 국방장관 알카베는 해임되었다. 윤서인 일행은 입국심사도 받지 않고 VIP 출구를 통해 공항을 빠져나왔다.

이제 윤서인은 시에라리온을 리스타가 관리하는 '국가'로 만들려는 것이다.

그날 저녁, 강정규와 윤서인이 프리타운의 중식당 '베이징'의 방 안에서 식사를 하고 있다. 원탁에는 오리고기, 돼지고기 등 육류와 해산물 요리까지 풍성하게 있었는데 강정규가 윤서인의 환영 파티를 해 주고 있다. 강정규가 한국에서 공수해 온 소주를 윤서인의 잔에 채워 주며 말했다.

"아지스한테서 되찾은 재산이 미화로 10억 달러가 넘어. 이것을 경제개발 자금으로 사용하라는 지시야."

"잘되었네."

윤서인이 활짝 웃었다.

"엄청나게 축재를 했네요, 가난한 나라에서."

"금괴, 다이아몬드 등 보석류도 회수했는데 그것도 엄청난 금액이 될 거야."

"죽으면 갖고 가지도 못할 텐데 모아 놓기만 하고 갔군요."

"욕심쟁이들은 다 그렇지."

"보고 싶었어요."

불쑥 윤서인이 말했기 때문에 강정규도 정색했다.

"나도 윤서인 씨가 온다는 연락을 받고 어젯밤 잠도 설쳤어."

"왜?"

"오늘 만날 꿈에 부풀어서."

“우리 이러는 거 다 알겠죠?”

“이러다니?”

눈을 크게 뜬 강정규가 윤서인을 보았다.

“우리가 뭘 하는데?”

“연애.”

“이게 연애냐? 업무 이야기하는 건데.”

“거짓말 말고.”

“우리 결혼하자.”

젓가락을 내려놓은 강정규가 윤서인을 보았다.

“약식으로. 여기 교회 목사 앞에서.”

“왜 이렇게 서둘러요?”

“그래야 같이 살지. 숨어서 연애할 거야?”

“하긴 그러네.”

“오늘 밤 내 숙소에서 자고 내일 아침에 숨어서 나갈 거야?”

강정규의 얼굴이 열기에 들떠 있다. 그러나 행복한 표정이다.

밤, 열린 베란다 유리문을 통해 바깥바람이 몰려 들어왔다. 커튼이 흔들렸고 방 안이 짙은 땀 냄새로 덮였다. 강정규가 윤서인의 어깨를 당겨 안았다.

“내가 일본에서 태어난 것 알지?”

“알아요. 자위대 소좌 출신이라는 것도.”

윤서인이 강정규의 가슴에 얼굴을 붙였다.

“회장님을 암살하려다가 실패한 것까지.”

“일본에서 결혼했다는 것도 아나?”

"그건 처음 듣는데."

윤서인이 두 손으로 강정규의 허리를 감싸 안았다. 탁자에 놓인 전광시계가 오전 1시 반을 가리키고 있다. 강정규가 웃음 띤 목소리로 말했다.

"놀라지 않는 거야?"

"전혀."

"궁금하지도 않고?"

"전혀."

"이유가 뭐야?"

"믿기 때문이죠."

"그런가?"

"당신은 분명하게 매듭을 지었을 테니까."

"내가 그런 성품 같나?"

"아닌가?"

강정규의 가슴에 붙였던 얼굴을 든 윤서인이 어둠 속에서 이를 드러내고 웃었다.

"갑자기 그 이야기를 꺼낸 이유가 알고 싶어."

"난 일 때문에 가정에 소홀했고 견디지 못한 와이프가 날 떠났어."

"바람을 피웠군요."

"알고 있었던 거 아냐?"

"천만에."

윤서인이 강정규의 맨가슴에 입술을 붙이고 말했다.

"확률이죠. 92퍼센트, 딴 남자가 생기는 것."

"그런가?"

"내 걱정은 안 해도 돼요, 나도 일하는 여자니까."

"일 안 해도 내가 노력할 거야."

정색하고 강정규가 말하자 윤서인이 풋 하고 웃었다.

"그럼 심사 끝난 건가?"

"아니, 고해한 거지."

강정규가 머리를 숙여 윤서인의 입을 맞췄다. 윤서인이 두 팔로 강정규의 목을 감아 안았다.

다음 날에는 프리타운에 리스타의 전세기가 3대나 착륙해서 리스타 직원들을 쏟아 내었다. 리스타 건설, 유통, 상사의 조사 팀이다. 시에라리온에 '리스타 법인'이 설립되고 강정규가 법인 사장으로 승진되었다. 윤서인은 법인 소속 기조실장으로 행정을 총괄하는 임무다. 그래서 정신없이 바쁘다 보니 결혼 이야기는 쏙 들어갔다. 그러나 윤서인은 당당하게 강정규의 숙소로 짐을 옮겼다. 결혼 전 공식적인 동거를 시작한 것이다.

트리폴리, 오후 6시 반. 사막에서 돌아온 권철과 강재호, 이규석이 숙소인 저택으로 들어섰다. 이틀째 사막에서 특공대와 훈련을 마치고 온 것이다. 응접실로 들어선 권철이 재킷을 벗어 던지며 말했다.

"이번에는 전쟁이 길어질 것 같다."

"다행입니다."

강재호가 대답하자 권철이 고개를 들었다.

"다행이라니?"

"이번에 아슬아슬했습니다."

그러자 이규석이 쓴웃음을 지었고 권철은 다시 물었다.

"무슨 말이냐?"

"여자 데려온 일 때문에 이번에 이사님이 처벌받을 줄 알았습니다."

바로 대답한 강재호가 정색했다.

"작전이 없었다면 어떻게 되었을지 모릅니다."

"그런가?"

마침내 권철의 얼굴에도 웃음이 떠올랐다.

"솔직히 며칠 전 회장님을 만났을 때 '넌 조직 사회에 어울리지 않는 놈'이라는 주의를 받았어."

강재호와 이규석이 다가와 옆에 앉았다. 셋은 응접실 소파에 둘러앉아 있다. 권철이 말을 이었다.

"앞으로 그런 일이 한 번 더 일어나면 나는 끝장이 날 것 같다."

"다행입니다."

이번에는 이규석이 말했다.

"강 부장이 말한 것처럼 저도 진짜 조마조마했습니다."

"너희들 진짜 왜 이래?"

이맛살을 찌푸린 권철이 둘을 번갈아 보았다.

"둘이 말 맞춘 거냐?"

"아니, 이사님을 따라다닌 간부들, 최영철, 박동철까지 다 같은 심정입니다."

강재호가 말을 이었다.

"우리 모두는 이사님한테 미래를 걸고 있거든요."

"무슨 말이야?"

분위기가 진지해졌고 이번에는 이규석이 말했다.

"우리가 리스타에서 이사님한테 운명을 맡기고 있다는 뜻이지요."

"......"

"이번에 작전에 투입될 21명이 다 그렇습니다. 모두 2년 가깝게 이사님 팀이 되어서 수십 번 작전을 치렀고 리스타에서 진급을 했죠. 저하고 강 부장은 2년 만에 대리에서 부장이 되었고 다른 팀원도 사원에서 과장급까지 되었습니다."

이규석이 목소리에 열기를 띠었다.

"그동안 사망자, 부상자에 대해서 이사님이 회사에서 지급한 보상금보다 많은 위로금을 보내 주셨죠. 그것뿐만이 아니라 다른 배려에 팀원들은 모두 심복하고 있습니다."

"이 자식들이 그것 때문에……."

"농담하지 마세요."

강재호가 말을 잘랐다.

"우리는 이사님 심복입니다. 진심으로 따르고 있지요. 이사님과 함께 리스타에서 성장하고 싶은 겁니다."

"이것들이 계획적이군."

"회장님 후계자로 이사님과 강정규 이사가 거론되고 있다는 것도 모두 압니다."

"말도 안 돼. 우리 위에 거물이 수십 명이다. 그건 몇십 년 후야."

"어쨌든 우리 경쟁 상대는 강정규 이사 팀입니다."

강재호가 말을 이었다.

"지금 그 팀은 시에라리온에 기반을 굳혔습니다. 우리도 지지 말아야 합니다."

권철은 어깨를 늘어뜨렸다. 갑자기 어깨가 무거워진 느낌이 들기도 했다.

그 시간에 이광은 카다피와 대통령궁 응접실에서 마주 앉아 있다. 옆에는 카다피 경호실장 무크바라와 이광의 비서실장 안학태까지 배석해서 넷이 모였다.

이광이 입을 열었다.

"권 이사가 잘 처리할 것입니다. 그러니 저는 내일 출발하겠습니다."

"고맙네, 이 회장."

카다피가 홍차 잔을 들면서 말했다. 비밀 작전이다. 카다피가 공개적으로 특공대를 투입하면 바사트족은 물론이고 연계된 다른 부족도 동요한다. 더구나 CIA가 배후에 있는 상황이다. 권철은 카다피가 제공한 특공대와 함께 은밀하게 작전을 수행해야 되는 것이다. 권철의 경험이 절대적으로 필요한 작전이다. 카다피가 말을 이었다.

"내가 또 리스타에 신세를 졌어."

카다피의 얼굴에 쓴웃음이 번졌다.

"배후에는 항상 군산연과 CIA가 있군."

"실바가 반군을 모두 끌고 갔습니다."

버커슨이 충혈된 눈으로 피셔를 보았다. 이곳은 라이베리아의 몬로비아, 시내의 사무실에서 버커슨이 피셔 일행과 둘러앉아 있다. 버커슨이 말을 이었다.

"이제 반군은 사라졌습니다."

피셔는 소파에 등을 붙인 채 외면하고 있다. 오타방고가 기습을 받아 측근들과 함께 몰사한 후에 실바는 기다렸다는 듯이 정부군에 투항했다. 지금 반군은 무장 해제된 채 분류 중이고 실바는 정부의 요직을 맡게 될 것이라고 보도되었다. 그때 피셔와 함께 온 아놀드가 말했다.

"이봐, 우리가 공급한 무기가 1억 불이 넘어. 반군이 가져간 무기가 말이야. 우리는 그냥 놔둘 수가 없어."

아놀드는 군산연의 아프리카 담당 판매 책임자다. 군산연의 아프리카 영업부장으로 버커슨의 직속상관인 것이다. 아놀드가 말을 이었다.

"테일러 대통령이 곧 무방비 상태가 되어 있는 시에라리온 동쪽 지역을 점령할 거야. 이번에는 우리가 적극적으로 참가하기로 했어. 그래서 고문단 형식으로 라이베리아군(軍)과 합류할 계획이야."

테일러는 2개 사단 2만 명 규모의 병력을 투입할 예정인 것이다. 잘 훈련된 군대다. 반군과는 비교가 안 되는 정예군이고 무장 상태도 좋다. 그때 피셔가 입을 열었다.

"오타방고를 사살한 것은 리스타 용병대고 이제 테일러도 우리 군산연 용병대의 지원을 받는 셈이지. 리스타가 CIA의 지원을 맡고 있지만 이번 테일러의 시에라리온 침공을 국제사회에서 비난할 국가는 없어."

피셔가 단호한 표정으로 말을 이었다.

"테일러도 명분이 있으니까. 시에라리온 동부 지역은 라이베리아 영토였다는 거야."

버커슨은 숨을 골랐다. 이제는 라이베리아와 시에라리온의 전쟁인가? 그때 아놀드가 말했다.

"버커슨, 너는 라이베리아군 사령관 모하비츠의 보좌관을 맡기로 했어. 시에라리온 정세를 잘 알고 군 장비도 너만큼 아는 사람이 없기 때문에 우리가 널 추천한 거야."

"끝장을 내야지요."

마침내 버커슨이 고개를 끄덕였다.

"동부 지역은 제가 훤합니다."

"테일러한테 팔 무기도 많아."

아놀드가 웃음 띤 얼굴로 말을 이었다.

"오타방고보다 확실한 거래선이지."

그때 피셔가 손목시계를 보더니 자리에서 일어섰다.

"테일러하고 약속이 있어."

테일러는 라이베리아 대통령 찰스 테일러를 말한다.

오전 10시 반, 응접실로 카다피의 경호실장 무크바라가 들어섰다. 이광은 막 리비아를 떠나려던 참이다. 이광은 안학태와 함께 무크바라를 맞았다.

"웬일입니까?"

인사를 마치고 자리에 앉은 무크바라에게 이광이 물었다. 무크바라가 급히 드릴 말씀이 있다고 했기 때문이다. 무크바라는 55세, 현역 육군 중장, 카다피 대통령의 최측근이다. 이광의 시선을 받은 무크바라가 입을 열었다.

"라이베리아의 찰스 테일러 문제입니다."

"찰스 테일러?"

이광과 안학태가 서로의 얼굴을 보았다. 테일러는 오타방고를 배후에서 지원했다가 이번에 헛발을 짚었다. 앞에 구덩이를 못 보고 발 하나가 '푹' 빠진 것과 비슷하다. 낭패다. 국제사회에서는 다 안다. 테일러가 시에라리온에 영향력을 높이고 다이아 광산 등을 차지하기 위해서 오타방고를 지원한 것이다. 그때 무크바라가 말을 이었다.

"찰스 테일러가 리비아에서 테러 훈련을 받았다는 건 알고 계시지요?"

"압니다."

이광이 고개를 끄덕였다. 리비아에서 테러 훈련을 받은 테일러는 라이베리아로 돌아가 반군을 조직, 무자비하게 반대파를 학살하고 나서 라이베리아 대통령이 된 것이다. 대통령 선거전의 구호도 섬뜩했다.

"그는 내 부모를 죽였지만 나는 그에게 투표한다."

'그'란 바로 테일러다. 국민들은 부모를 죽인 테일러가 자신까지 죽일까 봐 '그'에게 투표를 한 것이다. 지도자의 수준은 국민의 수준이다. 그런 협박에 국민들이 넘어갈 줄을 테일러가 알고 있다고 봐야 한다. 그때 무크바라가 말했다.

"테일러가 며칠 전에 특사를 보내 원조를 부탁했습니다. 자금 원조지요."

"……."

"5억 불입니다. 그 돈으로 무기를 구입하려는 것이지요."

"……."

"국가 원수께서는 자금 원조를 거부하셨습니다. 시에라리온에 리스타가 있기 때문이지요. 원수께서는 더 이상 라이베리아하고 관계를 맺지 않겠다는 말씀을 하셨습니다."

이광이 고개만 끄덕였고 무크바라가 말을 이었다.

"지금까지 리비아는 테일러 정권에 꽤 많은 경제 군사 원조를 해 줬습니다. 그래서 그쪽 군부(軍部)에도 고위급 정보원이 많습니다."

무크바라가 번들거리는 눈으로 이광을 보았다.

"어젯밤에 테일러 군부에서 정보가 왔고 원수께서는 그것을 회장님께 전달하라고 하셔서 이렇게 온 것입니다."

"고맙습니다."

“3일 후에 라이베리아 기갑사단이 시에라리온으로 전격 진격할 예정입니다.”

“탱크 120대, 장갑차 450대, 장갑지프 550대로 무장한 기갑사단이지요. 서아프리카에서는 최강의 기갑사단입니다.”

놀란 이광이 이맛살만 찌푸렸고 무크바라가 목소리를 낮췄다.

“기갑사단 뒤로 바짝 붙어서 보병사단이 따라갑니다. 가서 확보된 영토를 지키려는 것이지요.”

“……”

“하루면 시에라리온 영토 내 350킬로는 점령할 것입니다.”

“……”

“이에 대한 대비책을 마련해야 될 것이라고 원수 각하께서 말씀하셨습니다.”

이광이 다시 고개를 끄덕였다. 다시 전쟁이다. 그때 무크바라가 들고 온 서류 가방을 탁자 위에 놓았다.

“이것은 라이베리아군(軍) 내부의 정보원 명단과 기갑사단의 장비, 병력 등 군사자료입니다. 참고하시라고 국가 원수께서 보내 주셨습니다.”

그 시간에 화물선 ‘로리나호’의 선미에 앉은 권철은 난간에 등을 붙인 채 조는 중이었다.

옆에 앉은 이규석도 졸다가 깨었다가 했는데 벌써 14시간 동안 배를 타고 있었기 때문이다. 어젯밤 10시쯤 트리폴리 외항에서 특공대 180명이 로리나호에 탑승했다. 로리나호는 6천 톤급 화물선으로 목적지는 리비아 동쪽 항구인 투브루크. 밤에 투브루크에 접근한 로리나호에서 특공대가 상륙할 것이었다. 비밀 작전이기 때문에 눈치채지 못하게 해야 한다. 거기서 국경을 따라 3백 킬로 정도 남하하면 지이라부브 근처가 바사트족 근거지다. 리비아 사막 한복판이어서 이번에는 사막전(戰)이다. 갑판을 다가오는 발소리에 이규석이 눈을 떴다. 리비아 특공대의 지휘관 무크시 대위가 다가왔다. 33세, 테러 교육대 교관 출신인 데다 실전 경험도 많아서 권철을 만족시킨 장교다. 무크시가 다가섰을 때 권철도 눈을 떴다.

"대장님, 전문이 왔습니다."

무크시가 권철에게 전문 용지를 내밀었다. 군 사령부에서 보낸 전문이다. 아랍어로 써 있었기 때문에 권철이 입맛을 다셨을 때 무크시가 설명했다.

"투브루크 외항에 트럭 6대를 대기시켰다고 합니다. 준비 끝났습니다."

"위장은 철저히 했겠지?"

"예, 컨테이너 트럭이 화물을 수송하는 것으로 위장시켰습니다."

특공대는 지이라부브 근처까지 컨테이너 안에 숨어서 갈 예정이다. 그쪽 지대는 바사트족 정보원이 깔려 있기 때문이다.

리스타 아일랜드의 인구는 이제 8만 명이 되었다. 그중 리스타 직원이 2만여 명, 가족이 4만여 명, 나머지는 외국인들이다. 외국인은 리스타랜드에서 사업을 하는 사람들로 증가율이 가장 빠르다. 랜드의 바닷가 별장, 오후 3시 반. 별장의 테라스에서 이광이 손님을 맞는다.

"김기대입니다."

다가선 사내가 허리를 굽혀 절을 했다. 이광이 고개를 끄덕이고는 눈으로 앞쪽 자리를 가리켰다.

"거기 앉아."

"감사합니다."

김기대는 38세, 26세에 리스타에 입사한 후에 리스타 상사, 리스타 유통을 거친 후 리스타 연합에서 국제간 조정 업무를 했다. 상사에서 근무할 때는 파리, 이집트 법인을 거쳤으며 유통으로 옮겼을 때 멕시코 법인 부장이 되었다. 최근에는 해밀턴의 보좌관으로 연합의 기조실 이사였다. 화려한 경력이고 해밀턴이 추천한 '간부 후보'다. 185의 신장에 단단한 체구, 이번에 리스타 본부 비서실의 안학태 사장 소속으로 발령이 난 것은 '간부 후보'에 포함이 되었다는 것을 의미한다. 이로써 '간부 후보군'에 김기대가 포함이 됨으로써 강정규, 권철에 이어서 후보는 3명. 이광이 김기대 옆에 앉은 안학태에게 물었다.

"김 이사의 현재 보직이 뭐지?"

"예. 그룹 비서실 소속 기획조정실 국제업무담당관입니다."

안학태가 바로 대답하자 이광이 고개를 기울였다.

"새로 만든 조직인가?"

"예, 각 그룹의 업무를 조정하는 역할입니다."

"조직이 겹치는 부분은 없나?"

안학태의 시선을 받은 이광이 다시 물었다.

"우리 리스타 조직도 방대해져서 그룹 비서실 업무에서도 겹치는 부분이 있느냐고 물었어."

"예, 그것은 기조실 내 업무조정실에서 관리하고 있습니다."

"가능한 한 조직을 단순화시키도록."

"예, 회장님."

안학태의 이마에 땀방울이 솟아났다. 오랜만에 이광으로부터 조직관리에 대한 '지시'를 들은 것이다. 지시를 들으면서 그동안 방심하고 방

만하지 않았는가 불안해졌다. 금방 회장이 말한 '조직의 단순화'에 대해서 염두에 두지 않았기 때문이다. 필요한 조직이라고 생각하면 바로 만들었지 이 조직이 다른 조직의 업무와 겹치는가는 생각하지 않았다. 이광의 시선이 김기대에게로 옮겨졌다.

"직위가 높아질수록 권위만 강해지고 책임의식이 떨어지는 경향이 있다."

불쑥 말했지만 김기대는 숨을 죽이고 새겨들었다. 그러나 아직 실감은 나지 않는다. 이광의 말이 이어졌다.

"그래서 나는 업무에 목숨을 바치는 지휘관을 선호하는 편이지. 실패하면 죽고 성공하면 살아 돌아오니까."

김기대는 숨을 참고 똑바로 앉아서 듣는다. 시선은 이광의 가슴께에다 놓았다.

"영업 업무로 실적을 드러내는 계급은 부장급까지일 거야. 그 윗선이 되면 지휘관이지. 지휘하는 입장이라 전술을 잘못 쓰면 망하지만 책임전가를 할 수가 있어. 그건 요령이 들어간다. 처세지."

이광이 말을 이었다.

"너는 변두리로 돌아다니다가 두각을 나타내어 점점 핵심으로 접근했다. 그러고는 마침내 내 옆에 오게 되었는데."

잠깐 말을 멈춘 이광이 김기대를 보았다.

"네 목표는 무엇이냐?"

"아침에 일어나서 해야만 할 일이 있는 것입니다."

김기대가 바로 대답했기 때문에 이광이 '뻥'했다. 안학태도 어리둥절한 모습이다. 잠깐 김기대를 응시했던 이광이 천천히 고개를 끄덕였다.

"줄여서 대답해 봐라."

"일하다가 죽는 것입니다."

이광의 시선이 다시 안학태에게 옮겨졌다.

"김기대한테 연락관 임무를 주는 것이 낫겠군."

"예, 회장님."

안학태가 대답했다.

"그렇게 하겠습니다."

김기대는 숨만 쉬었다. 오늘 처음 이광을 상면하는 자리였다. 지금까지 회장 얼굴을 본 적도 없었던 것이다. 승승장구했지만 회장한테서 직접 임무에 대한 말을 들으리라고는 상상도 못 했다. 그 순간 김기대는 목이 메었다. 지난 12년이 그야말로 주마등처럼 눈앞을 스치고 지났기 때문이다.

회장 면담을 끝내고 본관 옆쪽의 비서실장 숙소로 함께 돌아왔을 때는 30분쯤 후다.

"휴우, 혼났다."

길게 숨을 뱉은 안학태가 김기대에게 앞쪽 의자에 앉으라는 눈짓을 했다. 김기대가 앉았을 때 안학태가 물었다.

"너, 미혼이지?"

"그렇습니다."

"서른여덟이면 결혼할 때 된 거 아니냐?"

"별로 생각 없습니다, 사장님."

"여자는 있어?"

"예, 필요하면 만납니다."

"생리적으로 말이냐?"

"예, 또는 감정적으로 필요할 때도 있습니다."
"대가를 주고?"
"예, 그게 뒤가 깨끗합니다."
"좀 차가운 놈 같군."
"실제로는 그렇지 않습니다, 사장님."
"그런 건 본인이 판단하는 것이 아니다."
"알겠습니다, 사장님."
"너, 회장님이 널 직접 만나신 이유를 알고 있는 거냐?"
안학태의 시선을 받은 김기대가 상반신을 세웠다.
"예, 제가 '후보자군'에 포함된 것 같습니다."
"누가 그러더냐?"
"기조실 과장 하나가 귀띔해 줬습니다."
"네 생각도 그래?"
"예, 사장님."
"그건 맞다."
어깨를 늘어뜨린 안학태가 지그시 김기대를 보았다.
"너, 이곳까지 오는 데 얼마나 시간이 걸렸지?"
"12년입니다."
"네 동기 중 이사가 몇 명이냐?"
"동기 128명 중에서 도중에 62명이 회사를 떠났고 남은 66명 중에서 과장이 29명, 부장이 34명 이사가 3명입니다."
안학태의 얼굴에 웃음이 떠올랐다.
"그 3명 중 네가 선두주자군."
"과장은 6년 만에 땄으니까 중간이었습니다."

"부장은 과장 3년 만에 되었군."

안학태도 알고 있는 것이다. 그리고 부장 2년을 달고 작년에 이사 진급을 했다. 그때 안학태가 정색했다.

"그룹 비서실에 오려면 여러 가지 체크를 한다. 아마 대통령 비서실에 들어가는 것보다 더 어렵고 까다로울 거다. 여긴 인연이나 학연 따위는 전혀 고려하지 않기 때문이지."

"……."

"네 장점은 뭐라고 생각하고 있지?"

"예, 추진력, 분석력, 그리고……."

"뭐냐?"

"평판을 무시한 판단입니다."

안학태의 얼굴에 옅은 웃음이 떠올랐다. 다시 안학태가 묻는다.

"네 단점은?"

"예. 낭비벽입니다. 그리고……."

"뭐냐?"

"사장님이 지적하셨습니다만 대인관계, 여자관계에 있어서……."

"차갑단 말이냐?"

"아닙니다. 그것이……."

그때 안학태가 쓴웃음을 지었다.

"계산적이란 말인가?"

"아닙니다."

마침내 고개를 든 김기대가 똑바로 안학태를 보았다.

"제가 여자한테서 상처를 많이 받았기 때문입니다. 그래서 외면적으로……."

말을 멈춘 김기대의 얼굴이 붉어졌다. 그것을 본 안학태가 천천히 고개를 끄덕였다.

“알겠다. 천천히 알아가겠지. 내가 보기에 그건 큰 단점이 아닌 것 같다.”

<2권에 계속>